後宮楽園球場《ハレムリーグ・ベースボール》

石川博品
illustration●wingheart

第一章　女装少年出仕

若き皇帝《スルタン》冥滅《メイフメッ》の後宮《ハレム》には帝国内外からよりすぐりの美女が集められている。巷間《こうかん》にはその数、五千とも二万ともうわさされている。

皇帝以外の男が決して立ち入ることを許されぬ宮殿の奥のそのまた奥に、彼女たちは秘匿《ひとく》されている。砂漠を行く者がオアシスの清い泉を思って渇きを束の間忘れるように、都の男たちは肌も露《あらわ》な宮女の姿を心に描いてしばし憂世《うきよ》を遁《のが》れる。

◇

大浴場の掃除番には暁霞舎《ぎょうかしゃ》の下臈所《げろうどころ》が当てられていた。

少女たちは脱衣所で一度服をすべて脱いだ。そして真教《しんきょう》のしきたりに従って白い下帯を締め、薄い湯帷子《ゆかたびら》を羽織った。もっとも身分の低い下臈であっても肌を直に晒《さら》すような無作法はしないのが後宮《ハレム》という場所である。

浴場の天窓から夏の日が差しこみ、扉一枚隔《へだ》てた脱衣所まで明るい。この時間、他の宮女たちは午睡《ごすい》を取っている。皇帝が夜のお相手を選ぶ「お目見得《めみえ》」を前にして、女たちはよく休み、それから午後いっぱいを使っておのれを磨《みが》きあげる。

下臈たちはその準備に大忙しであった。

自分の仕える女君《おんなぎみ》がその夜の幸《さいわ》い人《びと》となるならば、それは同じ殿舎《でんしゃ》の宮女すべての幸いともなる。他の殿舎におくれを取るわけにはいかない。お目見得は戦いなのだ。

ブラシを取って浴場に出ようとした蒔羅《ジラ》は、ふと思い立って、大きな姿見に自分の背中を映してみた。

宮女たちの間で流行りつつある腰丈の湯帷子がきゅっと引き締まった尻に裾《すそ》を持ちあげられている。暗くつやつやした肌と下帯の白が生む対照は目に痛いほどだ。

まるでコーヒーの精だと蒔羅《ジラ》は思う。

真っ白な舶来《はくらい》の陶磁器に注いだ上等なコーヒーのよう。皇帝陛下もこれをご覧になったら、思わず鼻を近づけて香りを楽しもうとなさるにちがいない。

現在ご寵愛《ちょうあい》の女君は色の白い方ばかりだが、自分にチャンスがないわけではないと彼女は確信している。

だってミルクばかりじゃ口の中が甘ったるくなってしまう。

「でも問題は……これよね」

　蒔羅《ジラ》は鏡と向き合い、胸を張ってみた。湯帷子は味気なく肌に張りつくだけであった。わずかな膨《ふく》らみは布地のしわより目立たない。

　天下一の時めき人と称されるあの方のおっぱいときたらそれはもうかわいらしく、まるで青い林檎《りんご》のようにぷくっと丸くて触ると硬そう。それにくらべて二番目の方のは重く熟したマルメロのよう。まるで下品だけれど大きさならば人一倍。その序列に割って入らんとする暁霞舎女御《にょうご》のそれは、歩くたびに揺れて、いかにも男の気を惹《ひ》きそうな感じ。

　下﨟の身とはいえ、そこは後宮《ハレム》の女、蒔羅《ジラ》もまた皇帝の寵《ちょう》を得て大いに出世せんとの志《こころざし》をその薄い胸に秘めている。名うての奴隷商人に幼時から仕込まれ、齢《よわい》を重ねるごとに辺境都市から都に近づいて、ついには大白日帝国《セリカン》帝室の後宮《ハレム》にまでのぼりつめたのだ。かつての同僚たちはすでに見切りをつけられ、地方に埋もれた。州刺史《しゅうしし》の第二夫人にでも収まるのが関の山だろう。

　蒔羅《ジラ》は戦い、自分を磨き、ここまで勝ち残った。

　運命だって何だって、この手で変えてみせる。たとえ神さまに背いても——そう心の内でつぶやいて、すぐさま打ち消し、神に赦《ゆる》しを請う。生まれながらに神を戴いていたわけではなかったが、奴隷としての教育を受ける過程で彼女は立派な真教徒となっていた。

「何見とれてんのよ、蒔羅《ジラ》」

　尻をぴしゃりと叩かれて、蒔羅《ジラ》は跳びあがった。

下臈所で最年長の迷伽《メイガー》が鏡越しに彼女の顔をのぞいていた。にやにやとからかうような笑いを浮かべている。

蒔羅《ジラ》は顔がかっと熱くなるのを感じた。

「別に見とれてなんかないわ」

ふりかえってやり返そうとするが、迷伽《メイガー》はさっと跳びすさる。

「ぼんやりしてないで、さっさと仕事にかかりなさい。それと、蜜芍《ミシャ》が怠《なま》けてたら叱っておいてね」

むっとしている蒔羅《ジラ》にそう言い残し、彼女は浴場に出ていった。

迷伽《メイガー》は今年で二十歳。いまの帝が即位した六年前からこの後宮《ハレム》に出仕している。暁霞舎下臈所の同僚たちは大半が十五六歳の今参《いままい》りだから、彼女は一番の古株であった。

十八歳以上の娘なら男は娶《めと》ってよい、と偉大なる預言者は言った。十六歳の蒔羅《ジラ》はその年になるまでに上臈《じょうろう》か女君付きの女房に昇進しておきたいと考えている。でないと迷伽《メイガー》のように花の盛りを帝のお目に留まらぬ日陰ですごすことになる。

蒔羅《ジラ》には高貴な血筋も有力な後ろ盾もない。しかしそれは他の女も同じ。ならば充分戦える。後宮《ハレム》は実力本位の世界だ――退屈な仕事に明け暮れる毎日の中にあって、そうした信念だけが彼女を支えていた。

迷伽《メイガー》に叩かれた尻がじんと痺《しび》れ、やがて熱を持ちはじめた。蒔羅《ジラ》はそこに掌《てのひら》を当てた。

都の郊外にある水取《もいと》りの森から、宮殿の用水は引かれてくる。夏でも冷たいその水は、大浴場の壁に穿《うが》たれた給水口から休みなく注ぎ出て、金でできた水槽を溢《あふ》れさせる。それとは別に、手で触れられないほど熱い湯がいつでも出るようになっている。宮殿の地下にある釜で焚《た》かれているものだ。地下室はガレー船の漕《こ》ぎ手を経験した者でさえ音《ね》をあげるほどに狭く暗く暑い。そこで働いているのは男の奴隷だという。

まだ入浴の時間ではないので、湯の量はあまり多くない。蒔羅《ジラ》は床のタイルを舐《な》める流れにそっと足を浸《ひた》した。素足で触れても平気な熱さだ。浴場の床は給水口から浴場中央の噴水池を巡る排水路まで緩やかに傾斜している。床に落ちた除毛剤や髪の染料や肌に塗るバターや油、その他美容のための秘薬を自動的に洗い流す仕組みであった。それでもいくらかはこびりついて固まったり、ぬめりになったりする。そこで下臈たちがブラシを手に出動することとなるのである。

蒔羅《ジラ》は同僚たちの間に蜜芍《ミシャ》の姿をさがした。

彼女は目立つ存在だ。下臈所の中で一番背が高く、またひときわ美しい金色の髪を持っている。だがこのときは髪を小さく結い、床に這《は》いつくばっていたので、蒔羅《ジラ》はなかなかそれと気づかなかった。

蜜芍《ミシャ》の肌は白く、それほど暖まってもいない浴場の空気に触れてうっすら紅潮《こうちょう》していた。蒔羅《ジラ》に向けて突き出すようなかっこうの尻は丸く大きく、東域から来た白磁のような滑らかさだ。

その隣にしゃがみこみ、蒔羅《ジラ》は声をかけた。

「今日は真面目にやってるのね。偉いじゃない」

「ねえ、見てよ。これ、光《ひかり》の君さまのところの除毛剤じゃない？」

蜜芍《ミシャ》は大きな乳房を小刻みに揺らしながら、タイルのすきまに詰まった青い粘土状のものを爪で掻《か》き出していた。

「あなたはもう……」

両膝《りょうひざ》を抱えた蒔羅《ジラ》の鼻先に蜜芍《ミシャ》は青く染まった爪を突きつけてきた。蜜芍《ミシャ》という少女は決して怠け者ではないのだが、むらっ気があって仕事以外のことに気を取られがちなのであった。

光の君こと霊螢殿《れいけいでん》女御は齢《よわい》十六、いまだ皇帝と閨《ねや》をともにせぬが、その美貌《びぼう》ゆえに早くも皇帝の心ざし深い。加えて皇家の血筋に連なる高貴さは後宮《ハレム》の女たちをして一目置かしめるに足りた。

そんな彼女の使う除毛剤は鮮やかな青色。うわさでは青い玉を磨《す》り潰して混ぜているのだという。

女たちの美容薬はすべて手作りで、その調合は決して他に明かされない。中でも除毛剤は見えない箇所の体毛がないことをよしとする真教徒の女にとって最重要の品であった。

「このにおい……レモンかしら」

蜜芍《ミシャ》が爪の間に入った除毛剤を鼻に近づけた。

「レモン？」

蒔羅《ジラ》は床に尻をつけ、首を傾げる。「シロツメクサの汁の代わりにレモンの絞り汁ってことかしら。それとも両方入れるのか……ううん、それだとお互い効果を殺し合ってしまうわね」

「それよりもこの青い色の正体が気になるところだわ。いったい何を混ぜたらこうなるんだろう」

固まっている除毛剤を蜜芍《ミシャ》が流れる湯で溶いた。

ふたりとも暁霞舎の傘下《さんか》に属してはいるが、やはり憧れるのは光の君であった。生まれ持ったものは動かしようがないけれど、せめて同じものを身につけてあやかりたいものだと思う。

見回りにきた迷伽《メイガー》ににらまれて、ふたりは床磨きをはじめた。

床を流れていくぬるま湯が蒔羅《ジラ》の足を撫《な》でていく。惜しみなく費やされる水は豊かさの証だ。後宮《ハレム》に入るまで彼女はこんなに豊かで澄んだ水を見たことがなかった。ブラシで汚れをこすると、小さく渦巻《うずま》いて流れていく。棕櫚《しゅろ》の繊維で水が泡立つ音に耳をくすぐられる。

蒔羅《ジラ》はこの時間が好きであった。

「今日来る新人って、どんな子かしらね」

ブラシで派手に湯を跳ね散らかしながら蜜芍《ミシャ》が言った。風呂掃除というより水遊びをしているようである。

「さあねえ」

水飛沫《みずしぶき》が腕にかかって、蒔羅《ジラ》は顔をしかめた。

新参者の身分は察しがつく。

「きっと奴隷でしょうね」

貴人の娘が入内《じゅだい》するなら自分たちにも知らされているはず。おおかた、どこかの地方官が奴隷市の掘り出し物でも帝に献上したのだろう。

蜜芍《ミシャ》がぺしゃりと音を立ててタイルの上に腰をおろした。

「そういうことじゃなくて、使える奴かどうかってこと」

「呆れた。あなた、新入りをこき使うつもり？」

蒔羅《ジラ》はため息を吐き、おおげさにうなだれてみせた。「新しい子が入ったところで、あなたは一番下っ端から二番目の下っ端になるだけなのよ。先輩風を吹かすのはまだ早いわ」

「そういうことでもなくって――」

蜜芍《ミシャ》はブラシを投げあげ、顔の前でキャッチする。「わたしが言いたいのは、足は速いか、とか、肩は強いか、とか、そういうこと」

それを聞いた蒔羅《ジラ》は心の底から呆れて、胸の底から絞り出すようなため息を吐いた。

「あなたの考えることはそればっかりね」

「他に何があるっていうの？」

な青。

蜜芍《ミシャ》の青く澄んだ瞳がまっすぐに蒔羅《ジラ》を見た。高貴な女君の指輪に嵌《は》めこまれた宝石のよう

後宮《ハレム》の女ならば新入りの容姿を気にかけるべきだ。いまは下っ端でも、いずれ帝の寵を争うライバルとなるかもしれないのだから。

蜜芍《ミシャ》の胸の谷間に滲《にじ》んだ汗が天窓からの日を浴びて金粉をまぶしたかのように輝く。あどけない表情と、それに似合わぬ大きな乳房。彼女は北ルームの生まれである。

蒔羅《ジラ》とちがい、奴隷として長期間の訓練を受けてきたわけではない。蜜芍《ミシャ》の美しさに目を留めた奴隷商人が大枚はたいて彼女の親から買い取った——それがほんの一年前のことだという。

蒔羅《ジラ》は蜜芍《ミシャ》が好きだ。自らの美しさに無頓着な彼女の性格はひとつの才能だと思う。彼女といると、着飾ることに血道をあげている上級の宮女たちが愚かに見えて痛快だった。

湯気の中に差しこむ日光の帯を蒔羅《ジラ》は見あげた。大浴場は後宮《ハレム》で二番目に好きな場所だ。

一番好きなものはもちろん中庭。遮《さえぎ》るもののない陽光が頭上から降り注ぎ、陰湿な女の争いとは別の勝負が繰りひろげられる。

蜜芍《ミシャ》の真似をしてブラシを高く放り投げると、水飛沫があたりに飛び散った。迷伽《メイガー》が見ていたら怒られるだろうけれど、蜜芍《ミシャ》が笑ったので、蒔羅《ジラ》もつられて笑った。

◇

暗い通路を長いこと歩かされたあとだったので、海功《カユク》は蠟燭《ろうそく》の光に出会っただけで人心地つく思いがした。

窓のない小さな部屋の中央に一人用の卓が置かれていて、その上にある燭台《しょくだい》がここにある唯一の明かりであった。

新月刀を佩《は》いた黒人の衛兵が背後の扉をふさぐかっこうで立っていた。直立不動で微動だにせず、正面にあるもうひとつの扉を見つめている。ここまで海功《カユク》を追い立てるようにして連れてきたのに、いまでは彼の存在が目に入らぬかのようであった。

この部屋がとりあえずの終着点なのだと彼は悟った。

女馬車に揺られて宮殿の門をくぐってからどれくらいたったのだろう。しばらく太陽の光を見ていないので、時間の感覚がない。腹の空き具合からすると、夜にはなっていないはずだ。

昨夜から何も食べていないが、空腹で目を回すほどではない。

外廷《がいてい》にはまだ人の気配もあったが、内廷の門で馬車をおろされてからは雰囲気が一変した。都に暮らすあらゆる人間から遠ざけられてしまったように感じる。ここは皇帝の私的な空間、人臣の身ではどれほどの高位者でも立ち入れぬ禁殿《きんでん》だ。

そんないかめしい場所にあっさりと這入れたことが海功《カユク》にはおかしかった。

自分の体に改めて目をやる。長い袖《そで》に幅広の帯、裾のすぼまった太いズボンに、慣れない沓《くつ》を履《は》いて、まるっきり女のかっこうだ。髷《まげ》を解いて振り分け髪にし、鉄の首輪で男の喉を隠して、頰《ほお》には紅《べに》まで差した。女装するなんて男としての誇りが許さなかったが、そうした内面の葛藤《かっとう》を乗り越えてしまえば、あとはあっさりだった。

後宮《ハレム》に男の存在は許されない。その内側を取り仕切っているのは去勢を施された宦官《かんがん》たちである。海功《カユク》はふりかえって衛兵を見た。筋骨隆々のこの男もそうなのだろう。兜《かぶと》に大きな房飾りがついていて、馬車馬のように左右の視界をふさがれている。これなら隣を宮女たちがとおりすぎても目で追えない。男を消すのに去勢だけでは足りぬということらしい。後宮《ハレム》の主が示す独占欲の強さに海功《カユク》は呆れる思いがした。

「じっとしていろ。じきに宦官長さまがお見えになる」

衛兵がはじめて口を開いた。これまでずっと黙っていたので海功《カユク》は彼を口の利けぬ者だと思いこんでいたのであった。

海功《カユク》もまた口を利けない。そういうことにしておかなければならない。

蠟燭の炎が激しく揺れた。正面の扉が開き、でっぷりと太った黒人が入ってきた。丸い顔の中心で煎り豆にする豆のように小さな目が肉に埋もれている。

「わしが宦官長の伽没路《カーマルー》である」

男は妙に甲高い声で名のった。

宦官長というからには長年宮仕えをしている者なのだろうが、肌のつや、帽子の下の黒い髪から若々しい印象を受ける。大儀そうに卓に着く年寄りじみた仕草に似つかわしくなく不気味だ。身分のある者なのに髭《ひげ》がないのも怪しい。白日人《セリカンじん》の男はふつう髭を生やすものだ。

海功《カユク》は漠然とこの男に信用の置けぬものを感じた。

「もうよいぞ。さがれ」

伽没路《カーマルー》は追い払うような手つきをした。袖からのぞく太った指には大きな石のついた指輪がいくつも窮屈《きゅうくつ》そうに嵌められていた。

衛兵は一礼して背後の扉から出ていった。彼には何の親しみも感じていなかったのに、彼がいなくなって海功《カユク》は急に心細くなった。

「さて……もうしゃべってよいぞ。ここにはわしとおまえだけだ」

宦官長の落ちくぼんだ目が海功《カユク》を見据えた。海功《カユク》は小さくうなずいてみせた。

「名は？」

「海功《カユク》」

「年は？」

「十四」

「外で何をした。何をして女装までする破目になった」

見くだされているのがことばの調子からわかった。海功《カユク》の中で都の悪童としての意地が頭をもたげてくる。

「人殺し以外なら大概のことはやったぜ」

見得を切ってみたが、相手は動じない。ならばと矛先を変えてみる。

「あんたは何をしたんだい、おっさん」

男か女かはっきりせぬ相手だが、それ以外に適切な呼び方がなかった。「当ててやろうか。野球賭博で大損こいて、違法のノミ屋に脅《おど》されてるってところかな」

「な、なぜそれを――」

伽没路《カーマルー》は血相を変えて立ちあがった。重々しいかと思えば、軽躁《けいそう》なところも見せる。やはり海功《カユク》にはこの男がわからない。

「あんた、太刀魚屋《たちうおや》ってのに関わっただろ。あいつは性質《たち》がわるいぜ。根っからのやくざ者だよ」

「そ、そうなのか……」

「あんたみたいな世間知らずが引っかかって身ぐるみ剝《は》がされんのさ。俺は何度もそういうのを見てきた」

首都カラグプタールのシンボルである預言者記念礼拝堂には野球場が併設されていて、毎日野球の公式戦が行われている。観客は球場内に店を開いた賭け屋をつうじてひいきのチームに金を賭けることができる。賭け屋は皇帝のくだす免状がなければ営業できないきまりだが、中にはモグリのノミ屋もいて、表ではありえない高額レートを掲げて客を呼んでいる。

そのノミ屋の大立者が太刀魚屋である。

彼のやり口は、上客《カモ》を見つけると、まず最初に勝たせて気をよくさせておき、次第に大きく張らせて大金を搾《しぼ》り取るというものだった。

「わしは……すこし遊ぼうとしただけで……」

「俺に言い訳してもはじまらねえぜ」

海功《カユク》は愉快だった。彼は太刀魚屋とぐるである。太刀魚屋が伽没路《カーマルー》を罠に嵌めたのは海功《カユク》を偽の宮女として後宮《ハレム》に送りこむためであった。宦官の弱みを握って言うことを聞かせる。太刀魚屋の立てた作戦はうまくいった。

海功《カユク》は心の内を悟られないよう努めて表情を消した。本当の目的を正直に語って聞かせる必要はない。太刀魚屋にだって明かしていないのだ。

「俺がここに来たのは、盗みを働くためだ。後宮《ハレム》内の金銀財宝、ごっそり盗んでこっそり持ち出す」

「だがそれは容易でないぞ」

伽没路《カーマルー》は長い袖で顔を拭った。「最下級の宮女である下﨟のままでは、おまえの言う金銀財宝など夢のまた夢だ。中﨟《ちゅうろう》上﨟と出世していかねば、後宮《ハレム》に眠る本物の富には触れられぬだろう」

「でも、あんまり上に行くのもまずいんじゃないのか。皇帝に目をつけられちまう。女を選びに来るんだろ、夜になるとさ」

「十八歳になるまでお夜伽役《よとぎ》は与えられぬ規則だ。これは預言者さまが——神の祝福あれ——十八歳にならぬ娘たちを親の元に帰した故事に由来する。真教の守護者にあらせられる皇帝陛下がそのしきたりに背かれることはない。おまえ、年はいくつと言ったか」

「十四だよ」

「ふむ、ならば籍には十六歳と記しておこう。十四の娘にしてはちと背が高すぎる」

「ご勝手に」

海功《カユク》は肩をすくめた。後宮《ハレム》についての説明をはじめたとたん、伽没路《カーマルー》が活き活きとしてきた。さっきまで脂汗を垂らしていたくせにと海功《カユク》は小憎らしく思う。

「よし、服を取れ」

伽没路《カーマルー》は椅子の背側に回り、笠木に手をかけた。「おまえの顔はよい。この後宮《ハレム》でもまずまずの美少女でとおるだろう。問題は体の方だ」

「あれを切られると男が好きになるのか？　それともまだ女が好きかい？」

海功《カユク》は心にひろがる不快なものを軽口に紛《まぎ》らせた。女みたいだなんて言われるのは屈辱だ。従兄《いとこ》の伐功《バルク》にもよくそうやってからかわれる。

他の悪童仲間とちがって、にらみを利かせたり凄んでみせたりするのが似合わない顔立ちであることは自覚していた。睫毛《まつげ》が長くて黒目がちで、顎《あご》が細い。色白な頰は何かあるとすぐに赤くなる。

伽没路《カーマルー》は海功《カユク》の言うことなど取り合わなかった。服を脱がせると、腕を前に突き出させ、手を調べる。鼻息がかかりそうな距離まで顔を近づけてくるので、海功《カユク》は気持ち悪かった。次に伽没路《カーマルー》は腕をあげるよう指示する。腋《わき》の下の毛がきれいに剃《そ》られているか確認するためであった。白日人《セリカンじん》の婦人は無駄な体毛をすべて除いているものである。女に化けるため、海功《カユク》は全身の毛を剃ってあった。

「うしろを向け」

命じられて海功《カユク》は先ほどのように反抗的な態度を取ることもできず、黙って従った。数多《あまた》の宮女を取り調べてきた宦官の目が否応なしに海功《カユク》を値踏みされる立場におとしめていた。

伽没路《カーマルー》は海功《カユク》の締めた乳帯《ちおび》・下帯の結び目を引っ張り、外れないか確かめた。敬虔《けいけん》な真教徒の女には同じ女にさえ自分の体のすべてを晒さぬ者がある。海功《カユク》はそれを装って、乳房がないのとないはずのものがあるのとをごまかそうと目論んでいた。

伽没路《カーマルー》が海功《カユク》の瘦《や》せた肩を撫で、腰の線をなぞった。ろくに食べていないので、どこも肉が薄い。

「後宮《ハレム》には誘惑が多い」

短くて太った指が尻の皮をつまんだ。「世界中から集められた美少女たちが男の目なしに安らっておる。都の公衆浴場《ハマム》に匹敵するほどの大きな風呂がいくつもあって、林檎のような乳房と桃のような尻の少女たちでいっぱいになる。夜になれば、床を並べて少女たちは眠る。故郷を離れた寂しさに衾《ふすま》の下で女どうし肌を擦り合わせる者もある」

何を言い出すのだろうと海功《カユク》はいぶかしく思った。伽没路《カーマルー》のことばで下帯の内部にある変化が起こりはじめていた。女といえば彼は、ヴェールで顔を覆い、ゆったりした衣で体の線を隠した姿しか知らない。裸の女など、想像するだけでも刺激が強すぎた。

その変化しかけた部分を思いきりつかまれた。股の間から伽没路《カーマルー》が下帯の前に手を回し、乱暴に握り締めたのである。

「うおおおおッ、何しやがるッ！」

海功《カユク》は腰を引いて逃れようとした。不快な痺れが腹の内にひろがる。

「何しやがるだと？　きさまこそ何をしている」

伽没路《カーマルー》が耳元で囁《ささや》く。「女たちの前でおったててみろ。そのときは根元からすっぱり切り落としてやる。きさまは知らんだろうが、去勢手術というのは齢《よわい》十二にならぬ前に行うものなのだ。それ以降ではどういうわけか成功しない。術後、小便が出ずに臓腑《ぞうふ》が腐って死ぬ。そうした例をわしはこの目でたくさん見てきた」

ようやく宦官長の手から解放された海功《カユク》は床にへたりこんでしまった。不幸中の幸いで、下帯の変化はすっかり治まっていた。

「いま言ったことを忘れるでないぞ。わかったら服を着ろ」

「ご忠告に感謝するぜ、畜生」

海功《カユク》は立ちあがり、床にひろがる衣を拾った。

「やれやれ、いまさらあんなものに触れるとはな……」

伽没路《カーマルー》はてのひらを衣の尻にこすりつけ、卓にもどった。「これをおまえにやろう」

彼が袖中より出したのは、紙と矢立《やたて》。海功《カユク》は衣を羽織り、卓上に置かれたものをつかんだ。

「おまえの名を書いてみよ」

矢立から筆を抜き取り、言われたとおりに名前を記す。

——海功《カユク》
伽没路《カーマルー》は紙をひっくり返し、字の天地を自分に向けたものとした。

「ふむ、教育のない割にはよい字を書く」

「見様見真似でね」

そう答える彼の手から伽没路《カーマルー》が筆を奪い取った。

「字はよいが、名前はまずい。無骨すぎて後宮《ハレム》にそぐわぬ。わしが新しい真名《まな》をつけてやろう。禁園《きんえん》にふさわしい典雅な名を」

そう言って書いたのが、

――香燻《カユク》

「それ、おまえも書いてみろ」

言われて、香燻《カユク》は伽没路《カーマルー》のに並べて記す。逆立ちした偽の名前。

世間の女には仮名《かな》しかない。後宮《ハレム》の女は男のように真名を持つ。

「覚えたか？」

問われて香燻《カユク》はうなずいた。海功《カユク》でなく香燻《カユク》。口には出さず覚える。筆談でしか使わぬ名だ。

「覚えたらこの紙を焼き捨てろ。おまえの素性に繋がるものは残すな」

香燻《カユク》は名前の書かれた紙をつかみ、両手でひねって蠟燭の火にかざした。火は待ちかねたとばかりに躍りあがって紙に燃え移った。

炎が香燻《カユク》の指に達しようとするのを伽没路《カーマルー》が自分の指を焼いているかのように顔をしかめて見つめている。香燻《カユク》は手を引っこめない。名前が焼けても、自分は火に負けない。ここで退かぬことが後宮《ハレム》に入った自分の覚悟を証立《あかしだ》てすると思い、むしろ焼け、舐めよ、と炎の赤い舌に指を突き出した。

宦官長に続いて歩く海功《カユク》改め香燻《カユク》は一歩進むごとに身をくねらせた。

全身かゆくて仕方ない。

除毛剤で肌がかぶれたのか、それともその除毛剤が固まったところをこそげ落とすのに使った小刀がなまくらだったせいなのか。

　はじめて見る後宮《ハレム》の中は想像していたのとちがった。人の目も、太陽の光ですらも届かない場所だと聞いていたが、実際にはずいぶんと明るい。

　きれいに刈りこまれた芝の緑が日差しに映える。香燻《カユク》の歩く板張りの廊下は広い中庭に接していた。この中庭で野球をしたらどんなに気持ちがいいだろう。

　都の少年の例にたがわず、香燻《カユク》は野球が好きであった。宿なしの悪童が集まったチームで彼は従兄の伐功《バルク》とともにプレーしていた。チーム最年少であった彼は仲間たちにかわいがられた。

「甘やかされてる」

　と伐功《バルク》は言った。「海功《カユク》、おまえは自分勝手なプレーばっかりだ。みんな笑って許してくれているが、本当はそれじゃ駄目だ。野球ってのはひとりでやるものじゃなく、チームでやるものなんだから」

　香燻《カユク》にはそれができない。チャンスが来たら迷わず飛びついてしまう。塁上の走者も相手の守備陣形も試合の流れも関係ない。好球必打——考えるのはそれだけだった。

　伐功《バルク》が何と言おうと、野球の本質がどうであろうと、打席に入ったら誰も香燻《カユク》を動かせない。投手の手を離れたボールはバットでなければ弾き返せない。

　香燻《カユク》は打球だ。ひとたび放たれれば空を切り裂き、おのれの力のみで飛んでいくライナーだ。後宮《ハレム》に入ることにしたのも同じことであった。このチャンスを逃せば次はなかった。伐功《バルク》には反対されたが、いつかわかってくれるはずだと香燻《カユク》は信じていた。

彼も香燻《カユク》と同じ苦しみを味わってきたのだから。

廊下の向こうから騒がしい一群が駆けてきた。

ここが後宮《ハレム》だというのに、香燻《カユク》はそれが女たちであるとにわかには信じられなかった。あまりにも長い廊下で、彼女たちが香燻《カユク》の前に来るまで時間を要したためでもあったし、小さな子供ならともかく、年頃の娘たちが人前で走るなど常識外れだったためでもある。

彼女たちは香燻《カユク》の与えられた十六という年齢とさして変わらないように見えた。お揃いの白い帯、白いゲートルが目を引く。衣の袖はたすきがけにして、尻をからげている。ズボンは短くて、太腿《ふともも》が露になっていた。そのまばゆさに、香燻《カユク》は直視しきれず目を伏せた。

「あら、宦官長さま」

「こんにちは」

「こんにちは」

伽没路《カーマルー》に一礼して少女たちは階《きざはし》から中庭の芝の上へおりていった。

「暑いから無理をしてはならぬぞ。こまめに休憩を取れ」

立ち止まって彼女たちを見送る老宦官は兄のような父のような優しいことばをかける。

芝の上にひろがった少女たちは二人組三人組を作ると、懐《ふところ》から黒い球を出してキャッチボールをはじめた。回廊の香燻《カユク》は目を丸くした。

人間《じんかん》至るところ野球あり——白日《セリカン》の俚諺《ことわざ》だが、後宮《ハレム》の中でも野球が行われているとは意外だった。しかも、やっているのは女だ。

「あれは静寧殿《じょうねいでん》の中臈《ちゅうろう》たちだ。仕事の手が空くと野球の練習をする」

伽没路《カーマルー》の足元にボールが転がってきた。彼はそれを拾い、中庭に投げ返した。腕の締まった弱々しい投げ方であった。女みたいなやつだと香燻《カユク》は心中に嘲《あざけ》った。芝の上に立つ女たちの方は力強いフォームでボールを投げこんでいた。

「帝国の祖業は野球である」

伽没路《カーマルー》はひとつ咳をしてからふたたび歩き出した。「我ら白日人《セリカンじん》は野球の巡業で身を立てる、いわば遊行の徒であった。先人は各地で野球の試合を見せて回りながら、同時に交易にも携わっていた。やがて有力な豪族《チーム》が周囲の弱小豪族《チーム》を従え、いくつかの連衡《リーグ》が生まれた。それを統一したのが帝国だ。かつて王とは一番優れた野球選手を指す栄誉ある称号だった。今日、玉座は球場を離れた。代わりに後宮《ハレム》の女たちが陛下の私的な空間《ハレムリク》において投げ、走り、打つ。それによって我らの歴史は再現される。預言者さまの教えにもあるように——神の祝福を——『男は明日を見つめ、女は昨日を抱く』というわけだ」

女がひとり、すれちがいざまに伽没路《カーマルー》と会釈を交わした。体の線も露な薄衣《うすぎぬ》を一枚羽織っただけの姿。

香燻《カユク》を横目に見て女はほほえんだ。女御・更衣《こうい》と呼ばれる人だろうかと香燻《カユク》は考えた。これほど美しい人はいままで見たことがない。

　彼女は肌から甘いにおいを振り撒《ま》きながら、半開きになった妻戸《つまど》のすきまに滑り入った。目を凝らすと、その奥の暗がりに幾人もの女たちが裾や脚をしどけなくひろげて横たわっているのが見えた。罪悪感から、香燻《カユク》は反射的に目を逸らした。木の肌に触れる素足の裏がしっとりと冷たかった。

　湖から流れ出る川のように、中庭から続く細い植えこみが殿舎と殿舎の間に伸びていた。香燻《カユク》の知らないおかしな形の草や木が繁っている。中には軒《のき》に届きそうなほど背の高いものもあった。

「このあたりには女御・更衣に仕える女房たちが住んでおる。みな専用の局《つぼね》を持っているのだ」

　無数に並ぶ妻戸の前を音もなく行きながら伽没路《カーマルー》が袖に隠した手で指し示す。それぞれの戸からは色とりどりの衣の裾がはみ出ていて、個室の持ち主がどういった色や柄を好むのか明らかにしている。

　軒端《のきば》に揺れる風鈴、欄干《らんかん》で干される絨毯《じゅうたん》は、女房たちの私物であろう。廊下を歩く者はないが、そこにあるものだけでも目に耳ににぎやかであった。

「ここに住むまでになった者たちはみな野球でのしあがってきた」

　野球でのしあがるとはまるで預言者礼拝堂併設の野球場で試合するプロの選手みたいだと

香燻《カユク》は思った。はたして女たちが真剣に野球をやるものなのだろうか。

彼の不審を表情から読み取ったというように伽没路《カーマルー》はうなずき、続ける。

「宮女たちの最高位にある女御・更衣の十二人はそれぞれの殿舎内に野球チームを持ち、競い合っておる。これを七殿五舎《しちでんごしゃ》リーグ、またの名をハレムリーグと呼ぶ。各殿舎は上臈所・中臈所・下臈所を持ち、下働きの宮女を抱えておる。その中で野球の特にうまい者が最上級のチームに女房として引きあげられる。女房として女君のそばに侍《はべ》っておれば皇帝陛下のお目に留まる可能性も出てくる。逆に言えば、上中下臈でいる限り、陛下の寵を賜《たまわ》って時めくことなどありえぬのだ。宮女の数、二千余に対し、陛下のお相手は一晩に一人。一月で三十人。もちろんお気に入りは何度もお呼びがかかる。下っ端のままでは永遠に順番が回ってこない」

順番――皇帝と寝る順番だ。そこに入るため、女たちは野球で争う。志《こころざし》は立派だと香燻《カユク》は思った。彼も縄張りや面子《めんつ》を賭けて他の街区の悪童たちと野球で対戦してきた。女たちの気持ちはよくわかる。それでも彼にとって女の野球は侮《あなず》らわしかった。政治も商売も戦争も、白日《セリカン》帝国ではすべて男がやる。野球もまた然《しか》り。女と野球などやっていられるか、と偽宮女の香燻《カユク》は一人前の男ぶってさげすんだ。

突き当たりに裸の女を象《かたど》った彫像が立っていた。かつてこの都を治めていた義教徒《ぎきょうと》の遺物だろう。顔がルーム風だ。吊りさげられた布を背にしている。

それが扉代わりで、くぐって入ると暗く暖かい。

大人数の動く気配があった。板敷きの上に多くの衣が無造作に脱ぎ捨てられている。その取り繕《つくろ》わぬ乱雑さがどことなく淫靡《いんび》だ。

「湯帷子に着替えよ」

伽没路《カーマルー》の指示に従い、香燻《カユク》は部屋の隅に山と積まれていた白衣を一枚取って身に着けた。ズボンがないのを伽没路《カーマルー》に訴えるが、いいからついてこいと手招きされる。着ていた衣をその場に置き、筆と紙だけ持ってそちらに向かった。

重く湿った戸を押し開けると、戸外かと見まがうほどに明るい。四方を白いタイル張りの壁に囲まれた広間で、天窓からの光が床から立ちのぼる湯気に蒸されている。壁に設けられた金色の水槽からとうとうと湯水が流れ落ち、天窓の真下にある池では噴水が香燻《カユク》の背よりも高く水の柱を作っている。その柱がひろがり飛沫となって落ちていく様は、青いタイルに覆われた柱が天井近くで描く放射状の模様に似ていた。

三十人ほどの少女が、下帯を着けただけの尻をこちらに向けて、床を磨いている。香燻《カユク》は自分の下帯が窮屈になるのを感じた。

伽没路《カーマルー》がズボンをつまみあげて、一段低くなった床におりた。

床には湯が張られており、足を浸すと、かすかに流れている。

「迷伽《メイガー》、迷伽《メイガー》はおるか」

伽没路《カーマルー》の声が硬い輪郭を伴って響いた。少女たちの中からひとり、頭巾をかぶったのがもったいつけるようにゆっくりと歩み出てきた。手には水のしたたるブラシを提げている。

「これは宦官長さま」

彼女は深く頭を垂れ、それから香燻《カユク》に目を移した。

灰色の瞳をしていた。

「迷伽《メイガー》よ、これが先に話した新人だ。名は香燻《カユク》。年は十六。わけあって口は利けぬが、耳は聞こえる。おまえに預けて障《さわ》りないか」

伽没路《カーマルー》はそっくり返って言った。

迷伽《メイガー》はブラシを掌に叩きつけ、水飛沫を飛び散らせる。

「ええ、それはもう。新戦力はいつでも大歓迎ですから」

伽没路《カーマルー》は飛沫のかかった顔を袖で拭い、香燻《カユク》の肩に手を置いた。

「よし。今日からおまえは暁霞舎下繭だ。しっかり励めよ」

彼はズボンの裾が水に触れないよう引っ張りあげたまま、よたよたと浴場を出ていった。

迷伽《メイガー》はその背中をブラシの柄で肩を叩きながら見送った。湯帷子の丈が短く、へそがのぞいている。下に乳帯を着けず、湯帷子の上から帯で締めつけているので、丸く浮き出た乳房が形を歪《ゆが》めていた。

香燻《カユク》は紙を持つ手を下帯の前に置いた。

「あいつに変なことされなかった？」

灰色の瞳が彼を見た。どう答えてよいのかわからない。

「あいつさ、『身体検査だ』っていって新入りの子に触るのよ。あれはないのに、男の気持ちが残ってるんだねえ」

そう言って彼女は伽没路《カーマルー》の出ていった戸に向けてブラシを振った。飛び散る水が黒い痕跡《こんせき》を残した。

老宦官の手の感触が蘇《よみがえ》ってきて、香燻《カユク》の股は正常にもどった。

彼は筆を執った。

――よろしくお願いします。

そう書いて迷伽《メイガー》に示すと、彼女はそれを見つめて頭を掻いた。

「あなたにこれあげる。仕事するときには髪をまとめるといい」

彼女は頭巾を解いた。栗毛色の髪が肩にこぼれる。

香燻《カユク》は目を見張った。

この人は遠い国から来た義教徒ではないだろうか。その驚くべき目の色・髪の色――肌などは青ざめて見えるほどに色が薄い。

都には交易目的でやってきた義教徒がいくらか住んでおり、香燻《カユク》も街で見かけたことがあったが、女を見る機会はなかった。

彼女は彼の髪を頭巾で留めてくれた。乳房が彼の胸を小突いた。

——ありがとう。

紙をめくって、新たに書く。迷伽《メイガー》はうなずき、ほほえんだ。

「蒔羅《ジラ》、ちょっと来て」

彼女が呼ぶと、

「はーい、ただいま」

高く澄んだ声が響く。

水を蹴立てて少女が駆けてきた。小鳥のように華奢な手足。薄い胸に、萌《も》え出《い》でたばかりのつぼみに似た乳首が透けている。

黒い瞳が香燻《カユク》を見あげる。栗鼠《りす》のような大きくて丸い目だが、人に怯《おび》える色は見えない。

「蒔羅《ジラ》、この子は香燻《カユク》。あなたと同い年よ。口が利けないそうなの。面倒見てやって」

迷伽《メイガー》のことばに蒔羅《ジラ》はうなずいた。

香燻《カユク》の目には十二三にしか見えないこの少女も、後宮《ハレム》にいるということは、皇帝に召されるためにいるのだ。そう考えると香燻《カユク》の下腹がまた切なくなる。よく見れば、彼女の尻は年相応の肉づきで、その褐色の肌はみずみずしく張りつめている。たかぶったものをそこにきつく押しつけてみたいと香燻《カユク》は切に願った。

「わたしは蒔羅《ジラ》。よろしくね」

彼女は香燻《カユク》に優しくほほえみかけた。

香燻《カユク》は手にした紙に目を落とした。ひとつ前に同じ一文があったが、改めて書く。

――よろしくお願いします。

「筆を貸して。わたしの名前はこう書くの」

彼女は香燻《カユク》の書いたものの横に自分の名をきれいな真名で記した。迷伽《メイガー》が世話役に彼女を指名した理由が香燻《カユク》にもわかった。

ふと目をあげると、すこし離れてこちらをうかがっている者がいた。まばゆい金色の髪が目を引く。それだけではない。寸詰まりの湯帷子も引き絞られた下帯もはちきれそうなほどの豊満な体。白い肌がかすかに赤く火照っているのもなまめかしい。長い睫毛で飾られた青い目は神秘的で、思わず見とれてしまう。

よくも神の創りたもうたものだと香燻《カユク》は感心した。都と異教徒の地とでは、神は唯一であっても、人を創るのに用いる原料がちがうのかもしれぬ。それにしても、これほどの美人でさえ風呂の床を磨かされるとは――香燻《カユク》は後宮《ハレム》の底知れなさというものを実感させられた。

「あら、蜜芍《ミシャ》、どうしたの。あなたも挨拶なさいよ」

蒔羅《ジラ》がふりかえり、金髪の少女を手招きした。少女は動かない。

筆を持つ蒔羅《ジラ》は香燻《カユク》の手にした紙に、

――蜜芍《ミシャ》
「これがあの子の名前」

自分の名前と並べて書く。

「教えなくていいよ」

蜜芍《ミシャ》は冷ややかに言った。「その子が書いても、どうせわたしには読めないもの。自分の真名だってわからないんだし」

「だからって教えなくていいということはないでしょう」

蒔羅《ジラ》が穏やかに反論する。

「でもわたしの知らないところでわたしのうわさをしたり、わたしに呪いをかけたりするかもしれないわ。もしそうなったら、字の読めないわたしにはどうすることもできないじゃない」

腰に手を当ててまくしたてる蜜芍《ミシャ》の姿に香燻《カユク》は、図体はでかいがずいぶんと子供っぽいと思い、すこしおかしくなった。

迷伽《メイガー》は深くため息を吐き、

「あの子はちょっとバカだから、気にしないように」

と言って蒔羅《ジラ》の背中に手を回した。

「香燻《カユク》に桶の場所を教えてあげて」

「ええ。こっちよ、香燻《カユク》」

蒔羅《ジラ》に手を引かれ、香燻《カユク》は歩き出した。女と手をつなぐなんて幼い頃以来のことだ。彼は照れくささに頬が赤らむのを感じた。

「さあ、床磨きはおしまい」

迷伽《メイガー》が手を叩き、浴室中に響き渡る大きな声で言う。「水を流すよ。みんな、桶を運んで」

散らばってうずくまっていた少女たちが一斉に立ちあがり、香燻《カユク》のいる方へ走ってきた。魚のたくさんかかった網を引き揚げるときのようにぴちぴちと水が跳ねる。少女たちは滑らかな尻や腕をこすりつけて香燻《カユク》を追い越していき、積み重ねられていた木桶を獲り尽くしてしまう。

「新しく入った子？」

「香燻《カユク》っていうの」

「年はいくつ？」

「十六歳だって」

「どうして喋らないの」

「喋れないのよ」

好奇心の矢面に蒔羅《ジラ》が立ってくれるのはありがたかったが、剝き出しの太腿や汗ばんで透ける衣が迫ってくるのを防いではくれない。香燻《カユク》はどうにかなってしまいそうだった。

蒔羅《ジラ》の小さな手が、香燻《カユク》を水槽のそばへ引いていく。

「わたしは冷たい水を汲んでこっちに入れるから、あなたは中で搔き混ぜて」

水槽からはぬるま湯が溢れていた。蒔羅《ジラ》は湯の出る管をブラシの柄で、かんかん、と打った。まわりでも、かんかんかん、と盛大に打ち鳴らし、高い天井に響く。肺病やみのように給水管が咳こんで、湯がどっと噴き出した。いままでのとちがい、熱い湯であった。香燻《カユク》は飛沫に触れて悲鳴をあげそうになった。

桶をひとつ手に提げて隣の水槽へ移った蒔羅《ジラ》は水槽の水をたっぷりと汲みあげる。彼女が丸くなって寝ればすっぽり入ってしまいそうなほど大きな桶で、たぷんたぷんとこぼれるのを、危なっかしい足取りで香燻《カユク》の待機する水槽まで運び、一息にあける。湯気がもうもうと立った。

「熱いから気をつけてね」

教えられて香燻《カユク》は足元の桶を取り、水槽に差し入れた。確かに水面近くは痺れるほど熱い。底に沈む冷たい水の塊《かたまり》を桶で叩き割り、よく混ぜる。

蒔羅《ジラ》が運んできた次の一杯でようやく温度が均等にならされるが、赤銅色の給水管からは湯が出続けている。放っておけばまたすぐに熱くなってしまうだろう。

「お湯ちょうだい」

背後から声をかけられてふりかえると、少女が両手を差し出している。香燻《カユク》は沈めていた桶を引きあげた。重さに足がふらつく。こぼれた水がばしりばしりと床のタイルを打つ。

相手は桶を受け取ると、胸に引きつけるようにして保持し、運んでいく。香燻《カユク》よりもよほど力が強そうである。

「それっ」

かけ声とともに捨てられた湯が噴水の方へとひろがっていく。隣の流れとせめぎ合って波を立てる。

香燻《カユク》の前にはすでに次の少女が来て、湯を待っていた。桶を水槽に沈めるとざっと溢れる。やはり後宮《ハレム》はたいへんなところだと香燻《カユク》は思い知らされた。水を使うのでも大忙しだ。

迷伽《メイガー》が噴水池の周囲を巡って磨き残しをブラシでこする。誰かが湯をあけるときに足を滑らせて床で尻をどうと打つ。近くの者たちがどっと笑う。

水槽と人の間をめまぐるしく行き来して香燻《カユク》は目が回ってしまった。熱気でのぼせて女の肌にも気が行かない。

勢いをつけて桶を差し出すと、相手が二人重なっていた。香燻《カユク》に近い方は手を出さず、かといって避けもしない。香燻《カユク》はつんのめって桶の中の湯を残らずぶちまけてしまった。

「だいじょうぶ？　熱くなかった？」

蒔羅《ジラ》が飛んできて、湯を浴びた少女に声をかける。しとどに濡れた少女はぼんやりと立っている。衣が張りつき、乳房の形を明らかにしている。下帯の下にある黒い茂みがくっきりと透けて見えた。

少女は香燻《カユク》の瞳を見据えていた。香燻《カユク》は頭をさげようとしてぎょっとした。

相手の頭には二本の角が生えていた。

雄羊のような、渦を巻く太い角である。髪の毛も羊のようにきつく巻いている。打ち棄《す》てられた義教徒の教会に飾られていた悪魔の像を香燻《カユク》は連想した。

角を除けばどこも異状はない、健康的すぎるほどに肉づきの豊かな少女である。腕や脚など、よく見ると脂肪の下で筋肉がよく発達しているのがわかる。背はすこし香燻《カユク》より高い。化粧っ気はなく、湯をかけられて怒っているのか、冷たい表情で香燻《カユク》を見つめている。

「ビーコン――」

彼女の口から不思議なことばが漏れた。「ビーコン、知らないか」

「花刺《フワーリ》、この子は口が利けないのよ」

小柄な蒔羅《ジラ》が伸びあがるようにして立ちふさがった。

「ビーコン、なくしてしまった」

花刺《フワーリ》と呼ばれた少女は抑揚のない声で同じようなことばを繰り返す。

どこかおかしいのだろうかと思い、香燻《カユク》は彼女の顔をまじまじと見た。

「入ってきたばかりの子に言ってもわからないわよ」

蒔羅《ジラ》が肩を押して遠ざけようとするが、花刺《フワーリ》は静かに食いさがった。

「ビーコン、あれがないと帰れない……」

「あーっ、かわいそう。新入りが花刺《フワーリ》をいじめてるうっ」

大声をあげたのは蜜芍《ミシャ》であった。揉めごとのにおいを嗅ぎつけてやってきたらしい。

「かわいそかわいそ。花刺《フワーリ》がいくらアホだからって、熱いお湯をかけることはないわよねえ」

蜜芍《ミシャ》の声に同情の響きはない。香燻《カユク》をおとしめることだけが狙いのようであった。

濡れ衣着せられ、香燻《カユク》は逆上した。昨日までは街の悪童、口より先に手が出る性質だ。ましてや、いまは口を出すことも許されないのである。

花刺《フワーリ》がひどく悲しげなので気が咎《とが》めてもいる。とにかく、じっとしてるのには耐えられなかった。

蜜芍《ミシャ》に駆け寄り、胸を突き飛ばす。相手はたたらを踏んだが、こらえきれず尻餅をついた。

「やったなッ」

立ちあがった蜜芍《ミシャ》が桶を取って振りかぶり、突進してきた。

香燻《カユク》はとっさに頭をかばった。

少女たちの悲鳴があがる。

「ビーコン」

花刺《フワーリ》が腕を一振りすると、落雷のような音がした。彼女の拳に触れた桶が粉々に砕け散り、蜜芍《ミシャ》の手には桶のたががだけが残っていた。

周囲の者は呆れ返って、ただ口を開けているばかり。

香燻《カユク》のそばに花刺《フワーリ》が歩み寄った。頭の角が先ほどよりも起きあがっているように見える。

「ビーコン、見つけたら教えてほしい」

何を頼まれたのかは理解できなかったが、香燻《カユク》は必要以上に何度もうなずいた。

「コラーッ！　何散らかしてんの。上の方々がもうすぐ来るんだよ。早く拾いなさい」

ける。

迷伽《メイガー》が怒鳴り、肩をいからせながら歩いてくる。

花刺《フワーリ》はそれに見向きもせず立ち去った。蜜芍《ミシャ》は手の中の破片を床に叩きつけ、香燻《カユク》に背を向

蒔羅《ジラ》が彼の背中にそっと触れた。「あの花刺《フワーリ》はちょっと変わっているけど、悪い子ではないの。うわさでは羽衣をなくしたせいで帰れなくなった天女だというわ。『ビーコン』というのはきっとその羽衣のことよ」

「気にしないでね」

後宮《ハレム》では角の生えていることも「ちょっと変わっている」のひとことで済まされるようだ。

花刺《フワーリ》はともかくとして、蜜芍《ミシャ》はとても「悪い子」のようだと香燻《カユク》は思った。

性格と、頭が悪い。

二千人もいるという宮女の中にそういった者が交じるのは仕方のないことなのだろう。それでもやはり蒔羅《ジラ》のようにかわいらしくて優しい女の子の方が多数派のはずだ。

だがもし皇帝が頭の悪い女を選んだら――その考えに香燻《カユク》はぞっとする。後宮《ハレム》では世間一般のそれとは別な競争が行われている。

香燻《カユク》はまだそのルールを知らない。

女たちで浴場がいっぱいになると、給水管から注がれる湯水がさらに勢いを増した。流れる

湯で床が鍋底のように熱くなる。高下駄を履いていなければ立ってもいられなかっただろう。女御・更衣とその女房たちのために立ち働く上中下﨟の女たちは、みな長さ一尺はあろうかという歯を持った下駄を履いている。これがあれば熱い湯の流れる中を歩くことができる。千人近い女が高下駄に乗ってひょこひょこ歩いている光景は、干潟で餌を漁《すなど》る鳥の群れのようであった。蒔羅《ジラ》の話ではこうした浴場が他にいくつもあるのだという。香燻《カユク》は後宮《ハレム》の広大さに改めて驚かされた。

慣れぬ高下駄に、彼は立っているのもやっとであった。蒔羅《ジラ》の肩につかまり、壁際でただ所在なくしている。

浴場の中央にいるのは暁霞舎女御という女君で、他の女たちは彼女のことを「暁《あかつき》の君」と呼んでいた。

女房たちを従えて浴場に入ってくるところを香燻《カユク》は見たが、まるで浴場入り口に置かれている裸婦像のように立派な体をしていた。湯帷子を肩にひっかけ、乳帯を着けぬ豊かな乳房をこれ見よがしに揺すって歩く姿はまったく異教徒風であった。下﨟の少女たちより年かさで、恐らく皇帝の相手をするのにふさわしい年齢なのだろう。

下﨟たちのもとに陶器の鉢が回されてきて、香燻《カユク》もそれを受け取った。その中には泥の塊のようなものが盛られている。

「柔らかくなるまで練って」

蒔羅《ジラ》に木のへらを渡される。粘り気のあるその泥を掻き混ぜると、潮が引いたあとの浜辺みたいなにおいがした。

「暁霞舎特製の除毛剤よ。アーバラナ海の海草を混ぜてあるの。これを塗ると、肌がつるつるになるわよ」

そう聞かされて顔をしかめる香燻《カユク》に、蒔羅《ジラ》は笑い声をあげた。鉢の中でへらを動かす手つきは彼よりずっと軽やかである。

「いまの話、他の殿舎の子には内緒ね」

よく練ってだまがなくなったところで、中臈の手に渡される。下臈の身では暁の君や女房方に近づくこともできないのである。

上中臈の体のすきまから垣間見ると、椅子に座った女たちが先ほどの泥を全身に塗りたくっていた。湯帷子も下帯も着けていない。肌が黒く光って、水に棲《す》む獣に似ている。

湯を求められ、下臈たちが桶に汲む。天井に蒸気が立ちのぼる。浴場全体がまた熱くなる。

甘い、腐ったような香りが漂った。

「暁の君さまがお使いになるあの石鹸《せっけん》ね、同じ重さの黄金よりも高価なんですって」

蒔羅《ジラ》が耳打ちする。香燻《カユク》には呑みこみがたい話だった。石鹸など、泡になってしまえば消えていくだけで何の価値もない。

ふたたび湯が運ばれていき、人の動きが慌しくなった。女たちがわずかずつ浴場の奥へと流れていく。

「暁の君さまが休息の間へお移りだわ。体を冷ましながらコーヒーを飲まれるのね」

蒔羅《ジラ》が下駄の上で背伸びをする。湯気が壁となり、行き先を見届けることはかなわない。その向こうから、

「下臈たち、お菓子を取ってきてちょうだい」

と声がかかる。

真っ先に反応したのが蜜芍《ミシャ》で、下駄の音も高らかに脱衣所へと走っていく。香燻《カユク》はわけもからぬままそれを追った。

下駄を脱ぎ捨て、木の床に飛びおりると、湯帷子も丸出しの尻もそのまま、廊下に飛び出す。浴場に長居したせいでのぼせた頭が外の空気に当たって急速に冴えていく。

どたどたと廊下を駆けるが、中庭には出ず、軒の幾重にも重なる暗い区画へ入りこんでいく。

濡れた湯帷子が肌に冷たく感じられてくる。

蜜芍《ミシャ》と競走して抜きつ抜かれつしている内に、大広間に入っていた。広いが、暗い。浴場のような天窓もなく、明かりも灯されていない。壁には巧緻な金の象嵌《ぞうがん》、うっすら帯びる光がかえって凄い。

空気は甘い。ふんわり懐かしく、香燻《カユク》の鼻をくすぐる。

においにつられてか、別の集団が別の入り口から押し寄せてきた。こちらも湯帷子に下帯と

いういでたち。彼女たちは香燻《カユク》とその同僚を見て足を止め、散開した。

悪童あがりの香燻《カユク》にはこのあとに何が来るのか、すぐにわかった——喧嘩だ。

「青陽舎《しょうようしゃ》の奴らだよ」

蜜芍《ミシャ》が少女たちをにらみつける。「生意気にこっち見てやがる」

同じ暁霞舎の下﨟が香燻《カユク》のまわりに集まってきて、きなくさいものが漂った。

「蜜芍《ミシャ》、やめときなさいよ」

蒔羅《ジラ》の声がする。香燻《カユク》はふりかえって見たが、他の下﨟たちに隠れてしまって、背の低い彼女がどこにいるのかわからなかった。

「コラコラ、立ち止まってる場合か」

迷伽《メイガー》が出てきて、蜜芍《ミシャ》の尻をぴしゃっと打つ。「勝負は明日つけるんでしょ」

舌打ちひとつして蜜芍《ミシャ》は歩き出す。白く丸い尻に赤い痕《あと》がまっすぐ走って、そこから裂けてぱちんと弾けてしまいそうだと香燻《カユク》は思った。

二つの下﨟集団は押し黙ったまま合流し、交じり合わぬまま大広間を縦断した。甘い香りが次第に濃くなっていくのを香燻《カユク》は感じた。

両開きの扉を挟んで男が二人立っていた。香燻《カユク》の股をまさぐった伽没路《カーマルー》と同じような衣を身にまとっている。

戸をくぐると、浴場とちがって乾いた熱がこもっていた。半円形のテーブルが壁に接しているように香燻《カユク》には見えたが、それは回転する大きな円盤であった。車輪のように回転し、壁の向こうの厨房から皿を運んでくる。どういった者が働いているのか、女たちからは見えない仕組みになっていた。

　ぷっくりと膨れた蒸しケーキが大皿の上に並べられている。蜜芍《ミシャ》が飛びつくようにして一皿取り、大広間へ引き返していく。香燻《カユク》もそれにならった。

　両手で抱え持つ皿から香ばしい熱気が立ちのぼる。小走りに浴場を目指す香燻《カユク》は口に溢れる唾液《だえき》で溺《おぼ》れそうになった。

　円《まる》い皿を乳白色や褐色の蒸しケーキが埋めつくしていて、その頂は砂糖の雪で覆われている。甘味屋の前にたむろして、中から漏れる香りで空腹を紛らせていた頃を思い出す。店では店員の目があって盗みを働けなかったが、ここならどうか。

　香燻《カユク》はしっかりつかみ直すふりで皿を顔に近づけ、ケーキをぱくりと口に収めた。

　その柔らかいことと甘いこと。頭のてっぺんから魂《たましい》が抜けそうになる。

　前を行く蜜芍《ミシャ》がふりかえり、咎《とが》めるような目を彼に向けた。

　見られたと思った彼は咀嚼《そしやく》を中断し、ケーキを含む口をむりやり引き締めた。

「もふぉおふぉおふぉおふぉおっふふぉおふぉおっ」

　蜜芍《ミシャ》が勢いこんで何か言うが、口の中のケーキが邪魔してことばにならない。

　しばらく行くと、ようやく呑みこんだようで、

「盗み食いしたなッ」

と改めてなじってくるが、こちらはとっくに食べ終えているし、盗み食いはお互いさまだし、筆を執って反論しようにも両手がふさがっている。香燻《カユク》は何も答えず、一番乗りで浴場に到着した。

中臈の少女が皿を取りあげ、

「次はシャーベット。急いで」

と言う。蜜芍《ミシャ》はすでに皿を床に置き、走り去っていた。香燻《カユク》はこっそり甘い息を吐いて彼女のあとを追った。

またも大広間の奥の厨房で、今度はガラスの皿に盛られた氷の山であった。白く輝いているところに黄金色の蜜がかかって甘ったるく溶けている。そこに添えられたオレンジの表面には霜が浮いている。

氷といえば水溜りに張っているものしか見たことがない香燻《カユク》は、壁の向こうで何が起こっているのかと考えこんでしまった。熱く蒸しあげられたケーキの次は氷。いったいどうやって作ったのだろう。もしかして魔法だろうか。

「今度はあんな真似しない方がいいわよ」

氷の皿に手を伸ばしたとき、蜜芍《ミシャ》が背後から囁《ささや》いた。「これ一杯で、あんたみたいな新米宮女が五人は買えるんだから」

香燻《カユク》は先ほどよりも気持ちが焦った。自分の口に入るわけでもないのに、溶けない内に届けなければと思い、息を切らせて浴場までもどった。

中﨟の手を介して氷は浴場の奥へと運ばれていった。

「女御ともなると、あれを毎日食べられるのよ。すごいでしょう」

自分の口に入ったわけでもないのに、蜜芍《ミシャ》は胸を張る。香燻《カユク》は我ながらひどく子供っぽく感じられる理由から、身分の高い女たちをうらやましく思った。


上﨟、中﨟と入浴を済ませ、下﨟たちに順番が回ってくる頃には、浴場の天窓から入りこむ光もすっかり細くなっていた。

脱いだ湯帷子を床に敷き、その上に腰をおろす少女たちは、暗い中にぼんやりと浮かぶ輪郭と化した。給水管の近くに座るのは、彼女たちのために湯を運んでくれる者がいないからである。

香燻《カユク》は蒔羅《ジラ》の隣に座った。手にあるのは支給された手拭一枚。筆と紙は脱衣所に置いてきた。この暗さでは字を書いても相手に見えないだろう。

彼は心細かった。

泥を練るのに使った鉢がふたたび回ってきた。上位の女性が使った余り物だ。蒔羅《ジラ》の指示で、内側に残った泥を手でこそげ取る。ひとつの鉢から小さな泥団子をひとつ、かろうじて作ることができた。

それを体に塗っていく。女御や女房たちのようにたっぷりとは使えない。蒔羅《ジラ》は泥をちょっとずつ取って、腕、腋、脚と器用に伸ばしていく。香燻《カユク》もそれを真似した。

「しっかり毛穴に擦りこむのよ」

蒔羅《ジラ》はおもむろに下帯を解き、隠れていた部分にも泥のついた手を這わせた。香燻《カユク》は目を逸らした。これを真似するわけにはいかない。

剃刀《かみそり》の刃が蒔羅《ジラ》の肌をじっくりと舐めていく。体毛を処理するのが女の身だしなみであることは香燻《カユク》も知っていた。蒔羅《ジラ》の体つきはほんの子供のようで、生えるものなどなさそうに見えるのだが、彼女の念の入れようときたら只事ではない。真剣な表情は、美しくなっていく自分の肌に見とれているようでもある。

「ねえ香燻《カユク》、手伝ってちょうだい」

蒔羅《ジラ》が剃刀を差し出してきた。何のことかわからぬまま、香燻《カユク》はそれを受け取った。

彼の方に体を向け、蒔羅《ジラ》は脚を開いた。

「はい、ここ。お願いね」

香燻《カユク》はとくと観察した。

よく研がれていると見えて、剃刀は暗い中でもときおり鋭く輝く。

蒔羅《ジラ》のつるりとした部分は、泥に濡れている。

はじめて見るものだったから、どこがどうなっていてどこをどうすればいいのかわからない。

香燻《カユク》は柄の方を向けて、蒔羅《ジラ》に剃刀を突き返した。

「どうしたの」

きかれて剃刀を指差し、首を横に振る。

「駄目なの？　もしかして剃刀を使ったことがないの？」

香燻《カユク》は大きくうなずいた。蒔羅《ジラ》は湯帷子の上であぐらをかいて剃刀の刃をすねにぴたりぴたりと打ちつけた。

「それなら仕方ないわねえ。蜜芍《ミシャ》に頼むことにするわ」

彼女が呼ぶと、蜜芍《ミシャ》は一糸まとわぬ姿でやってきた。乳房は下半分が翳《かげ》に覆われているせいかいっそう大きく盛りあがって見えた。問題の毛は濡れて肌に張りつき、一段と濃い翳になっていた。

「ねえ、この子、変なとこ見てる」

蒔羅《ジラ》と香燻《カユク》の間に腰をおろした蜜芍《ミシャ》が告げ口をするような調子で言う。

「珍しいのよ。そんな風に剃らないで残しているのが」

蜜芍《ミシャ》が作業しやすいよう、蒔羅《ジラ》は立てた両膝を抱え、脚をひろげた。

「わたしの故郷ではこれがふつうよ。こんなところを剃ったら、寒くて風邪を引いてしまうわ」

蜜芍《ミシャ》のことばに蒔羅《ジラ》が吹き出す。

「あなた、剃らないでいるのはそんな理由だったの？」

「ちょっと動かないで。危ないわよ」

剃刀の肌を擦る音が、水のこぼれる音と溶け合う。「香燻さまは剃刀も使えないの？　お偉いわねえ」

「そういうことを言わないの」

「この子、どうして下帯を取らないのかしら」

「慎《つつし》み深いのよ。わたしたちとちがって、生まれながらの真教徒なんじゃないかと思う」

「わたしに言わせりゃ、ただの気取り屋よ」

蒔羅《ジラ》の毛をすっかり剃り落としてやった蜜芍《ミシャ》は、香燻《カユク》の頭を尻で押しのけ、元いた位置にもどっていった。

蒔羅《ジラ》が香燻《カユク》に手を差し伸べる。

「手を出して。わたしがやってあげる」

手首を強く引かれた。前腕が蒔羅《ジラ》の平らな胸に押し当てられる。荒れた肌を引っ搔いていく刃は快かった。古い自分が削がれていくようだった。

「あなたはひょっとしたら、いい家の生まれなのじゃない？」

剃刀を扱う手つきと同じく、蒔羅《ジラ》の声は滑らかで優しい。「あなたの立ち居ふるまいには、どこか品があるもの。いまはこうして下﨟所にいるけれど、むかしはたくさんの人にかしずかれて育ったのかもね」

香燻《カユク》は何と答えてよいのかわからず、唇《くちびる》を噛《か》んだ。日が翳りつつあるのは彼にとって幸いと言えた。辛いことを思い出すのはたいていこんな時刻で、そのことに彼はいつも助けられるのであった。


風呂と同様、夕食も下﨟所は最後になる。

中庭に面した殿舎に下﨟たちは膳を運びこむ。女房たちは回廊の欄干にもたれかかって夕涼みをしながら食事を楽しむ。

さがり――すなわち上位の宮女たちの残飯が回ってくるのは、しばらくたってからであった。その日、暁霞舎の下﨟たちに与えられたのは、羊肉のハンバーグ入りトマトシチュー。それとピラフ。

香燻《カユク》にとってはさがりといってもごちそうだった。蒔羅《ジラ》の真似をしてシチューとピラフを交互に食べる。ハンバーグにはスパイスがふんだんに使われていて、かぐわしい風が鼻から頭の中まで吹き抜けるようだと香燻《カユク》は思った。口の中でシチューの汁気を吸ったピラフは柔らかく甘くなった。その甘さはどことなくうしろめたさに似ていた。

食べ終えたらすぐにお目見得だというので、下﨟たちは小さな絨毯の束を手に出発した。

迷伽《メイガー》が少女たちを並んで歩かせ、身だしなみを整えさせる。服をだらしなく着崩している者は厳しく叱責された。

「皇帝陛下のお目にかかるのに恥ずかしいかっこうをするんじゃないわよ。服装の乱れは心の乱れ。心の乱れは後宮《ハレム》の乱れ」

「どうせわたしたち下﨟なんかお目に入らないわよ」

そうつぶやいて蜜芍《ミシャ》が帯を緩めた。たくさん食べて腹がきついのであろう。

「蜜芍《ミシャ》、何か文句でも？」

迷伽《メイガー》ににらまれた彼女は、

「別に」

と言ってげっぷをし、くすくす笑う蒔羅《ジラ》の背中を押して進ませた。

お目見得の大広間はざわついていた。何せ後宮《ハレム》中の女が一堂に会するのである。これから起こることへの期待もあって、みな浮ついたお喋りに花を咲かせる。

下﨟は広間の隅に置かれる。そこから前へ行くに従って身分があがり、身につけているものも上等になる。最上級の女御・更衣ともなれば、女房たちにクッションや団扇や燭台などを運ばせて、まるで一国の女王のような威容でもって広間に乗りこんでくる。

蒔羅《ジラ》は女君の行列をいちいち指差して香燻《カユク》に解説した。

「あの方は霊螢殿女御、通称・光の君。白日帝国《セリカン》一の美女として名高い方よ。まだ十六歳なのに皇帝陛下のご寵愛この上ないの。きっと陛下は共寝したくてうずうずしてらっしゃるにちがいないわ。あっ、いま来たのが旃葉殿《せんようでん》女御、通称・香《こう》の君。陛下のご指名が一番多いのはあの方ね」

「ババアだけどね」

蜜芍《ミシャ》が鼻で笑う。

「蜜芍《ミシャ》、ババアなんて言わないの」

「ババアをババアと言って何が悪いのよ」

「もう。悪い子ね。その口、取ってやろうかしら」

「やってみなさい。その手をかじってやるから」

絨毯の上でじゃれ合うふたりを迷伽《メイガー》が苦い顔で見ていた。

「あのさあ、香の君ってわたしと同じ年なんだけど。ババアなんて言わないでよね」

「あ、そうだっけ?」

蜜芍《ミシャ》は悪戯《いたずら》っぽく笑った。「じゃあ訂正するわね。あれはただのババアじゃない。おっぱいババアだ」

「なるほどね――」

蒔羅《ジラ》が合いの手を打つ。「それじゃあ迷伽《メイガー》は?」

「迷伽《メイガー》は……処女ババアね」

答えたそばから迷伽《メイガー》にポカリと頭を叩かれて、蜜芍《ミシャ》はおおげさに倒れてみせた。同僚たちはどっと笑った。うしろの方でいくら騒いでも目立たないと知っていて、下﨟たちはやりたい放題である。

それでも宦官たちが入ってくると、彼女たちは緊張して絨毯の上で座り直した。

後宮《ハレム》一の権威・皇太后のときには平伏してお迎えする。

ときを置かずに皇帝もやってくる。女たちは額《ぬか》づいたままである。

香燻《カユク》はこっそり顔をあげて皇帝の姿を盗み見た。遠すぎてはっきりとは見えないが、青年らしく所作に重みが欠けている。まず生みの親である皇太后のもとへ行って、衣の裾にキスをする。それから女御連中と二言三言ことばをかわし——それだけであった。皇帝はそそくさと女の空間をあとにした。

あれが皇帝か。香燻《カユク》はその姿を目の奥に焼きつけた。

この千年の都にはじめて真教の祈りを響かせた英雄の息子。大白日帝国《セリカン》の、都の、後宮《ハレム》の、女たちの主——そして我が仇《かたき》。

もうすぐだ。もうすぐ奴の命を取れる。だが、まだ遠い。誰も止められぬ距離まで近づき、積年の恨みに研がれた刃で切り刻む。

そのためにここまでやってきたのだ。

「今夜のお相手は香の君に決まったようね」

蒔羅《ジラ》がつぶやく。彼女の視線の先では、女房たちが躍りあがって喜んでいる。旃葉殿に属する上中下﨟が拍手をする。他の殿舎の方々は女房を引き連れてさっさと退出しはじめていた。

何が起こったのかわからず困惑する香燻《カユク》に、蒔羅《ジラ》が寄り添い、声をひそめる。

「ご指命のときには、その女君のそばにハンカチを落としていかれるのよ」

「あーあ、またあの女かあ。つまんないの」

蜜芍《ミシャ》は天を仰いでため息吐くと、立ちあがり、絨毯を巻いて小脇に抱えた。

旃葉殿の喜びは絶えない。広間から立ち去ろうとする女たちの流れに逆らい、身分の上下もなく、女御を囲んで集まる。そこに金貨を撒《ま》いた者がある。香の君の女房が袖の内から金貨をつかみ出し、放ったので、上中下﨟は我が物にしようと大騒ぎである。蒔羅《ジラ》が肩を落とし、ため息を吐く。

「自分たちの女御が選ばれたご祝儀よ。いいわねえ」

香燻《カユク》は目を見張った。市場《バザール》ひとつをそっくり買い取れそうなほどに大量の金貨が無造作に投げ与えられている。

旃葉殿下﨟の中にひときわ背の高い赤毛の少女がいて、降ってくる金貨を中空でひとり占めする勢いであった。

「あれが旃葉殿下﨟所の主戦投手《エース》・抜凛《ペリ》。新人ながらここまで全回《イニング》無失点で来てるのよ」

蒔羅《ジラ》が指を差す。

「あんなの、わたしが打ち崩してやるわよ」

蜜芍《ミシャ》が拳を振りあげ、鼻息を荒くする。

「投手だけでなく旃葉殿下﨟所の新戦力にはすごい打者がいて、何とここまで打率十割なんですって」

「そんなのわたしなら十五割打てるわ。絶好調のとき、三打数で八安打したことあるもの」

蜜芍《ミシャ》の隣で香燻《カユク》は笑いをこらえた。彼女は字を識《し》らないだけでなく、計算もできないらしい。

蒔羅《ジラ》が香燻《カユク》の肩を抱き、耳元に口を寄せる。

「旃葉殿は我が暁霞舎のライバルなの。あなたもわたしたちの一員になったからには打倒旃葉殿をつねに心がけておくことね」

──旃葉殿下﨟所と暁霞舎下﨟所、野球だとどっちが強い？

香燻《カユク》が紙に書いた問いを蒔羅《ジラ》は眉根を寄せて見つめる。

「それは……わたしたちの十三連敗中」

それを聞きつけた蜜芍《ミシャ》は頰を膨らませた。

「でもわたしと蒔羅《ジラ》が後宮《ハレム》に入ってからは二度しか負けてないわよ」

二連敗していれば充分だと香燻《カユク》には思われるのだが、蜜芍《ミシャ》は負けを認めていないらしい。

礼拝堂の野球場で観戦するなら負けているチームを応援するのも悪くないが、自分が加入するチームを選ぶとなれば香燻《カユク》は勝っているチームに入りたかった。何しろ自分の運命がかかっているのだ。勝ち馬に乗って何が悪い。

そんな香燻《カユク》の心を咎《とが》めるように蜜芍《ミシャ》が絨毯の束で彼の尻を小突き、

「帰るよ」

と言って歩き出した。

暁霞舎下薦所は迷宮のように入り組んだ廊下の奥にある。中の様子が一切外に漏れぬこともあって、外部の者から見れば薄気味悪い、得体の知れない場所である。

中に住む少女たちにとっては、かけがえのない、故郷に等しい、帰るべき場所である。

高いところにひとつあるきりの窓を鉤《かぎ》つきの竿で閉じれば、この大部屋の平穏を破るものはすべて締め出される。郷愁を誘う波の音も、岬を揺さぶる風の声も聞こえなくなる。星の光も、夜中にひっそりと置く露《つゆ》も入ってこられない。

燭台の火に恐ろしげな影を揺らして迷伽《メイガー》が少女たちを見おろす。彼女たちは寄り集まり、寝具を分け合って床に臥している。

「今日も一日たいへんだったね。よく寝て、明日もがんばろう」

彼女が蠟燭の火を吹き消し、「おやすみ」と言うと、水底から泡が立つように、

「おやすみ」「おやすみ」

部屋のあちこちから声があがった。

下﨟たちの一日は終わった。彼女たちの労働は、一人の女が皇帝の臥所《ふしど》に引き入れられるという形で結実した。そのようなものとして後宮《ハレム》は都のはずれ、宮殿の奥のそのまた奥にある。寝具も何も持たずに後宮《ハレム》へ入ってきた香燻《カユク》は蒔羅《ジラ》の袖に包まれるようにして寝た。

こうして狭いところで寄り添って眠るのには慣れていた。家などない身だったから、雨風をしのげる場所ならどこでも、同じ境遇の者どうし、ひとかたまりになって夜をすごすしかなかった。女と寝ているという感覚はない。むしろ自分の体から女のにおいのすることが気になっていた。

啜《すす》り泣くような声が聞こえる。

香燻《カユク》は頭をあげようとした。それを蒔羅《ジラ》の腕が抑えつけた。有無を言わせぬ強さは部屋に垂れこめる闇のようであった。

「あれは花刺《フワーリ》よ」

彼女の声が香燻《カユク》の髪をくすぐった。「天上世界が恋しいのね。いつもああやって泣いている。心配いらないわ。あなたはゆっくりおやすみなさい」

そう言って彼女は香燻《カユク》の頭を抱き寄せる。

香燻《カユク》は身を委ね、額で彼女の胸の柔らかい部分をさぐる。その仕草はまるで乳をねだる獣の児のようで、どこで覚えたものだろうと我ながら不思議に思った。

眠りに落ちる前にもう一度、復讐の炎を燃え立たせたかった——こうやって寝床でふたりきりになったとき、襲いかかって殺す。あの男を永遠に眠らせる。

だがどうしてもうまくいかなかった。蒔羅《ジラ》の胸の中にいるせいか、一日の疲れのせいか、彼の心は鋭さを取りもどすことなく闇に呑みこまれていった。

第二章　新人宮女殊勲

　試合の日の朝はいつも早く目が覚めてしまう。まだ寝ていたいのに、もう寝ていられない。胸が早鐘を打ち、停滞する時間から抜け出すよう体を追い立てる。

　蒔羅《ジラ》は起きあがり、部屋に充満するぱさついた闇に頭をつっこんだ。手を合わせて心の中で天なる神に朝の祈りを捧げる。隣では香燻《カユク》が穏やかに寝息を立てている。その頰《ほお》に張りつく髪を蒔羅《ジラ》は指ではがしてやった。

　黒くてまっすぐできれいな髪。グラウンドでこの髪がなびけば、皇帝陛下だって恋してしまうにちがいない。

　香燻《カユク》の体に自分の寝具をすべてかけてやってから、蒔羅《ジラ》は妻戸《つまど》をわずかに開けて廊下に滑り出た。眠りの名残でわずかな光にも鼻が利く。素足に冷たい廊下は踏んでもきしまず、硬い。夢を見ている後宮《ハレム》を驚かせるものは何もない。

　廊下を歩きながら確信する――今日は晴れ。

　都の夏はいつも晴れ。晴れが続いてくれるのはありがたい。人によっては雨も天恵だが、試合の順延は困りものだ。

物事には表裏がある。好天の連続で困る人の裏には、心から快晴を望む者がいる。

勝者の裏には敗者がいる。

ピンチの裏はチャンスの回《イニング》だ。

何事も裏からひっくり返される。だから勝ち続けなければ。「美しき敗者」なんてことばは表立って言えたものではない。

蒔羅《ジラ》の愛する中庭は、女君《おんなぎみ》たちの住むところに面したものとちがって狭苦しい。日当たりが悪いせいで芝生の色も冴えない。

だがこの時間には地面も周囲の回廊も殿舎《でんしや》の軒《のき》も碧《あお》に染められ、そこにいる彼女の心も空に溶け出してしまいそうになる。表裏などない唯一の永遠に包みこまれていると感じる。

いつもの欄干《らんかん》に腰かけ、中庭を見晴るかす。

芝生の上を渡っていく影があった。彼女はそれに向けて手を振った。

「蜜芍《ミシヤ》、おはよう」

「蒔羅《ジラ》、早いのね」

駆けてくる蜜芍《ミシヤ》は、革の沓《くつ》を履《は》き、衣の尻をはしょっていた。諸肌脱いで、高く結った乳帯《ちおび》を露《あらわ》にしている。汗が霞《かすみ》となって彼女の白い肌になまめかしくかかる。

「調子はどう」

「わたしはいいけど、芝がちょっとね。根っこが浮いているように感じるわ」

「雨が降らないからねえ」

欄干の上から小さな蒔羅《ジラ》が大柄な蜜芍《ミシャ》を見おろした。

「今日は勝てるかしら」

「勝つわ、今日も」

そう蜜芍《ミシャ》は言いきる。「ねえ、柔軟体操つき合わない？」

「いいわよ」

蒔羅《ジラ》は地面に飛びおりた。柔らかい土に踵《かかと》が突き刺さる。

蜜芍《ミシャ》はあっと声をあげた。

「沓履いてなかったの？　足が汚れちゃうわ」

「いいのよ。このあと汗を流しに浴場へ行くでしょう？　そのとき洗えばいいもの」

「それもそうね」

蜜芍《ミシャ》は汗を拭くのに使った手拭を折りたたみ、帯に挟んだ。

「芝生まで競走」

体を低くして蒔羅《ジラ》が走り出す。

蜜芍《ミシャ》はあっと声をあげた。

「ずるーい」

追いかけてくる彼女に、蒔羅《ジラ》はふりかえり、眠っている他の宮女たちを起こさないようにと人差し指を口に当てた。

◇

今日の当番は特別だという話だったが、昨日後宮《ハレム》に入ったばかりの香燻《カユク》にはそれがどういうことなのかわからなかった。

早い時間から仕事だった。朝食を女御《にょうご》のところへ運んだあとでさがりが来たのはうれしかったが、そのあとさらに掃除洗濯と続くので疲れてしまった。基本的に悪童たちは世の人が働いている時間には働かない。物乞いしようにも、人は仕事中に喜捨《きしゃ》をしないものだ。

「今日の仕事はこれでおしまい」

物干場から下臈所《げろうどころ》へ帰る途中の打橋《うちはし》で蒔羅《ジラ》が言った。「午後は野球の試合があるからね」

みんなでお偉いさんの試合を応援しに行くのかと香燻《カユク》は考えた。

きいてみると、下臈たちにも野球の公式戦があるのだという。遊びではなく公式なので、ふだんの仕事が免除される。

「あなたは野球やったことある?」

蒔羅《ジラ》に尋ねられて彼は紙に書く。

——すこしだけ。

後宮《ハレム》に入ることが決まって以来、彼はボールに触れてもいなかった。以前は白日人《セリカンじん》の少年らしく寝ても覚めても野球のことで頭がいっぱいだったのに、間が空いてしまったせいか、いまは縁遠いものに思われる。

午後の試合は女たちの野球だ。自分のじゃない。

昼食を下臈所で摂っていると、廊下からぱたぱたと慌しい足音が聞こえてきた。開けっぱなしの戸口に、上級の者らしき宮女が姿を現した。

「下臈たち、暁《あかつき》の君さまから差し入れよ」

おおっと声をあげて下臈たちが腰を浮かせる。

さらに二人、やってきたのが、特大の焼肉を鉄の串にぶっ刺して駕籠《かご》でもかくように運びこんできたものだから、下臈たちはさらにおおっと声をあげて群がった。

「待って待って、いま切るからね」

最初の宮女がフォークで肉を押さえつけておいて、人の首でも掻《か》っ切れそうな大ぶりのナイフで表面を削げば、ふつふつと肉汁が溢《あふ》れ出る。

「汁、汁」

「床、床」

「誰か下に敷くもの持ってきて」

パンののっていた大皿を迷伽《メイガー》が急いで肉の真下に置くと、ぽたっぽたっと音を立てて肉汁が垂れ、下臈たちはおおっと声をあげた。

香燻《カユク》が見ていると、まわりの者たちは手にしていたパンを裂き、それを肉係の宮女に差し出していた。そこに肉を挟んで食べるものらしい。彼もそれにならい、肉を取り巻く輪に加わった。

串を担ぐ宮女と迷伽《メイガー》が立ち話をしている。

「これがあるから試合の日はいいわよねえ」

「本当にね。あとは勝って暁の君さまにご恩返しができるといいんだけど」

「今日の相手はどう？　勝てそう？」

「どうかしらねえ。エースを攻略できるかどうかがカギね」

「こちらのエースの調子は？」

「まあまあってところかな。最近どうも力が衰えてきた気がするわ。年のせいかしら。昨日もうちの子にババアって言われちゃってさあ――」

新手の足音が廊下に響いた。

よく働いた泥棒のようなかっこうで宮女が二人、下臈所に押し入ってきた。

「下臈たち、暁の君さまからの差し入れよ」

ふたりは肩に担いでいた袋を床におろし、中から大きな西瓜《すいか》を取り出した。下臈たちはおおっと声をあげた。肉の輪の外側にいた者たちがいったん離れて西瓜を取りに行く。香燻《カユク》もそれにならった。

「はい。今日は絶対に勝ってね」

激励のことばとともに渡された西瓜は香燻《カユク》の手にもずしりと重い。一個丸ごともらえるとは思っていなかった彼は、うれしい当惑で右往左往してしまった。

蒔羅《ジラ》が肉の挟まったパンを手に彼のもとへやってきた。

「ねえ香燻《カユク》、それまだ食べない方がいいわよ。試合中に割って食べるの。ずっと日に当たることになるから、喉が渇くのよ」

もっともだと彼は思い、猫でも抱くように西瓜を袖《そで》に包む。やや縦長のその実を掌《てのひら》でぽんと打てば、濁《にご》りのない響きが返ってくる。

ふと思いついて筆を取り出し、西瓜の縞模様の黒く塗りつぶされていない部分に、

――香燻《カユク》
自分の名を書いてみた。

「あら、それいいわねえ」

蒔羅《ジラ》がおかしそうに笑った。「わたしのにも書いてちょうだい」

褒《ほ》められてうれしくなり、香燻《カユク》は勇んで彼女の名前を西瓜の皮に書き入れた。それを見ていた少女が、自分の西瓜にも名前を書くよう求めてきた。

「わたしの名前は娑芭寐《スヴァミナ》。ここにお願いね」

指差されるままに香爀《カユク》は記す。

「わたしにも書いて」

「わたしも」

「わたしも」

次から次へと希望者が現れ、肉を巡る輪、西瓜を巡る輪に続く第三の輪が発生した。

「蜜芍《ミシャ》、あなたも書いてもらったら?」

西瓜を小脇に抱える蜜芍《ミシャ》に蒔羅《ジラ》が呼びかける。

「わたしはいい」

蜜芍《ミシャ》は不機嫌そうに答えて床に腰をおろした。やつ当たりのようにパンを食いちぎり、あっという間にたいらげてしまうと、巻いてあった絨毯《じゅうたん》をひろげ、中にしまわれていた私物をさぐる。

「蒔羅《ジラ》、早く食べて中庭に出ましょうよ」

そう言って彼女は左手に革のグラブを嵌《は》め、右手にボールを持った。

香爀《カユク》はせっかくの焼肉挟みパンを食べるのも忘れてそれに見入った。

何と美しいボールだろう。

グラブだってなかなかのものだ。幅広で、分厚い革で、指出しなのがいかにも軽やかで――

あんなものを持っている者はチームに、いや、いままで対戦した相手の中にもいなかった。

だがそれよりもボールだ。あれはすごい。

彼の見慣れた、石ころにぼろきれを巻きつけただけのものとはちがう。水に沈むという、南国のとても硬い木から作った芯に、糸を固く固く巻きつけて、表面を牛の革で覆った、本格的なもの。黒く染められた革に白い縫い目がまぶしい。

あれをバットの真芯でとらえたときの感触は何物にも譬《たと》えられぬという。その打球を掌で受ける感触。指を這《は》わせ、ぐっとつかみ、力いっぱい投げる感触――野球の官能がすべてそこに詰まっていると言っても過言ではない。

香燻《カユク》はパンをくわえ、紙に筆を走らせた。

――ボール貸して。

こととんこととん、と音を鳴らし床と壁に跳ね返らせてひとりキャッチボールをする蜜芍《ミシャ》の視界をかすめるようにひらめかせる。

「何よ」

彼女はグラブにボールを収め、ふりむいた。香燻《カユク》の書いたものを見て顔をしかめる。

「字はわからないって言ったでしょ」

香燻《カユク》は紙を蒔羅《ジラ》の方に向けた。彼女は咀嚼《そしゃく》していたものを呑みこんで蜜芍《ミシャ》に声をかける。

「香燻《カユク》が『ボール貸して』って」

蜜芍《ミシャ》は鼻から「ふん」とひとつ息を吐き、正面の壁をにらんだ。

「ボールを貸してほしいって？　カネ持ってきな」

「蜜芍《ミシャ》、意地悪しないの」

蒔羅《ジラ》に諫《いさ》められて蜜芍《ミシャ》は頬を膨《ふく》らませた。

「字を書いたくらいでボールを貸してもらえると思ったらおおまちがいよ。それって思いあがりだわ」

ではどうすればよかったのだと香燻《カユク》も膨れっ面になる。

「仕方のない子ねえ」

呆れ顔の蒔羅《ジラ》が自分の絨毯をひろげた。

「香燻《カユク》、わたしのを貸してあげる。蜜芍《ミシャ》のほどきれいじゃないけど」

彼女の放ってきたボールは確かに縫い目が黒ずみ、触るとざらざらしていたが、そのしっかりとした重みといい、均等な硬さといい、理想的なボールだった。

心のままに弾ませると、壁で跳ねて、焼肉の串を担いでいた少女の頭上を越えるので、びっくりした彼女がわっと叫び、その焼肉を切り分けていた少女もナイフがすっぽ抜けてわっと叫び、肉を切り分けてもらっていた下臈もすっぽ抜けたナイフが袖をかすめてわっと叫んだ。

「コラッ、食事中はボールしまいなさい」

迷伽《メイガー》に叱られて蜜芍《ミシャ》はすばやくボールを隠す。香燻《カユク》は転がっていったボールを追いかけた。

従兄《いとこ》の伐功《バルク》に野球の手ほどきを受けはじめた幼い頃にもどったような心の弾み具合だった。

自足と規則と回帰を象《かたど》った四個のベースプレートや古い墳墓を思わせるピッチャーマウンドに生と死の凝縮された後宮《ハレム》の似姿を見るのはいささか軽率であろう。機能性という名の偶然や恣意に化かされてしまっている。

香燻《カユク》は、見慣れた光景が後宮《ハレム》の中庭に現出するのをもう不思議にも思わない。野球がはじまるという予感に、少年らしく身を委ねてしまえる。

回廊と平行にファウルラインが引かれる。低い桟敷《さじき》が設けられ、暁霞舎《ぎようかしや》の下臈たちはそこに西瓜を置いた。

試合に出場する下臈たちは、袖にたすきをかけて裾《すそ》をまくり、尻に刺し子の短いズボンにゲートルという大胆なかっこう。腰にはお揃いの飾り帯を巻く。暁の霞に似せて染められた、ほのかな紫の帯である。

「香燻《カユク》、キャッチボールしようか」

迷伽《メイガー》に声をかけられて、香燻《カユク》は桟敷から地面におりた。三塁側の桟敷前では暁霞舎下臈所の少女たちがグラブを嵌めてキャッチボールをはじめていた。一塁側に陣取るのは青陽舎《しようようしや》下臈所。こちらは青い帯が目印である。

香燻《カユク》は人を避けて外野に出た。足の裏が芝に刺される。沓がないので裸足であった。この中庭は前の日に見たものよりずっと狭かったが、女の野球にはちょうどいいと思った。広すぎると外野手がボールを追うのに疲れてしまう。

海功《カユク》の野球はいつも川原で行われていたが、川に飛びこむ大飛球でよくボールをなくした。ぬかるみに足を取られることもあった。塩気のある土を舐《な》めに来た牛と激突することもあった。それにくらべてここは快適だ。

迷伽《メイガー》の投げた革のボールが掌に当たってぱちんと音を立てる。血が巡ってかっかと熱くなる掌とは対照的に、ボールの表面は冷たく乾いている。香爀《カユク》が力をこめて投げ返すと、迷伽《メイガー》のグラブは水を含んでいるかのようにびしゃっと鳴った。

「あなた、いい投げ方ね」

迷伽《メイガー》が言う。彼女自身はゆっくりと振りかぶってから、力を入れずに山なりのボールを放ってくる。

「野球ができると、いいわよ。どの女君も野球のうまい女房をほしがっているからね」

素手の香爀《カユク》はしっかりと両手でキャッチする。肩のあたりで力をぐっと溜め、まっすぐ投げ返す。

「最上級である七殿《しちてん》五舎《ごしゃ》リーグの試合に出ることはすべての宮女の夢よ。後宮《ハレム》中のみんなが観に来て、お祭りみたいなんだから。皇帝陛下もお忍びでおいでになるそうよ。そこで活躍すれば、陛下のお声がかかるということもあるわけ。皇太后さまも野球がお上手だったから先の帝の御寵愛《ちょうあい》を受けて天下一の幸い人《さいわびと》となれたの」

香爍《カユク》は彼女の話をろくに聞いていなかった。肉欲に溺《おぼ》れるようにボールの感触を貪っていた。

だがそんな理由だけでその女が近づいていたのに気づかなかったわけではない。その女には
不思議と気配がなかった。

「あなた、外野やってた?」

すぐうしろから不意に声をかけられて、驚いた香爍《カユク》は悲鳴をあげそうになった。

「あら、幢幡《マニ・ハイ》、来てたの」

迷伽《メイガー》がグラブを外して掌をズボンの尻で拭った。「体調の方はもういいの?」

「ええ、大分いいわ。暁霞舎下﨟所が試合をする日には、決まって体が楽になるの」

市中を徒歩《かち》で行く婦人のように笠をかぶり、顔をヴェールで覆ったその女は、ことばとは裏
腹に弱々しく首を傾げて笑った。

よほど重い病気なのだろうかと香爍《カユク》は思った。女だらけの後宮《ハレム》で、こうも人目を慎《つつ》む者は他
にない。彼女は光に満ちた中庭でひとり影にとりつかれているかのようだった。

「幢幡《マニ・ハイ》、この子ね、新しく入った香爍《カユク》っていうの。話せないから筆談でね」

——はじめまして。香爍《カユク》と申します。

帯に留めてあった紙を取って香爍《カユク》は書いた。

「はじめまして。わたしの名前は幢幡《マニ・ハイ》。霊蛍殿《れいけいでん》の女房よ」

彼女は彼の手から筆をそっと抜き取り、深い教養をうかがわせる古式の書法で署名した。

迷伽《メイガー》がそばに寄り、彼女の肩を抱く。

「幢幡《マニ・ハイ》はね、むかし暁霞舎下臈所にいたの。野球に詳しいのが幸いして大出世したけれどね」

「あら、わたしはてっきりこの美貌《びぼう》のためだと思っていたわ」

幢幡《マニ・ハイ》は頭を迷伽《メイガー》の肩に預けた。迷伽《メイガー》は笑い出した。

「もう、この子はふざけてばっかり。光《ひかり》の君さまの前でもこうなのかしら」

ふたりが笑い合っているところへ、キャッチャーミットを着けた少女がやってきた。

「迷伽《メイガー》、ボール受けるわよ」

「ごめんね、香燻《カユク》。わたし、肩を作らなくちゃならないの」

迷伽《メイガー》が手をあげてボールを要求するので、香燻《カユク》は放り渡した。

「わたしたちは桟敷に行きましょう」

幢幡《マニ・ハイ》に手を引かれて香燻《カユク》はその場をあとにした。彼女の手は冷たく滑らかだった。香燻《カユク》の手は土でざらついていた。ボールを受けた熱はいまだ掌から去っていなかった。

「迷伽《メイガー》も投手でなければ上にあがれたと思うのだけどねえ。投手は目立つポジションだから、政治力のある人が独占しがちなのよ。女御・更衣《こうい》なんてたいがい投手をやっているわ。たとえ実力が伴わなくてもね」

幢幡《マニ・ハイ》は黒い大きな石のついた指輪を嵌めていた。下臈所の誰もこんな立派なものは持って

いない。

試合場では、紫の帯を腰に巻いた少女たちがそれぞれの守備位置について練習をしていた。

蒔羅《ジラ》は外野で飛球を受けている。

蜜芍《ミシャ》は遊撃手で、ふだんは見せない真剣な表情を浮かべてゴロを捌《さば》いていた。太陽のまぶしさを軽減するためか、目の下に墨を塗っている。動きは体が大きいわりに俊敏である。一塁への送球は正確で力強い。

「あなたは外にいるとき、何人制の野球をしていたの？」

幢幡《マニ・ハイ》に尋ねられて香燻《カユク》は紙を桟敷の上にひろげた。

――決まってない。相手に合わせて十一人から二十人くらいまで。

「まあ。それだと、後宮《ハレム》の九人制野球はさぞかし寂しく見えるでしょうね」

九人制では遊撃手を一人しか置けず、内野を破られやすい。外野手も三人だけなので、すきが多くなる。

――でも、人数がすくなければ、たくさん打てるからいい。

「そうね。後宮《ハレム》の公式戦はすべて三回戦だから、必ず一度は打席が回ってくることになるわ。せっかく試合に出ても打てないんじゃつまらないものね」

隣に座る幢幡《マニ・ハイ》は、声も衣擦れも、あやしく甘く香る。下臈たちとどこがちがうのか、香燻《カユク》にはわからない。だが隣に座っていてぞくぞくする。衣越しにあの冷たい手で絶えず体を愛撫《あいぶ》されているかのようだ。

女房ともなるとこうも艶《つや》っぽいものか。

——あなたは何歳？

そう紙に書いてみた。相手はヴェールのすきまから濡れた瞳で見つめる。

「十七歳よ」

香燻《カユク》には意外だった。もっと年長《とした》けていて、すでに皇帝《スルタン》と関係があるものとばかり思っていた。そういえば、彼女の仕える光の君という人も、真教《しんきょう》の教えに定められた十八歳という年齢に達していないのだった。手の出せない女を上位に据えても甲斐なかるまいに、皇帝は何がしたいのだろうか。

「ひょっとして、わたしがあの男と寝ているかどうか気になったのかしら」

幢幡《マニ・ハイ》が彼の目を見つめながらにじり寄る。

直截的《ちょくせつてき》な言い回しに香燻《カユク》は顔を赤らめた。

「あらあら、図星のようね。いやらしい子だこと。でもわたし、いやらしい子は好きよ」

むっちりとした尻が桟敷をぎゅっときしませる。午後のまばゆい日の下、白く乾いた景色の中で、瞳とも翳《かげ》ともつかぬ暗い色が香燻《カユク》に向けて開かれ、濡れていた。

衣の下で汗が噴き出した。彼は幢幡《マニ・ハイ》に魅入られていた。もし下臈所の同僚に呼ばれなければ、彼は息をするのも忘れていたであろう。

「香燻《カユク》、応援の楽器を取りに行きましょ」

日差しにやられて目がちかちかしたが、体は妙に冷たかった。立ちあがって歩き出すと、足の下の土が先ほどより柔らかく感じられた。

彼に声をかけたのは、彼が西瓜に名前を書いてやった少女の内のひとりだった。

「幢幡《マニ・ハイ》には気をつけた方がいいわよ」

彼女は囁《ささや》いた。「あの人は男より女の方が好きだというわ」

回廊を目指して歩きながら香燻《カユク》は桟敷をふりかえった。幢幡《マニ・ハイ》は顔のヴェールをたくしあげて彼を見ていた。彼の視線に気づくと、彼女はほほえんだ。

彼女の甘いにおいが香燻《カユク》の鼻に蘇《よみがえ》る。衣についた残り香か、離れていても漂ってくるものなのか、彼にはわからない。心を惹《ひ》かれながらも、彼は彼女が恐ろしかった。皇帝をあの男呼ばわりする宮女というのはやはりどこかおかしいのではないか。そんなのは自分ひとりでいい。

上臈中臈《じょうろうちゅうろう》が回廊に並べる管楽器弦楽器打楽器が床の振動や楽器同士のぶつかる衝撃で不穏な音を立て、香燻《カユク》の胸にも響いているような気がした。


審判を務める宦官《かんがん》の号令で青陽舎下臈所対暁霞舎下臈所の試合ははじまった。下臈リーグの公式三回戦である。

表と裏の攻防でより多く得点したチームがそのイニングを取る。三イニング行って二イニングを取った方が勝者となる。

香燻《カユク》たちのいる桟敷の後方では暁の君とその女房たち、さらには上中﨟までもが集まって観戦する。廊下に敷いた絨毯の上にしどけなく座り、女御の用意させたコーヒーと菓子を口にしながら、上下の別もなくうちとけた雰囲気である。

下﨟所は殺気立っていた。親の仇《かたき》だとでもいうように鉦《かね》や太鼓を打ち鳴らし、木管金管、琴に琵琶《びわ》、勇ましいメロディを奏でる。一塁側の青陽舎桟敷も負けじとさんざめき、中庭は一気に沸き返った。

先攻は暁霞舎。一番打者の蒔羅《ジラ》が左打席に入る。

「蒔羅《ジラ》は右利きの左打者よ。南方の辺境領から来る子はそういうのが多いわね。奴隷商人の趣味かしら」

幢幡《マニ・ハイ》は香燻《カユク》のそばから離れようとしなかった。香燻《カユク》は牛の首から提げるような鐘を手に持ってちきちきと打った。

野球の話を聞くのは好きだった。守備位置から、あるいは塁上から、仲間たちのところに帰ってきてお喋りするのはいつだって楽しい。プレーが終わって帰る場所のあることが野球のいいところだ。

打席の蒔羅《ジラ》は上体をかがめて、小さな体をいっそう小さくする。傾けられたバットの先が相手投手の方を向く。手には白い革の手袋。細かい刺繍《ししゅう》の施された長いカフがついていて、帝国正規軍の将を思わせる。

マウンド上、青い飾り帯の相手投手が振りかぶって第一球を投じた。

「ストライク」

腹巻と草摺で身を固めた宦官が右手をあげる。インコースの速球であった。

「香燻《カユク》、いまの球をどう思う」

幢幡《マニ・ハイ》に顔をのぞきこまれて、

——まあまあ速い。

と書いて示す。

「そうねえ。でも蒔羅《ジラ》は打つわよ」

二球目、右腕から投げこまれるのはまたも速球。外角に来たのを蒔羅《ジラ》は大股で踏みこみ、鋭く弾き返した。

打球は左中間へ飛び、回廊の下の格子に直接当たる。クッションボールを処理した左翼手が二塁へ放るが、すでに蒔羅《ジラ》は塁上の人であった。

香燻《カユク》はばちでちきちきと鐘を打った。

暁霞舎の下臈たちは桟敷の上で立ちあがり、あるいは桟敷から飛びおりて、楽器を鳴らし、歓声をあげた。

「ナイスバッティング」

「暁霞舎の切りこみ隊長」

「安打製造鬼」

蒔羅《ジラ》は手袋を脱いで飾り帯に挟んでから軽く手をあげ声援に応えた。それを受けて桟敷がまた盛りあがる。

「蒔羅《ジラ》はもともと当てるのうまかったけど、最近ではパワーもついてきたわね。いまのもいい当たりだわ」

幢幡《マニ・ハイ》は手を叩きながら何度もうなずいた。

ぽつりぽつりと大粒の雨みたいに何かが頭に当たる。香燻《カユク》はふりかえった。

桟敷に金貨がいくつも転がり、静止する前の最期のあがきを見せていた。

欄干の向こうから女房のひとりが悪童たちの使うボールに似たものを放ってきた。それは弾まず、桟敷に落ちてがちゃりと鳴った。拾ってみると、金貨の詰まった袋である。

「蒔羅《ジラ》へのおひねりだわ」

幢幡《マニ・ハイ》は袖に入りこんだ一枚の金貨をほじくり出し、桟敷に置いた。「代わりに拾っておいてあげなさい。盗んじゃ駄目よ」

出自を見透かされたような気がして香燻《カユク》はズボンの上から下帯をつかんだ。

二番の蜜芍《ミシャ》が打席に向かう。左腕にルーム辺境領の騎士が着けるような赤銅色の籠手《こて》をはめている。

「蜜芍《ミシャ》、続けー」

「でかいの頼むわよ」

「ランナー還せ」

体がねじきれそうな素振りを一度して、蜜芍《ミシャ》は右打席に入った。右肘を起こし、バットを立てて構える。体は投手に対して開き気味で、膝《ひざ》はぴんと伸ばしている。

ずいぶんとぶかっこうだ。香燻《カユク》の目には力が入りすぎているように見える。

投手が二塁の蒔羅《ジラ》を一度見やってから初球を投げた。

蜜芍《ミシャ》は上半身がすっかり三塁側の桟敷を向いてしまうほどの大きな空振りをした。外角高めの、見逃せばボールというところ。青陽舎の桟敷から嘲《あざけ》るような歓声があがる。

二球目、真ん中高めの球をひっぱると、快音を残して飛んでいくが、左に切れてファウルとなる。ボールは床下を覆う格子にぶつかって跳ね返った。

三球目は低めを見送ってボール。

四球目は二球目と同じようなファウルであった。

「あれがあの子の一番いい当たりなのよね。フェアグラウンドが左にあと三尺広かったら、いまごろ蜜芍《ミシャ》は四割打者だわ」

ふっと吹いて幢幡《マニ・ハイ》は顔のヴェールを波打たせた。

香燻《カユク》は歯がゆかった。

これまで蜜芍《ミシャ》は打てそうな球をすべて引っ張りにかかっている。ここは長打でなくてもいい場面だ。シングルヒットで二塁走者は本塁に帰ってこられる。その一点を裏の守備で守りきれば、一回は暁霞舎のものになる。三回戦の最初の一回はとても重要だ。できれば単純なプレーで点を取り、リズムを作りたい。大量点を取るだけが野球ではないのだ。蜜芍《ミシャ》にはこのことがわかっているのだろうか。

五球目、アウトハイ、初球よりもさらに外に来たのを、蜜芍《ミシャ》は長い腕を利して強引に引っ張った。三塁手の頭上、ジャンプするが届かず、ライン際に落ちる。

「フェア」

線審の判定に暁霞舎桟敷はどっと歓声をあげる。ボールが転々としている間に蒔羅《ジラ》は三塁を蹴り、本塁に滑りこんだ。暁霞舎の先制点である。

打った蜜芍《ミシャ》は二塁に達した。

「へへーん」

彼女は塁上で胸を張る。回廊からおひねりの雨が降った。

生還した蒔羅《ジラ》を同僚たちが抱擁で迎える。同僚でない幢幡《マニ・ハイ》もそれに加わり、まだ息を切らしている蒔羅《ジラ》を胸に固く抱いてなぜか自分も息を荒くしながら香燻《カユク》の隣にもどってきた。いつの間にかずいぶんと血色がよくなっている。

三番の麻玻《マーバール》は三振に倒れたが、四番の迷伽《メイガー》がヒットを放ち、蜜芍《ミシャ》を本塁に迎え入れた。得点は2－0となった。

五番・六番が続けて凡退し、一回表の攻撃は終わった。

守りにつくためグラブを嵌めた蒔羅《ジラ》が香燻《カユク》のもとにやってきた。

「筆を貸してくれない？」

彼女は小さな帳面に何か書きこむと、懐《ふところ》にしまってグラウンドに出ていった。

恐らく試合の記録をつけているのだろう。彼女は何事も入念に行う。そう考えた香燻《カユク》の頭に浮かんだのは、彼女の脚の間にある、入念に毛を取り除かれた部分であった。

これではいけない、と彼は頭を振る。余計なことは考えるな。女の身になりきるのだ。同僚をそんな目で見てはいけない。

「どうしたの、香燻《カユク》。おしっこ我慢してるのかな？　ウフフ」

幢幡《マニ・ハイ》が彼の顔をのぞきこみ、笑みを含んだ。

一回裏、マウンドにあがった迷伽《メイガー》は右の横手投げで、細い腕をしならせて放る。球速はあまりない。

青陽舎の一番打者は低めの変化球をひっかけた。遊撃手の蜜芍《ミシャ》が定位置から前進すると、両手を使って丁寧に捕り、余裕を持って一塁へ送った。

荒っぽい打撃からは想像もつかない華麗な守備であった。香燻《カユク》が試合をしていた荒れた河原のグラウンドでも、あれだけ丁寧にボールを扱えば失策をしないだろう。「劣悪な環境はプレーヤーを鍛える」というが、そうでないところでも好選手は育つのだ。

迷伽《メイガー》は三人の打者をいずれも内野ゴロに切って取った。桟敷も回廊の応援団も意気があがる。幢幡《マニ・ハイ》が香燻《カユク》の手からばちを掠《かす》め取り、鐘をちきちきと叩いた。

一回は２－０で暁霞舎下臈所が取った。

二回表の攻撃に先立ち、迷伽《メイガー》が檄《げき》を飛ばす。

「さあ、この回も取って試合を終わらせるよ」

一般的には、すべての回《イニング》で満遍なく点を取れるように、打順を組む際には三人ごとに好打者を置くものだが、暁霞舎下臈所は選手層が薄いのか、七・八・九番は明らかに非力で、あっさり三者凡退となった。

その裏、青陽舎の先頭打者がセンター前ヒットで出ると、続く五番もライト前へヒット。一塁走者は二塁を蹴って三塁を狙う。右翼手・蒔羅《ジラ》、三塁に送球するも、セーフ。深い位置で守っていたわけではないのだが、いかんせん弱肩である。

「蒔羅《ジラ》の弱点、完全に見破られてるわね」

幢幡《マニ・ハイ》は腕を組み、渋い顔。

次の打者が左翼にフライを打ちあげ、三塁走者はタッチアップでホームイン。青陽舎下臈所が０－１×で二回をものにした。

暁霞舎桟敷はため息に包まれた。彼女たちを奮い立たせようと、幢幡《マニ・ハイ》が香燻《カユク》から鐘を奪い取り、ばちで乱打した。

香燻《カユク》は西瓜を桟敷の角に叩きつけて割った。硬い皮の内から血を含んだような赤い果肉がこぼれる。二つに割れた片方を幢幡《マニ・ハイ》に差し出すと、彼女は瞳を輝かせた。

「まあ、おいしそうねえ。ありがとう」

ヴェールをまくり、舌なめずりをする。

ぬるい実にかぶりつき、汁を吸えば、甘味は薄いが、口いっぱいに溢れ、衣の胸元までしとどに濡れて浅ましい。

「かっとばせ、蒔羅《ジラ》」

先頭打者に声援を送る合間に幢幡《マニ・ハイ》は口から西瓜の種を四尺も飛ばし、下﨟たちを笑わせた。

蒔羅《ジラ》はファウルで粘って四球を選んだ。大事な走者が出たとあって、回廊から飛ぶおひねりは初回の二塁打のときよりも多いほどであった。

次打者の蜜芍《ミシャ》を打席へ送るに当たり、迷伽《メイガー》は何か耳打ちした。

「ここはバントで送って、代打の切り札・花刺《フワーリ》の登場ね」

幢幡《マニ・ハイ》のことばどおり、打席の蜜芍《ミシャ》はバントの構え。

青陽舎バッテリーとすれば、最終回、一点もやれない場面なので、警戒して初球ボールから入った。

「花刺《フワーリ》の長打力は上のリーグでも通用するレベルだわ。でも気持ちにムラがありすぎて、一試合とおしてプレーできないのが難点ね」

香燻《カユク》はふりかえり、桟敷の上を見渡した。あの特徴的な角頭《つのあたま》はどこにも見当たらなかった。

「ねえ、花刺《フワーリ》を見かけなかった？」

迷伽《メイガー》がやってきて幢幡《マニ・ハイ》に尋ねる。幢幡《マニ・ハイ》は種をぷっと吹いて首を横に振った。

「どうしたの。いないの？」

「そうなのよ。さっきまでいたと思ったんだけど。香燻《カユク》は知らない？」

香燻《カユク》も頭を振る。

「困ったわねえ」

迷伽《メイガー》はあたりに響き渡る大声で花刺《フワーリ》の名を呼んだ。他の下臈たちも声をあげた。

そこへ回廊から返事があった。

「おーい、その子ならこっちにいるわよー」

暁の君のそばに近くに侍《はべ》る女房が立ちあがり、手を振っていた。

「こちらに来るよう伝えてください」

迷伽《メイガー》が言うと、女房の返すことには、

「その子、さっきからめそめそ泣いてるんだけど。ベーコンがどうとか言って」

それを聞いて迷伽《メイガー》は頭を抱えた。

「あちゃー。こんなときにはじまっちゃったか」

「またホームシック？　いつになったら後宮《ここ》に慣れるのかしら」

西瓜の汁を口から垂らした幢幡《マニ・ハイ》の顔は何やら物凄い。「ああなるともう今日の試合では使い物にならないわね」

「参ったなあ。麻玻《マーバール》はさっき全然バット振れてなかったからなあ」

迷伽《メイガー》はグラウンドを見返る。蜜芍《ミシャ》が三塁線にバントを決めて、蒔羅《ジラ》を二塁に送っていた。

花刺《フワーリ》のことに気を取られ、下﨟たちの拍手はまばらだった。

不意に背中を叩かれて香燻《カユク》は跳びあがった。てのひらの冷たさが衣をとおして伝わってくる。

「香燻《カユク》が出るわ」

幢幡《マニ・ハイ》が声を張りあげる。少女たちの目が彼女に集まった。

「香燻《カユク》が？」

迷伽《メイガー》が怪訝《けげん》そうな表情を浮かべる。「打てるのかしら」

「この子、素人じゃないわよ。楽器を叩くタイミングでわかるわ。ひとつひとつのプレーの意味をちゃんと理解してる」

幢幡《マニ・ハイ》は不思議と自信ありげである。「それに足腰がしっかりしてるもの」

彼女の手が香燻《カユク》の脚の内側をぺろりと撫でた。香燻《カユク》は触れられてはいけない部分を慌てて押さえた。

「ふむふむ。かてて加えて内腿は敏感で、ちょっぴり恥ずかしがり屋さんね」

「本当にだいじょうぶなの？」

迷伽《メイガー》は呆れて笑う。「香燻《カユク》はどう？　出たい？」

話を向けられて香燻《カユク》は胸が高鳴るのを感じた。応援の太鼓や鐘に衝《つ》き動かされているみたいだ。河原に作った即席の球場でも後宮《ハレム》の中庭でも、やってることに変わりはない——野球だ。街を徘徊《はいかい》する物乞いに身を落としても、真名《まな》を変えられて女になっても、「おまえは何者だ」と自問すれば心の底に確かにある、ことばにならぬ答え——野球を思うとき、その答えが心の表面に浮かびあがり、この手でつかめそうなところまで近づく。

彼は迷伽《メイガー》に向かって決然とうなずいた。

迷伽《メイガー》は彼の腕をぽんと叩いた。

「よし、あなたに任せるわ。誰か、香燻《カユク》にバットを貸してあげて」

「わたしのを使って」

次に打つはずだった麻玻《マーバール》がバットを差し出す。「一発でかいの頼むわよ」

グリップに鮫皮《さめがわ》が巻かれた細身のバットだった。表面にはきれいにやすりがかけられている。盗んだ薪を削って作った悪童たちのバットとはまるでちがった。

「代打、香燻《カユク》」

迷伽《メイガー》が球審に告げる。

「ちょっと、どういうことよ」

声をあげたのは、一塁からもどってきた蜜芍《ミシャ》であった。「どうして新入りが試合に出るのよ」

迷伽《メイガー》に食ってかかるが、彼女は取り合わない。

「チャンスに代打を送って何が悪いの」

「こんなのを出すくらいならわたしに打たせなさいよ！　どうしてバントなんかさせたのよ！」

蜜芍《ミシャ》は怒り狂ってバットを放り出し、桟敷を蹴りあげた。

香爊《カユク》はそれを無視して、同僚から借りた飾り帯を腰に巻きつけた。

彼をにらみつけていた蜜芍《ミシャ》が突然沓を脱ぎ捨てた。

「ああ胸糞悪い。こういう日は裏返しだ。今日は裏返しの日だわ」

彼女はゲートルをひっぺがし、籠手をむしり取り、飾り帯を解き、衣を剥《は》いで、ズボンをおろした。さらには乳帯・下帯もかなぐり捨て、赤裸を白日の下に晒《さら》した。

香爊《カユク》はぎょっとした。下腹部に茂った秋の野のようなものに目が行ってしまう。

幢幡《マニ・ハイ》も目を皿のようにして蜜芍《ミシャ》の裸体を観察していた。

迷伽《メイガー》と桟敷の下臈たちはただただ呆れるばかり。

蜜芍《ミシャ》は地面に散乱した服を今度はすべて裏返しにして着けはじめた。沓まで強引にめくって底を内側に持ってくる。

「いったいどうしたんだ」

球審の宦官がやってくるのを迷伽《メイガー》は、

「ちょっと精神が錯乱しただけよ。気にしないで」

と言って追い返した。

「香燻《カユク》、あなたは打席に集中して」

彼女は香燻《カユク》の尻を叩いた。

彼は袖にたすきをかけ、ズボンの裾を膝までまくって打席に向かった。

桟敷の蜜芍《ミシャ》は鬼気迫る表情で手近な西瓜を拳で叩き割り、貪り食った。

「あーっ、それわたしのよ。名前書いてあるでしょ」

自分の西瓜を食われて少女が金切り声をあげるが、蜜芍《ミシャ》は気にかける様子もない。それどころか別の西瓜にも手を伸ばし、乱暴に割って食い散らかす。新たな犠牲者が悲鳴をあげる。

それらに背を向け、香燻《カユク》は右打席に入った。相手の捕手は、足軽のような腹当臑当《すねあて》を着け、鉄板にのぞき穴を二つ空けただけの覆面で顔を護っていた。

「うわあ、裸足の奴が出てきたよ。青陽舎《うち》も舐められたものね」

うしろに立つ球審に聞こえない程度の低いこもった声で香燻《カユク》を挑発してくる。「さっさと打ち取って攻撃に移ろうっと。今日の試合はいただきだわ」

香燻《カユク》はそのことばを額面どおりには受け取らない。捕手は頭がよく、慎重な生き物だ。初顔合わせの相手を見くびるような真似はしないだろう。むしろ警戒して初球は様子を見てくる。

決して甘いところには来ない。

香燻《カユク》はストライクゾーンを狭めて待った。

「プレイ」

球審の声がかかった。

二塁走者の蒔羅《ジラ》がリードを取る。

投手がセットポジションから第一球を投じた。

速球が顔の近くに来て、香燻《カユク》はのけぞり際どいところでかわした。

「コラー」

「危ないだろうが」

「狙ってやってるだろ」

「バッター殺す気か」

暁霞舎の桟敷から下繭たちが飛び出し、グラウンドに雪崩《なだれ》こむ構えを見せた。球審と三塁塁審が止めに入る。

捕手は平然と投手に返球する。

「ちょっと手元が狂ったみたいね。次はしっかり頼むわよ」

ひとりごとのようにつぶやくが、打者の耳に入ることは織りこみ済みだろう。

香燻《カユク》はバットを構えた。

目のさめる思いだった。女たちもやるじゃないかと感心した。

革のボールは手元で伸びてくるように感じた。あれが体に当たったらどうだろう。ぼろきれのボールよりも痛いだろうか。打席では誰に尋ねるわけにもいかない。

香燻《カユク》の考えが定まらない内に投手がモーションに入る。

第二球、またも外れて香燻《カユク》の頭に向かってくる。彼は身をすくめた。その拍子にバランスを崩して尻餅をついた。

危険な球が二つ続いたとあって桟敷は黙っていない。

「コラコラコラコラ〜ッ！」

「喧嘩売ってんのか」

「やめちまえヘタクソ」

「殺すぞノーコン」

彼女たちの剣幕に三塁手が逃げ出した。

一塁側桟敷の青陽舎下臈も一斉に立ちあがり、ファウルラインまで迫って野次り返す。

「文句あんのかコラ〜」

「ただの内角攻めだろうが」

「嫌なら野球やめろ」

捕手は覆面の下に感情を隠し、何事もなかったかのようにボールをピッチャーに放る。香燻《カユク》は立ちあがり際にバッドのヘッドで足元の土をすくい、何食わぬ顔で捕手の顔にひっかけた。

「あっ、審判、こいつ砂かけやがった」

捕手がアピールするも、球審は暁霞舎下繭を追い返すのにかかりきりであった。

ぶつくさ文句を言いながら桟敷へもどっていく中に蜜芍《ミシャ》の姿があった。香燻《カユク》はほほえましく思った。同じチームの味方どうしという関係は単純な好悪を越えたところにある。死にゆく者の罪なら許してしまえるように、試合中のチームメイトのことならばどんな重荷も背負ってやりたくなる。打者の孤独はそうした憐憫《れんびん》の情を引き起こすほどに深い。

「次こそぶつけてやる。どうせ一塁は空いてるんだしね」

捕手が投手にサインを送りながら、香燻《カユク》に囁いた。

2ボール0ストライク。

香燻《カユク》は構えて待った。二塁上の蒔羅《ジラ》がこちらを注視している。彼女を本塁に帰すのが自分の仕事だ。バットに当たりさえすればヒットにする自信があった。九人制だから遊撃手は左翼側にいるのみ。外野手も三人しかいない。

彼は死球を恐れていなかった。痛みよりも、凡退して桟敷に帰るみじめさの方を恐れた。帰る場所のあることだけが孤独な打者にとっての救いだが、帰って無条件に受け入れてもらえるほど甘くはない。そんな場所は、すくなくとも自分にはないのだ。

もう感心してばかりはいられない。喧嘩のような荒っぽい野球をしていた頃の感覚が彼の中に蘇ってきていた。

二塁走者を一度見て、投手が第三球を投げてきた。厳しい内角攻めのあと、定石どおり外の球。カウントが悪いので、投手はストライクをほしがった。甘いコースだ。

香燻《カユク》は踏みこんで力いっぱい叩いた。バットがボールをとらえた瞬間、彼の体はわずかに震え、空っぽになった。

彼のすべてが奪われ、ひとつの力に還元された。

右中間を襲った打球はぐんと伸び、背走して追う右翼手と中堅手の先で跳ねた。

ボールの行き先も見ずにスタートを切った蒔羅《ジラ》は、三塁を回って早くも本塁に生還する。

香燻《カユク》は一塁キャンバスを蹴り、転がるボールに右翼手がようやく追いついたのを見て、二塁も蹴った。

興奮のあまり、応援の声も聞こえなくなる。地面を蹴った反動が彼を駆り立て、さらに加速する。

三塁コーチが掌を地面に向けて何か言っている。しかし、香燻《カユク》の耳には入らない。

塁についていて外野からの返球を待っている三塁手めがけ、香燻《カユク》は滑りこんだ。天に向かって突きあげた足が、ボールを受けてタッチに来た三塁手の胸に刺さり、後方へ吹き飛ばした。

「セーフ」

塁審のコールとともに一塁側の桟敷から下繭たちが飛び出した。

「守備妨害だろコラー」

「どこに目つけてんだ審判」

「ふざけるな、このタマなし野郎」

内野を横断してきた下臈たちは審判を押し包み、口々に非難のことばを浴びせた。若い宦官はうろたえるばかりで反論することもできない。

一方の暁霞舎下臈たちもグラウンドに乱入した。こちらは香燻《カユク》を囲んで口々に褒めそやす。

「よく打った」

「あんなスライディングはじめて見た」

「大型新人現る」

「汗拭いてあげる」

「西瓜食べな西瓜」

下にも置かぬ扱いである。香燻《カユク》は土に汁を点々とこぼしながら西瓜を食らい、審判に抗議する相手チームを見物した。

「香燻《カユク》ナイスラン」

そう叫んで幢幡《マニ・ハイ》が首玉にかじりついてきた。「かわいい顔して下半身は獰猛《どうもう》なのね。ますます気に入ったわ」

頬に口づけられ、鬱血《うっけつ》するほど強く吸われた。

彼の安打でホームインした蒔羅《ジラ》も抱きついてきた。全力疾走をした直後のため、彼女の胸は激しく上下していた。女は胸で息をするのだと香燻《カユク》はそれを見てはじめて知った。彼の腹と彼女の胸が触れ合い、波打ち、融《と》け合った。

青陽舎の捕手が審判を囲む輪から離れ、香燻《カユク》に迫ってきた。

「汚い真似しやがって。今度やったら二度と野球できなくしてやる」

すごむ彼女に香燻《カユク》は西瓜の種をぷっと吹いて応えた。同僚たちがどっと笑った。

青陽舎下繭たちが呪詛《じゅそ》のことばを吐きながら桟敷へともどっていった。試合が再開される。香燻《カユク》は三塁にもどった。

打席に四番の迷伽《メイガー》が入った。

「ライナーに気をつけてね。捕られたらすぐ帰塁するのよ」

香燻《カユク》の背後から三塁コーチが声をかけた。

投手は、走者が気になるのか、失点で気落ちしたのか、制球が定まらない。

結局、四球で迷伽《メイガー》は歩いた。

一死走者一・三塁――この場面で登場するのは五番の娑芭寐《スヴァミナ》である。

次の一点は勝利を決定づけるものになるだろう。併殺崩れでホームインすることも考え、香燻《カユク》は大きめにリードを取った。

初球、一塁の迷伽《メイガー》がいきなりスタートを切った。香燻《カユク》は、慎重に攻めていく場面だと考えていたので、これには虚を突かれた。

それはバッテリーも同じらしかった。娑芭寐《スヴァミナ》が外のボール球を空振りすると、捕手は慌てて立ちあがり、三塁には目もくれず、二塁へ送球する構えを見せた。それを見て香燻《カユク》もスタートを切る。

三本間の距離はこんなに短かったろうかと彼は思った。スピードが乗ってきたときにはもう捕手が目前にいる。三塁手とはちがって、走者の進路を体で完全にふさいでいる。腹当姿で体が分厚い。ここはぶつかって弾き飛ばすしかないと覚悟を決めた。

従兄の伐功《バルク》が教えてくれた本塁突入の心得――金玉を足で削ぎ落とすつもりで捕手のブロックを突き破れ。

相手が女でも、まあ要領は同じだろう。

二塁手が前に出て送球をカットし、バックホームしてくる。ボールがワンバウンドしてキャッチャーミットに収まった。香燻《カユク》は肩でタックルすると同時に、相手の脚の間に足をこじ入れた。

指が地面をざらりと撫でた。

だが目で確認することはできなかった。彼の体は後方に吹き飛ばされた。どっしり構えた捕手に彼の体当たりは通用しなかったのだ。仰向けに倒れた彼を、捕手が覆面を捨てて見おろし、冷ややかに笑う。

「セーフ。ホームイン」

球審が腕を横にひろげる。一瞬にして捕手の顔から笑いが消えた。

「セーフ？　ふざけるなッ」

ふりかえり、キャッチャーミットで球審の顔面を殴りつける。

「何をする！　退場、退場ッ！」

球審の宣告が合図となった。捕手は彼を突き倒し、馬乗りになってさらに殴打する。一塁側桟敷から出てきた下臈たちは、捕手を形だけ止めはするが、汚い野次を球審に浴びせる。

打者の姿芭寐《スヴァミナ》が香燻《カユク》を助け起こし、桟敷にひっこませようとする。それをひとりの青陽舎下臈が目ざとく見つけた。

「ベースにタッチしてないんでしょ。してないって言いなさいよ、この沓無しッ」

香燻《カユク》は彼女のことばに肩をすくめて背を向けた。一度本塁に還った走者を元の塁にもどすことなど、神さまにだってできっこない。真っ黒に汚れた足袋《たび》を真っ白にするのと同じくらい無理なことだ。

桟敷の同僚が彼を拍手で迎えた。

「よく走った」

「あんなホームスチールはじめて見た」

「盗塁王現る」

「砂払ってあげる」

「西瓜食べな西瓜」

　桟敷に腰を落ち着けて香燻《カユク》の最初にしたことは、置いておいた筆と紙をさがすことであった。おかしなプレーに巻きこまれて腹の立つやら驚くやら。

――迷伽《メイガー》の盗塁は何？　サインプレー？

　そう書いて蒔羅《ジラ》に見せる。彼女は首をひねった。

「サインは出してないけど……。迷伽《メイガー》の単独スチールじゃないかしら。ねえ幢幡《マニ・ハイ》？」

「そうでしょうね。裏の守りもあるんだし、投手に盗塁させるなんてそんな馬鹿な話――」

　そこまで言って幢幡《マニ・ハイ》は首をすくめ、ぺろっと舌を出した。「いっけねえ。欠伸《あくび》しながら腋《わき》の下を掻いたら盗塁のサインだってこと、すっかり忘れてた」

　下臈たちは呆れて笑った。ベンチの意気が盛んになっているとかんちがいした迷伽《メイガー》がそれをさらに鼓舞しようと二塁上で手を叩いた。

　香燻《カユク》は西瓜にかぶりついた。吸った汁がすぐに汗へと変わって肌から滲《にじ》み出ていくようだった。その汗が肘に滲みるので見ると、擦り切れて血が出ていた。捕手と衝突して倒れたときに傷つけたものだろう。幢幡《マニ・ハイ》がおどけた笑いからふと我に返ったように彼の傷を凝視した。

　心配いらない、と彼はほほえんでみせた。

「いいバッティングだった」

桟敷の隅に座る蜜芍《ミシャ》がグラウンドの方を向いたまま言った。傍《かたわ》らには西瓜の皮が小高く積まれている。幾人の同僚が略奪を受け、泣かされたことだろう。

「怖がらずに踏みこんで、右に持っていった。あの方向に打ってあれだけの飛距離はなかなか出ないわ。本当にいいバッティングだった」

彼女は両手を握り合わせ、グラブを手に馴染《なじ》ませていた。やや西に傾いてきた太陽が金色の髪を柔らかく輝かせていた。たすきで引き絞られた胸に乳房の膨らみがいっそう際立つ。

香燻《カユク》は筆を執った。

――ナイスバント。

「あなたのバントもよかったって」

蒔羅《ジラ》が読んで伝えると、蜜芍《ミシャ》は太陽の光をまぶしがるように顔をしかめた。

「あんなバント、いつだって決められるわよ」

蒔羅《ジラ》はため息を吐きながら、香燻《カユク》に向かって満足げにうなずいてみせた。

試合はイニングカウント2－1で暁霞舎下繭所が勝利した。

香燻《カユク》の本盗に続いて娑芭寐《スヴァミナ》が適時打を放ち3－0とした暁霞舎は、その裏、迷伽《メイガー》が青陽舎打線を零封し、最終回をものにしたのだった。

下繭たちは興奮しきりで試合について語り合いながら中庭をあとにした。

香燻《カユク》は両手に金貨の詰まった袋を提げていた。褒美はそれだけでなく、女房たちが感極まって投げ入れたという指輪や耳飾りもあった。どれも銀でできた見事なものばかりであった。

決意が揺らぎそうだった。すぐに後宮《ハレム》から出て、余った金で馬を買おう。いや、船だって買えるかもしれない。そして伐功《バルク》とふたりで商売をはじめる。貿易の仕事だ。誰にも咎《とが》められない、役人の目も恐れない、新しい生活を手に入れる――。それは彼らが長い間語り合い、心の内で育ててきた夢であった。

だが香燻《カユク》は恨みを晴らす道を選んだ。他の夢はすべて捨てた。

「香燻《カユク》、香燻《カユク》」

回廊を追いかけてくる声があった。ふりかえった下﨟たちの前にきらびやかな衣装の女房が滑り出た。

「暁の君さまがこれをあなたにと」

真新しい沓と飾り帯、それに帯と同じ色のゲートルが香燻《カユク》に手渡される。下﨟たちは感嘆の声をあげた。

「さっき青陽舎の青の君と出くわして、『あの香燻《カユク》とうちの四番を交換しない？』と言われたのだけど、暁の君さまはためらうことなくお断りになったわ。『あの子はうちの大事な戦力なの。ごめんあそばせ』って」

ふたたび下﨟たちが歓声をあげ、香燻《カユク》の背中を叩いた。

彼はひとり、暗い予感にとらわれていた。

もうここから逃れることはできないのではないか。

後宮《ハレム》の女はここで生き、ここで死ぬ――単純なルールだ。

上にあがらなければ、時めくことも愛されることも志《こころざし》を遂《と》げることもなく、後宮《ハレム》の隅で朽ちはてていく。

神ならぬ人の作ったそのルールが、香燻《カユク》には手足を縛る重い鎖のように感じられた。

第三章 血闘夜間試合

朝議が果てて、大臣たちは南殿《なでん》より退出した。

冥滅《メイフメツ》はふと、後宮《ハレム》内で教師の退屈な授業を聴いていた幼年時代を思い出した。「こんなことをして何の意味があるのか」と言ってよく教師を困らせたものだ。いまふたたび同じことを叫びたい。彼は玉座の上でごろりと横になり、大欠伸《おおあくび》をした。

退屈だった。廷臣たちの顔にはうんざりしていた。彼らは皇帝《スルタン》である彼ではなく彼の母の顔色をうかがっている。幼帝として即位した彼を摂政として支えた母・皇太后はもう朝議に加わっていない。だが彼女の息がかかった者たちは、冥滅《メイフメツ》を諫《いさ》める際にいちいち「もし皇太后さまがご臨席ならば――」と前置きをする。

彼はもう十八歳である。皇帝としても男としても一人前だと自負している。意のままにならぬことがあってはならない。あの時代遅れの腰巾着どもはいずれ除かなければならないだろう。

首飾りについた大きな石を指でもてあそぶ。帝国の東部地方から献上された珍しいものだ。青く透きとおってきれいなので気に入っている。市場《バザール》で売るといくらになるのかは知らない。

彼は生まれてから一度もこの宮殿を出たことがなかった。それでも、この石の価値はおおよそのところでわかる——人の命がいくつも買える。毒蛇のように忍びこむ男たちを幾人も雇える。

玉座の傍《かたわ》らに侍《はべ》る小姓の他に一人、朝見の間に残る者がいる。宰相中将《さいしょうちゅうじょう》・貝多《パットラ》——朝議に参加する廷臣の中でもっとも若輩《じゃくはい》である。

彼の姿を認めると、冥滅《メイフメッ》は小姓に手で合図をしてさがらせた。宰相中将が彼の前にやってきて、ひざまずく。

「皇帝陛下——」

「よせよせ、我々ふたりきりだぞ」

幼馴染《おさななじ》みの冗談かと思って冥滅《メイフメッ》は笑った。

貝多《パットラ》は笑っていなかった。

「陛下、大臣たちの話をもうすこし真剣に聴いていただかなくては困ります」

「何だ。おまえまでお小言か」

冥滅《メイフメッ》はむっとして立ちあがった。貝多《パットラ》のことはこの世でたったひとりの友人だと思っていた。皇帝即位の際に小姓から宰相中将に取り立ててやったのも長年の友情に報いんとしてのことだった。

だがこのところ貝多《パットラ》は口うるさくなった。ことあるごとに、心を入れ替えて政治に取り組めと言ってくる。

冥滅《メイフメツ》は政治を知らない。宦官《かんがん》の教師から教わったことといえば、野球の観方、女との戯れ方、それに少々の管弦だけだ。彼は十二歳で即位するまで後宮《ハレム》に閉じこめられていた。先の無落帝《ムラクてい》は、たとえ自分の息子であろうと、皇帝の地位を脅《おびや》かしかねない者が表舞台に立つことを許さなかったのである。父帝崩御《ほうぎょ》ののちはじめて後宮《ハレム》から出た冥滅《メイフメツ》は遊ぶことしか知らない少年になっていた。幸か不幸か、皇帝たるものそれではいけないと自省する程度の知性は持ち合わせている。しかし、何もできない。大臣たちや皇太后が何もかも決めてしまい、冥滅《メイフメツ》の仕事は彼らのことばにうなずくことだけであった。これでは後宮《ハレム》で宦官たちからひたすら堕落していくことを求められていた頃とまるで変わらない。

冥滅《メイフメツ》は世界を憎んだ——自分を閉じこめた父を、自分のために他の皇子を殺して皇位への道を敷いてくれた母を、その母に取り入ることで首を繋いでいる大臣たちを、心の底から憎悪した。

世の中に復讐するため、彼はいっそう遊びに溺《おぼ》れた。

彼は外廷《がいてい》の庭を一望できるテラスに出た。目くばせすると、貝多《パットラ》も膝行《しっこう》してついてくる。彼はこの眺めが好きだった。入念に整えられた芝生の上にルームの様式を模したあずまやが建っている。高い城壁がアーバラナ海の潮風を防いでくれているおかげで、庭園の草木は穏やかな日差しの下で憩《いこ》いのときをすごしている。真教《しんきょう》の祭日になるとこの庭は都の民に開放される。これほど規模の大きな公園は大白日帝国《セリカン》内、いや世界のどこにだって存在しないだろう。彼は帝国の民を愛していた。それは皇帝として当然のことだと思っている。ただ、実際にその民の顔を見たことはなかった。

「今宵《こよい》は旃葉殿《せんようでん》の試合がある」

彼はこの場のムードを和らげたいと思った。堅苦しい話よりも、友人どうしの砕けたお喋りがしたかった。

「おまえの姉さんが暁霞舎《ぎょうかしゃ》を相手に投げるんだ。今年の暁霞舎は打つぞ。『攻城龍《こうじょうりゅう》打線』なんて呼ばれてるんだ」

「野球についてはわかりかねます」

貝多《パットラ》の返事はすげないものであった。

冥滅《メイフメツ》は失望した。むかしは彼と彼の姉と三人でキャッチボールをしたものだが、もうすっかり野球から心が離れてしまったというのか。

ならば何なら彼の気を引けるだろう。冥滅《メイフメツ》としては珍しく、思いを皇宮の外に巡らせた。

「ねえ貝多《パットラ》、戦争をしたくはないか?」

「戦争……でございますか」

貝多《パットラ》は首を傾げた。

冥滅《メイフメツ》は大きくうなずく。

「そう、戦争だ。我が攻城龍部隊を平原に展開させて敵陣を火の海にするんだ」

そう言って冥滅《メイフメツ》はくすっと笑った。世界に冠たる帝国軍攻城龍部隊を率いているのが、目の前にいる宰相中将その人なのだ。このアイデアに心をくすぐられぬはずがない。

難攻不落と謳《うた》われたこの都カラグプタールの城壁を破ったのは無落帝魔下《ムラクていきか》の攻城龍部隊だった。ある魔術師が闇の世界から龍を召喚し、新兵器として最初に売りこんだ先は、この都の先住者・義教徒《ぎきょうと》の教皇であったという。しかし教皇はそれを門前払いにした。一方、先取の才があった無落帝《ムラクてい》がそれを取り立てた。雷光将軍《らいこうしょうぐん》の異名を取る名将・骨咄《クッタル》にその攻城龍を預けると、その火球による攻撃で都は紅蓮《ぐれん》の炎に包まれ、教皇も含めて義教徒のほとんどが焼け死んだ。冥滅《メイフメツ》はその逸話にいつも歴史の皮肉を思う。

彼の予想に反し、貝多《パットラ》の表情は晴れなかった。

「しかし……敵とは誰のことでございますか」

「決まってるだろ。東のペブヂャム帝国さ。やつら、我が帝国の領土を掠《かす》め取ろうとしているからな」

「ペブヂャムとの紛争《ふんそう》はこのところ小康状態が続いております。今年の夏は炎暑になるという見こみもありますし、兵を動かすのは考えものでございます。それに、東を攻めれば西の守りが手薄になります。ルーム諸国がいつ攻めてくるとも知れません。義教徒はこの都を奪還することにいまだ執念を燃やしているといううわさでございますから」

冥滅《メイフメツ》はもう貝多《パットラ》の話を聞いていなかった。彼は戦場にいた。父・無落帝《ムラクてい》のように敵の矢玉をかいくぐって戦場を駆け巡る自分の姿を想像していた。彼の取り立てた若く優美な近衛《このえ》の将たちがそれに続く。世界最強の名をほしいままにする帝国の奴隷部隊が鬨《とき》の声とともに突撃を開始する。彼の頭上を攻城龍の吐き出した火球が飛んでいく。

胸躍る体験にちがいない。

後宮《ハレム》の美しい中庭で行われる野球の試合に勝るとも劣らぬほどに。

主君が夢想の世界に行ってしまったことを悟り、貝多《パットラ》は一礼してその場をあとにした。

◇

嫌な思い出のある部屋だった。

同僚たちといっしょでなければ来ようとは思わなかっただろう。

男だか女だかわからない者に股間をつかまれるなど、あのとき限りにしたいものだ。

行商人が来るというので下臈《げろう》たちは大騒ぎだが、ひとり香燻《カユク》はさめていた。金はあるが、自由に使う分はない。野球の試合で活躍した結果として得たまっとうな金だが、自分のものにはならない。だから行商人からものを買うことなどできないはずであった。

だがその行商人が唯教徒《ゆいきょうと》の女であると蒔羅《ジラ》に聞かされて、香燻《カユク》は有り金すべてを袖《そで》の中に携えた。後宮《ハレム》に入る前に太刀魚屋《たちうおや》から言われたことを思い出したのである。

——外との連絡には唯教徒の女商人を使え。

唯教徒は祖国を失った流浪の民で、白日帝国《セリカン》だけでなく、ルーム諸国や東方のペブヂャム帝国に散らばって住んでいる。彼らの多くは商業に従事しているが、後宮《ハレム》に出入りする者は限られているはずだ。

昼食を摂り終え、風呂掃除に取りかかる前のわずかな時間に買い物を楽しもうと、少女たちは暁霞舎下臈所から大挙して移動した。

女御《にょうご》・更衣《こうい》や女房たちを相手にする大手の御用商人ならば、宦官に委託して中庭に商品を陳列する天幕を張ったりするそうだが、下臈向けの零細商人など、後宮《ハレム》へ入ることを公式に許されることもなく、お目こぼしで小規模な商いをするだけである。店を開くのは、宦官長が新入り宮女を身体検査するのに使う小部屋であった。

三十人からの同僚とともに押しかけてみると、その部屋は香燻《カユク》の記憶にあるよりはるかに狭く、暗かった。

以前の彼は後宮《ハレム》を、狭く暗く息苦しい場所だと想像していたのであったが、それは実像とかけ離れたものであった。さまざまな用事を言いつかってあちこち駆けずり回ったが、いまだに後宮《ハレム》の端までは行き着いたことがない。中庭でも浴場でも、日光は窓からふんだんに採り入れられている。女君《おんなぎみ》の間でも下臈所でも、蔀戸《しとみど》をあげれば風がとおる。街の中とはちがって追い剝《は》ぎも野犬も出ない。明け方の寒さに震えることも食うに困ることもない。

唯教徒の女商人は真教徒風の頭巾をかぶっていた。年の頃は四十の坂を越えたあたりといったところ。

後宮《ハレム》内にそれほど高齢の女はいないが、皇太后が三十二歳だというのは公然の秘密であった。いまの帝が十八歳だから、彼を生んだとき彼女は十四歳だったことになる。ルーム人の客船から海賊によって略奪された美しい少女を先の帝はこよなく愛し、彼女が十八歳になるのを待たずして預言者の教えに背いて夜伽《よとぎ》をさせたのだという。寵愛《ちょうあい》のあまり、彼女が義教徒のままでいることを許したというううわさまである。先帝崩御ののち、国母《こくも》である皇太后を除くすべての宮女は後宮《ハレム》から「嘆きの宮」に送られた。衣食住は保証されるが、時めくことは二度とない。

行商人と聞いて香燻《カユク》は、大きな荷を背負ったまま貧民街の路肩に座りこんで休息を取っていたみすぼらしい男たちを思い浮かべたが、唯教徒の女はなかなか立派な身なりをしていたし、商品も質のよさそうなものばかりであった。宦官長の使っていた卓と椅子が壁に寄せられ、大きな絨毯《じゅうたん》が敷かれた上に、ひとつひとつの商品の下敷きとしてさらに絹の小ぎれがひろげられる。

刺繡《ししゅう》糸《いと》に針、派手な装丁の本、瓶詰《びんづ》めの液体に、何に使うのかわからない小箱。下臈たちは押し合いへし合いして商品を手に取ろうとする。香燻《カユク》にはどこがいいのかさっぱりわからないが、彼女たちは目の色を変えている。

「おばちゃん、赤の刺繍糸二玉ちょうだい」

「写本の新刊、他にないの？」

「アヤモラ屋の焼き菓子五つ、いや六つね」

「ビーコンは……今日もないか」

花刺《フワーリ》がうなだれて商品の前から去る。

女商人は商品の値段をすべてそらんじていて、下藹たちとすばやく交渉する。外に通じる戸の近くに包みを手にした女奴隷をひとり立たせているが、香燻《カユク》の驚いたことに、少女たちに品物を盗まれないよう警戒しているそぶりはない。

少女たちの細い腰や丸い尻を押しのけて彼は女商人の前へ出た。商品に目もくれず、袖中より紙と筆を出す。女商人はいぶかしげに彼を見た。

――大洋の鯨《くじら》はどこへ？

決めておいた合言葉を示すと、疑いが解けたらしく、女商人は笑顔を取り繕《つくろ》ってうなずいた。

「ええ、ええ、星になりました」

彼女は鋭い目であたりの様子をうかがった。「あなたは、ええと――」

――香燻《カユク》。

「そうそう、香燻《カユク》さま。何か御用でしょうか」

下繭との取引を奴隷に任せ、女商人は彼を壁際の卓へと招いた。

彼は袋を取り出し、卓の上に置いた。

――これを太刀魚屋に。

女商人は袋を開き、中身を検分した。

「金貨百二十五枚。それと指輪に耳飾り。確かにお預かりします」

後宮《ハレム》内で稼いだ金はすべて太刀魚屋に渡すことになっていた。香燻《カユク》を後宮《ハレム》に入れる「手間賃」という名目だ。どんな手間がかかったのかは香燻《カユク》も教えてもらえなかった。

――手紙を届けてくれる？

そう書いて女商人に見せた。後宮《ハレム》の外で彼の身を案じているであろう伐功《バルク》を安心させてやりたかった。

相手は首を横に振った。

「それはできません。門を出る際、衛兵に取りあげられてしまいます」

――伝言は？

「それでしたらだいじょうぶです。心の内までは調べられませんものね」

女商人は目を細め、笑った。前歯が一本欠けているのが見えた。

香燻《カユク》は何を伝えたものかと考えた。一番知らせたいのは金のことよりも、自分が元気でやっているということ。伐功《バルク》は何も心配しなくていいのだということ――それらをできるだけ簡潔に。

――一打数一安打一打点一盗塁。

そう書いて指で文字を叩き、念押しする。女商人は首を傾げたが、最後にはうなずき、すっかり呑みこんだことを彼に示した。

彼は紙を細かく引き裂いた。余計な記録は残したくない。

「香燻《カユク》――」

蒔羅《ジラ》が小口の汚れた本を抱えて彼の方にやってきた。「あなた、絨毯を買いなさいよ。座るときに敷く絨毯も持たないようじゃ、一人前の宮女とはいえないわ」

彼はすでに女商人の手に渡った金貨を見つめた。

「必要なものをお求めになるのは結構なことですわ」

女商人は彼に目くばせをした。「仕送りはそのあとになさってはいかがでしょう。これはあなたのお金ですもの、使い途《みち》に文句を言う人は誰もいませんよ」

彼女が合図すると、女奴隷が包みを解いて一人用絨毯の束をいくつも運んでくる。その間、女奴隷はひとことも発さない。まるで自分を見ているようだと香燻《カユク》は思った。

「長く使うものだから、織りのしっかりしたのを選ばなくては駄目よ」

そう蒔羅《ジラ》は言うが、香燻《カユク》には良し悪しなどわからない。彼女に候補をあげてもらって、最後には、赤が多く使われていて男らしいという理由から一枚選んだ。価格は金貨十五枚であった。

「野球をなさるのでしたら、用具はいかがですか」

女商人が揉み手をしながら言う。「バットにボール、グラブにゲートル、ロージンバッグまで、何でも取り揃えてございますよ」

女奴隷に持ってこさせる品々の中で香燻《カユク》の目を引いたのは、におい立つようなまっさらの革製グラブであった。試合に出るためには守備ができなくてはならない。バットはよそから借りられても、守るためのグラブは自分専用のものが必要だ。手に馴染ませなければ、グラブは充分に働いてくれない。

ひとつ手に取って試着してみると、女物なのか、彼の手には小さすぎて、どうがんばっても入らなかった。隣で蒔羅《ジラ》がくすっと笑った。

――キャッチャーミットは？

「ええ、ございますよ。お待ちを」

女商人自ら包みを開き、焼きあがったパンを窯から出すような手つきで大きなミットを捧げ持ってきた。

手を入れてみると、肉厚で硬く、力をこめてもわずかに閉じるばかりである。

「女御の間にあるクッションみたいね」

蒔羅《ジラ》はミットの縁をつかんだ。「あなた、捕手になりたいの？」

香燻《カユク》はミットで紙を押さえ、右手に筆を持つ。

――中身を抜いて薄くする。

紙をのぞきこむ蒔羅《ジラ》の頬《ほお》が香燻《カユク》の肩に押しつけられる。

「おかしなことを考えるのね」

――遠くのボールも捕れるかと思って。

香燻《カユク》はミットの代金、金貨二十枚を女商人に払った。こんな高い買い物をするのは生まれてはじめてであった。

下臈所に帰る道すがら、蒔羅《ジラ》は買ったばかりの古い本を読んだ。香燻《カユク》の見たこともない記号や表が並ぶ写本である。

――それは何？

彼は質問の紙を本の頁の上に滑りこませた。

「地方リーグのスコアブックよ。集めてるの」

蒔羅《ジラ》は一度顔をあげて答えると、ふたたび本に目をもどそうとした。

――おもしろい？

「おもしろいわよ。頭の中で試合が再現されるの。これは五十年前のものだけれど、それをこうして追体験できるなんてすごいと思わない？　ここに名前のある選手たちはもう神に召されているというのに」

蒔羅《ジラ》に見つめられて香燻《カユク》は首をひねった。彼の書くことばも、野球のプレーも、その場限りのものだ。対話や試合が終わったあとも意味を持ち続けるなんてことがあるとは思えない。

「香燻《カユク》には家族がいるのね」

そう言われて香燻《カユク》はひやりとした。女商人とのやり取りを見られていたのにちがいない。

蒔羅《ジラ》は目ざといので困る。いつか自分の正体を見破りそうな気がする。外の女が髪の毛や体の線をまわりに見せないように、香燻《カユク》も真実を隠していたかった。

「後ろ盾があるのはいいことよね。たとえば光《ひかり》の君さまが十八歳にもならないのに重々しくていらっしゃるのは、皇帝陛下の従妹《いとこ》だからよ。時の運だけではああも時めけないわ。やっぱり持って生まれたものがないと」

蒔羅《ジラ》はいつになくむきになったような口ぶりであった。香燻《カユク》は筆を執った。

――家族はひとりだけ。

こうも書く。

――しかも貧乏。

蒔羅《ジラ》は何を納得したのか、うんうんとうなずいた。

「逆の途もあるのよ。女が家族を盛り立てるの。香《こう》の君の弟も、元は改宗者のお小姓だったのに、姉のおかげで引き立てられて、いまでは宰相中将よ。だからあなたががんばって家族の後ろ盾になればいいのよ」

香燻《カユク》は自分の身に置き換えて考えてみた。女に化けた従弟の余光で出世する伐功《バルク》。末は博士か大臣か。想像しただけで笑ってしまう。伐功《バルク》はどんな顔をするだろう。

お似合いだとも思う。だまして、化けて、殺して――そうでもしないと自分たちのような者が世に出ることはかなわないのだから。

蒔羅《ジラ》が本に目を移すのも忘れて怪訝《けげん》そうな顔で香燻《カユク》の薄笑いを見ていた。

女房たちが午睡《ごすい》の時間だというのに中庭に出てキャッチボールをしている。そのボールが逸れて回廊に飛びこんできた。足元に転がるのを香燻《カユク》は蹴って中庭に返した。


その中庭が夕闇に包まれる頃、天の摂理に逆らおうというように火が灯されて、柱廊《ちゆうろう》に囲まれた空間から闇を空へと押し返した。かがり火が立ち並び、中庭を挟んだ向こう岸を見れば、山から獣を追い立てる勢子《せこ》の群れのようである。

球審・塁審・線審が松明《たいまつ》を掲げて所定の位置につき、試合の準備は整った。暁霞舎と旃葉殿の七殿《しちてん》五舎《ごしや》リーグ公式三回戦である。

後宮《ハレム》中の女が回廊に押し寄せ、色とりどりの裾《すそ》が鈴なりになる。女御・更衣や女房ともなると優雅にコーヒーなど飲んで談笑しているが、上中下﨟はグラブを手に、ファウルボールを取ってやろうと欄干《らんかん》から身を乗り出している。

香燻《カユク》たちもグラブを持ってきてはいたが、同じ暁霞舎の女御たちを応援することが優先である。それに、桟敷《さじき》からコーヒーにクッキー、水煙管《みずぎせる》などが次々にふるまわれるので、そちらを楽しむのに忙しい。女君とちがって次にいつこんなおいしい思いをできるかわからないので、犬のように意地汚く口を動かす。

お揃いの飾り帯を締めた暁霞舎の宮女たちは、一塁側の回廊を占拠した。応援する場所としては桟敷の真うしろが一等いい席で、そこを上臈所《じょうろうどころ》が占めていた。中臈《ちゅうろう》はその隣、下臈はそのまた隣で、それは両陣営とも同じなので、本塁後方で暁霞舎下臈所は旃葉殿下臈所と境を接する形になった。お互い相手が目に入らぬふうにふるまう。

買ったばかりのキャッチャーミットから詰め物を抜き、同僚から借りた絨毯用の針と糸で縫い直すと、ミットはかなり薄く、動かしやすくなった。これならいままで半歩届かなかったフライも捕れそうだ。香燻《カユク》は何度も拳を打ちつけて、グラブに化けたミットを手に馴染ませようとした。

それにしても、夜、暗くなってから野球をするなんて、正気の沙汰とは思えない。まるで人間の驕《おご》りを描いた細密画《ミニアチュール》を再現したような光景だ。野球は太陽の下でやるものと決まっている。

「何それ。みっともないわね」

うしろの絨毯に座っていた蜜芍《ミシャ》が香燻《カユク》の肩越しに手を伸ばしてグラブの先をつかんだ。「まるで豚の座布団だわ」

「それさっきわたしが言った」

蒔羅《ジラ》が口からクッキーの破片をこぼした。

何を言われても香燻《カユク》は平気であった。手にはグラブ、足には帯と同じ色のゲートルを巻いて、どこに出ても恥ずかしくない立派な野球選手のかっこうをしているのだ。

同じ紫の帯を巻いた女房たちが一塁側桟敷からグラウンドに飛び出した。外野手が芝生に入ってどんどん走っていく。女御・更衣の間に面したこの中庭は後宮《ハレム》内で一番広い球場であった。距離の定められた塁間とはちがい、外野は自由である。どこまで続いていてもルール上は問題ない。外野手として守っているとき、内野の方に集中していないと、背後に原野がどんどんひろがっていって、誰も知らない場所につながってしまうのではないかと怖くなる。香燻《カユク》にとって、そのぞくぞくする感じが外野守備の魅力であった。

ゆっさゆっさと自慢の乳房を揺らして暁《あかつき》の君がピッチャーマウンドにあがると、三塁側の回廊からオー、オーと唸り声が巻き起こった。旃葉殿の宮女たちが悪魔のやり方で敵方の不幸を祈願しているのである。旃葉殿の帯の色は黄緑色。

「暁霞舎《うち》と旃葉殿《あそこ》は因縁が深いのよね。たとえば『林檎《りんご》事件』――」

蒔羅《ジラ》の説明を先取りするように、蜜芍《ミシャ》が深くうなずく。新入りの香燻《カユク》には何のことだかわからない。

「今年のはじめに両チームが対戦したときのことよ。回廊の誰かが食べ終わった林檎の芯をグラウンドに放りこんで、それがたまたまマウンドから桟敷にもどる香の君の目に留まったの。

彼女はそれを拾ってわざわざ暁霞舎の応援席に投げ入れたのよ。わたしたちは当然抗議したわ。『相手の応援席に林檎を投げこむとは何事だ』って。そしたら彼女、何て言ったと思う？　『あれは林檎じゃなくて梨だった』ですって」

憤激のあまり蒔羅《ジラ》は語気を荒げる。

「反論になってないわよね」

蜜芍《ミシャ》は小指と薬指を親指にあてがい、香の君を呪う。

「さらに、わたしたちが後宮《ハレム》に入る前に『ポカリ事件』というのもあったそうよ。これについては誰にきいても口をつぐむのだけどね」

「いずれにせよ、悪いのは香の君よ」

ふたりは呪いの手信号をグラウンドに向けると、同僚たちから回されてきた椀《わん》からヨーグルトをずぞっと啜った。

「だから香爋《カユク》、どんな手を使ってもあの人たちには勝たなければならないのよ」

「そうよ。新入りだって何だって関係ないわ。廊下であいつらに会ったらバットでひっぱたくくらいの気持ちでね」

何の恨みもないのだが、同じ色の帯を腰に巻いているせいか、蒔羅《ジラ》と蜜芍《ミシャ》の怒りに香爋《カユク》の心も染められていくようであった。

両下臈所が発していた呪詛《じゅそ》は次第に相手の下臈所に向けられるようになり、やがて境界線上での小競り合いに発展した。暁霞舎から迷伽《メイガー》が止めに入ると、旃葉殿からは抜凛《ベリ》が出て、観客席でエース対決が実現することとなった。

「それにしても大きいわね」

蒔羅《ジラ》が水煙管を吸ってぱっぱと煙を吐く。迷伽《メイガー》も小さな方ではないが、抜凛《ベリ》はそれより頭二つほど大きい。香燻《カユク》の見たところ、六尺半はありそうであった。

その抜凛《ベリ》の陰から小柄な少女が進み出た。

「えっ、ちょっと何あれ……」

「化け物?」

暁霞舎下﨟所にささめきが輪とひろがった。

その少女は全身灰色の長い毛で覆われていた。耳はとがり、鼻は濡れ、およそ獣そのものといった顔をしている。上の衣だけ着て、下半身は下帯のみ。犬のような尻尾が揺れる。金でできた花束《ブーケ》で髪を飾っているところは華やかで、そこだけがいくらか後宮《ハレム》らしくもある。

「うわっ、熊が出た」

蜜芍《ミシャ》が目を丸くした。蒔羅《ジラ》は首を傾げる。

「あれは熊なの?　あれが熊なの?」

獣人というやつだろうと香燻《カユク》は見た。荒野にはそうした怪物が出没するのだという。猟師や羊飼いが眉根をひそめてうわさするのを彼は聞いたことがあった。

「おまえ、暁霞舎の投手だな？」

その獣人は鋭い爪の生えた指で迷伽《メイガー》を差した。暁霞舎下﨟所は、獣人が人語を発したので驚嘆の声をあげた。

「そ、そうだけど……何？」

指された迷伽《メイガー》は怯《おび》えて腰が引けている。

「おまえの投げる球など、この杏摩勒《アーマラキ》――人呼んで打撃の神さまには止まって見えることだろう」

獣人はそう言い放って胸を張った。旃葉殿下﨟所から拍手と歓声が巻き起こった。

「ああ、そう……それは……困ったことだわねえ」

迷伽《メイガー》は同僚たちに救いを求めるような目を向けた。

「すごいわねえ、あの熊。わたし、近くで見てくるわ」

蜜芍《ミシャ》は立ちあがり、同僚たちを掻《か》き分けて獣人の方へ向かった。それを見た迷伽《メイガー》が厄介払いは任せたとばかりに元の席へともどっていった。

「そこの熊、ちょっとこっち来てごらん」

蜜芍《ミシャ》が手招きすると、獣人は跳びあがった。

「熊だと！」

そのまま抜凛《ベリ》の首っ玉にかじりつく。背が低いので足が地面に着かず、彼女の首にぶらさがるかっこうになった。

「熊はどこだ！　打撃の神さまとて熊は怖い！」

「熊ってあんたのことよ。熊なんでしょ？」

蜜芍《ミシャ》は近づいて獣人の肩を叩く。獣人はふりかえり、全身の毛を逆立てた。

「誰が熊か！　何たる侮辱だ！」

牙を剝《む》き出しにする獣人を、

「杏摩勒《アーマラキ》、重いからおりろ」

抜凛《ペリ》が抱きかかえて地面におろしてやる。なおも腰にすがりつく杏摩勒《アーマラキ》をそのままにして抜凛《ペリ》は蜜芍《ミシャ》に目を向けた。

「おまえ、蜜芍《ミシャ》だな？」

「そうよ」

蜜芍《ミシャ》は暁霞舎下繭所で一番背が高い。その彼女が抜凛《ペリ》相手では見おろされてしまう。

「おまえのうわさは聞いている。『守備は一流、打撃は三流』だそうだな」

「それであんたの投球は何流？　せいぜい五流ってところかしら」

にらみつける蜜芍《ミシャ》を抜凛《ペリ》は鼻であしらった。

「せいぜい吠えていろ。今度の試合ではおまえたちを完封してやる」

グラウンドで球審が試合開始を宣した。それを潮に下繭所の衝突は分けとなった。

「打撃の神さまを熊呼ばわりした報いは大きいものと知れ！」

獣人は吠え、抜凛《ペリ》に手を引かれて同僚たちのところへもどっていく。

その背中に向かって蜜芍《ミシャ》は啖呵《たんか》を切った。

「あんたたちなんかわたしの敵じゃないわ！　わたしが向日葵《ひまわり》なら、あんたたちはアーバラナ海の浜辺に咲く月見草よ！」

わかりづらい譬《たと》えだったので、暁霞舎下臈所からはまばらな拍手が起こるだけであった。

「打撃の神だなんて……恐ろしい」

莳羅《ジラ》は憮然とした表情で手を合わせ、神に祈る。「あれは偶像崇拝者よ」

――異教徒もしくは馬鹿だと思う。

香燻《カユク》が書くと彼女は、

「そうね。きっとそうよ」

と声をうわずらせた。

マウンド上の暁の君は迷伽《メイガー》に似た横手投げの右腕だが、速球の威力は段ちがいであった。

旃葉殿の一・二番をどちらもあっさり追いこんで、見逃し三振に切って取る。暁霞舎の宮女たちは絨毯の上で立ちあがり、歓声をあげた。

三番の香の君がバットを持って登場した。その奇嬌《ききよう》ないでたちに一塁側からはオー、オーと声があがった。

袖を断ち切った衣から、裸の肩を露出させている。ズボンの代わりに黄緑色のタイツを履《は》いていて、牝馬のような尻の丸みを露骨に浮かびあがらせている。頭頂部でひとつに結った髪も馬の尻尾のようである。指輪や首飾りをじゃらじゃらつけて、およそ野球をするかっこうには見えない。

打席で一度、一塁側に見せつけるように胸を張ってから、投手をにらみつけ、バットを構える。

初球。低めの速球であった。すくいあげるようにフルスイングすると、打球は左翼手のはるか頭上、殿舎《でんしゃ》の屋根を越えて、闇に消えていった。

本塁打だ。

打球の行方をしっかり見届けてからバットを放り出し、ゆっくりと一塁へ歩き出す。マウンド上の暁の君がへたりこむ。

一塁側は、桟敷も回廊もあっけに取られて、野次を飛ばすことすら忘れていた。

「失投……よね？」

「でも、低かったわよ？　ふつう、あれ打つ？」

「暁の君さまかわいそう」

他の宮女たちの嘆き節とは対照的に、蜜芍《ミシャ》と蒔羅《ジラ》はおどけたように肩をすくめ、顔を見合わせた。

「馬鹿力ねえ。外廷《がいてい》まで飛んだんじゃない？」

「城外ホームランかもね」

香燻《カユク》も悲観的にはならなかった。ランナーがいなくてよかったと考えた方がいい。それに、特大の本塁打を見るのはいつだって気持ちがいいものだ。

――まだ一点。

蒔羅《ジラ》に見せると、彼女はほほえんだ。

「そうよ。すぐに『攻城龍打線』がひっくり返すわ」

「香燻《カユク》あなた、攻城龍って知ってる？」

蜜芍《ミシャ》にきかれて香燻《カユク》はうなずく。

――見たことある。

幼い頃、父に連れられ御牧《みまき》で飼育されている攻城龍を見に行った。龍たちは柵の中で草を食《は》んでいた。目と手足が退化した龍は巨大な腸詰を思わせた。ぶかっこうでおとなしい生き物。その口から吐き出される火球でかつて都城の壁を穿《うが》ち、街を焼き尽くしたなんて、見かけからは信じられなかった。

龍を召喚した魔術師には剣士の親友がいて、ともに義教徒の陣に加わろうとした。だが義教徒の皇帝は龍の姿を嫌い、魔術師を都から追放した。そのため彼は真教徒の側につくことにした。二人の友は別れ際に、間近に迫った合戦で手柄を競い合おうと約束した。

どう考えても人間の力のみで戦う剣士の方が不利である。

しかし戦いが終わってみると、攻城龍の火炎に倒れた義教徒の将二十九。それに対して剣士があげた真教徒の大将首は二十七——敗れはしたが、剣士の健闘が際立った。

旗の色を異にしても続く友情はあるのだ。そうした英雄たちの伝説を香燻《カユク》は聞いて育った。

旃葉殿の四番が外野フライに倒れ、一回表の攻撃は終了した。スコアは1－0である。

香の君がマウンドにあがる。右の上手投げで、投球練習を見る限り、躍動感がなく、こぢんまりとしたフォームである。

暁霞舎の先頭打者が打席に入る。

香の君はテンポよく投げ、簡単に0ボール2ストライクと追いこむ。打者はそこから二球ファウルで粘ったが、最後は捕手へのファウルフライで一死。

続く二番もストライク先行で、1ボール2ストライクから外角の変化球に手を出し、当たり損ねの一塁ゴロ。すばやく一塁カバーに入った香の君にボールが渡って二死。

一塁側桟敷はため息に包まれた。

蒔羅《ジラ》が懐《ふところ》から帳面を取り出し、開いた。

「さすが香の君。この夏の公式戦で十戦負けなしというのは伊達《だて》じゃないわ」

「打てないボールではないと思うんだけどねえ」

蜜芍《ミシャ》が首をひねる。香燻《カユク》も同感であった。

球の速さはこの前対戦した青陽舎《しょうようしゃ》下臈所の投手とさして変わらない。何がちがうのだろう。

もしかしたら攻城龍打線というのが名前倒れなだけではないのか。

三番打者は左打ちだった。

初球ボールのあとの二球目、内角低めの速球が外れて、避ける暇もなく膝《ひざ》に当たる。ボール
は大きく跳ねて三塁側桟敷の前まで転がった。

打者が痛みにうずくまる。

桟敷からも回廊からもオー、オーと恨めしげな声が起こる。

「出たわ……。これが香の君の恐ろしさ」

蒔羅《ジラ》が唇《くちびる》を噛《か》む。「ここ十試合で四球はたったの二つ。そんな制球のいい投手が、同時に死
球を八つも与えているの。この数字が意味するものは――」

「わざとよ。狙ってぶつけてるんだわ」

蜜芍《ミシャ》のことばが聞こえたとでもいうように、香の君が一塁側をにらみつけた。蜜芍《ミシャ》は小さく
なって前列の宮女の陰に隠れた。

「オーオーうるさいわね。何か文句があるのかしら。こっちだってランナーを背負って痛いん
だから、おあいこでしょ」

香の君が後宮《ハレム》全体を震わすような大声を発する。悪びれる色などみじんも見せない。

香燻《カユク》は不敵に笑った。蒔羅《ジラ》の言っていた「どんな手を使っても勝つ」という話——あれを実践しているのは香の君の方だ。女御自ら手を汚している。これが相手では勝ち目がない。あちらの想像をはるかに超えた挙に出なければ。

——次またやったら、行ってやり返す。

「行くって、どこへ？」

彼の書いたものを見て、蒔羅《ジラ》が問うてきた。彼はピッチャーマウンドを指差した。

蒔羅《ジラ》は手で口を覆った。

「まあ、呆れた。下﨟の試合とはわけがちがうのよ」

「やめときなさい」

いつになく大人びた口ぶりで蜜芍《ミシャ》が言う。「香の君と喧嘩するなんて、天に唾《つば》を吐きかけるようなものよ。こんな言い方したら蒔羅《ジラ》が怒るかもしれないけどさ」

そのたしなめるような口調が、馬鹿にされているようで香燻《カユク》は腹立たしかった。

試合が再開された。

二死一塁で、四番・暁の君の登場である。

香の君がいったとおり、中心打者を迎えるに当たって走者を出したのは痛い。一点取られたら、自分の本塁打で取った点が帳消しになってしまう。ホームランが出れば逆転負けだ。やはり故意の死球ではなかったのだろうか。

セットポジションから香の君は投げる。

初球ボール、二球目ストライクで、続く三球目、外角低めに暁の君がちょこんとバットを当ててファウル。打球は回廊に飛びこみ、かがり火を弾き飛ばした。わっと悲鳴があがる。こぼれた火を宮女たちが絨毯で叩き、消そうとする。試合が一時中断された。

暁の君は打席を外さず、マウンド上の香の君をにらみつけていた。香の君も走者には目もくれず暁の君を見据える。

プレイが再開された。

1ボール2ストライクからの四球目、内角高めの速球が暁の君を襲った。

ゴツッと鈍い音がした。ボールは打者の側頭部に当たり、本塁付近に力なく落ちた。手の中から転げたバットが逆さの姿勢で地面に立ち、ゆっくりと倒れた。

あまりのことに、中庭は水を打ったように静まり返った。球審が袖で口を覆う。

膝を突き、昏倒したと見えた暁の君がボールを拾って力任せに投げ返した。

身軽にかわして香の君、

「どこ狙ってんの、ノーコン」

そう言って、来てみろとばかりにマウンド上から手招きする。

暁の君はバットをつかんで起きあがり、向かっていったが、足がもつれて前のめりに崩れ落ちる。そのままピクリとも動かなくなったので、場内騒然となった。

「やったッ」

女御の一大事と見るや、一塁側桟敷から女房たちが飛び出した。とっさに塁審が立ちはだかる。しかしバットを持った女房たちに叩き伏せられ、一条の悲鳴を残して集団に呑みこまれた。

「やるかッ」

旃葉殿側も女御を守らんと打って出て、こちらもバットをおっとり刀。内野中央で両軍出会い、丁々《ちょうちょう》発止《はっし》と打ちつけあう。

時が来たと香燻《カユク》は悟り、勢いよく立ちあがった。

「香燻《カユク》、駄目よ」

追いすがる蒔羅《ジラ》の声を振りきり、宮女たちの間を抜け、欄干の上に飛び乗る。

「何をする気だ、下﨟」

ふりかえって見れば、声の主は、同じ紫の帯だが見知らぬ宮女。

――チームのために戦う。

大見得切って書き記し、ミットといっしょに置き土産とばかりに放ると、身を躍らせて中庭に飛びおりる。

どうと地面を打つ音が背後でする。見ると蜜芍《ミシャ》。

彼女も回廊から飛びおりてきたのである。

「カッコつけちゃって。乱闘中に字なんか書いてる余裕ないわよ。わかってる?」

そう言われて香燻《カユク》は帯に挟んであった筆と紙の束を打ち棄《す》てる。別になくても構わない。持って生まれたわけではないのだから、なくなっても死にはしない。

「いい度胸だ」

蜜芍《ミシャ》は鼻で笑った。その顔はどこか晴れやかであった。

「待て！　行かせはせぬぞ！」

驚くべき跳躍力で獣人・杏摩勒《アーマラキ》が回廊の手すりを跳び越え、蜜芍《ミシャ》と香燻《カユク》の前におり立った。

香燻《カユク》はこれを殴り倒してでも先へ進むつもりで拳を握った。

「あっ、あんたのうしろに熊が！」

蜜芍《ミシャ》が声をあげ、外野の方を指差した。杏摩勒《アーマラキ》は跳びあがってふりかえった。

「何だと！　また熊か！」

相手の注意が逸れたすきに蜜芍《ミシャ》は走り出した。香燻《カユク》もあとを追う。

「ちょっと待ちなさいよ。乱闘なんて、駄目よ」

悲鳴に似た蒔羅《ジラ》の声が回廊から聞こえた。

「雑魚《ざこ》に用はない。狙うは敵の大将よ」

蜜芍《ミシャ》は揉み合う両軍を迂回し、大股でぐんぐん加速していく。スピード自慢の香燻《カユク》でさえついていくのがやっとである。

香の君は手下の女房たちに喧嘩を任せ、自分は三塁付近で捕手と談笑していた。そこへ目の色変えた下﨟たちがつっこんできたものだから、さすがにぎょっとなった。

「何よ、こいつら」

だがそこはさる者、外したグラブを右手に嵌《は》め、逆に向かってくる。

「このおっぱいババアッ」

「下﨟の分際でッ」

蜜芍《ミシャ》と香の君は正面からぶつかり合い、犬の喧嘩のように地面を転げ回って殴り合う。

香の君が蜜芍《ミシャ》を組み敷いて上からパンチをお見舞いしようとした。

そこへ香燻《カユク》が助けに入る。香の君が首にかけているじゃらじゃらをうしろからひっつかんで、思いきり絞めあげる。

「ぐっ……むっ……」

香の君は首飾りに手をかけ、足掻く。そのすきに蜜芍《ミシャ》は下から逃れた。

「香の君さまッ」

捕手が大きな体で香燻《カユク》に体当たりしてきた。防具の重さも加わって、彼を吹き飛ばすのに充分な重さだった。つかんでいた首飾りがちぎれてバラバラになった。

捕手は香の君を介抱しようとするが、蜜芍《ミシャ》に足をかけられてひっくり返る。彼女の腹当を踏みつける蜜芍《ミシャ》を香の君がグラブで張り倒す。

「やめて、喧嘩はやめてッ」

いつの間にか蒔羅《ジラ》もグラウンドにおりてきていた。彼女のまわりではバットの鍔迫《つばぜ》り合いが続いている。もはや喧嘩と呼ぶのが憚《はばか》られるほどの大乱闘であった。

「退場、たいじょーうッ」

球審の声が夜空に響いた。太刀を佩《は》いた衛兵たちが割って入り、女房たちを引き分ける。兜《かぶと》から長い毛が垂れて、手入れのされていない驢馬《ろば》のようであった。

「退場？　誰が退場ですって？」

香の君が怒鳴った。仰向けになった蜜芍《ミシャ》の腹に乗って顔を殴りつけている。拳には鮮血がべったりと。

ファウルライン沿いに歩いてきた球審は震えあがった。卑屈な笑みに顔を歪《ゆが》める。

「こ、香の君さま……乱闘に荷担した者は退場にするルールでございますから――」

「わたしは自分の身を守っただけよ。気のふれた下﨟たちからね」

香の君はグラブを蜜芍《ミシャ》の顔にあてがう。気道をふさがれた蜜芍《ミシャ》がもがき、踵《かかと》で土を削った。

「で、では騒ぎを起こした暁霞舎の側から誰か――」

「何だとコラァ」

暁霞舎の女房たちがバットを振りあげ、球審に襲いかかる構えを見せた。

「なんでわたしたちが退場なんだよ」

「どう見てもこっちが被害者だろうが」

「ポコチンといっしょに脳みそも切り落とされたのかオメーは」

責め立てられて審判はヒィッと喉を鳴らした。

「もうよい、もうよい」

男のものながら不思議に甲高い声がした。階をきしませ、肥満体の男が回廊からおりてくる。

新手の衛兵が中庭になだれこんできて、二列に並んだ。

「か、宦官長さまあ……」

球審が情けない声を出して、男のもとへ馳せ参じる。

宦官長・伽没路《カーマルー》は、彫像のように微動だにしない衛兵たちの柱廊をもったいつけて歩いてきた。渋面を作っていた彼は、旃葉殿の捕手によって羽交い絞めにされている香燻《カユク》を目にして苦渋の色をいっそう濃くした。

「この中でもっともけしからんのは、試合に関係のない分際でグラウンドに入りこんだ下﨟三人である。あれらを退場にせよ。それで試合再開とする」

上司の命に、球審は追従の笑いを浮かべ、頭をさげる。

「仰せのままに」

腹の虫が治まらない様子の女房たちをうんざりしたような目で眺めわたし、伽没路《カーマルー》は香の君に近寄った。

「香の君さま、ほどほどになさいませ。皇帝陛下がご覧になっておいでですぞ」

そう耳打ちするのが香燻《カユク》の耳にも聞こえた。

「あら、冥滅《メイフメツ》が？」

香の君は蜜芍《ミシャ》の胸に手を突いて起きあがった。「伽没路《カーマルー》、伝言をお願い。今夜はわたしを指名してって。荒れた試合のあとって、燃えるの」

右手に嵌めていたグラブを着け直し、肩慣らしに腕を大きく回す。大きな乳房がぶるんと揺れて老宦官をひるませる。

地面に伸びている蜜芍《ミシャ》に蒔羅《ジラ》が駆け寄った。

「おお、蜜芍《ミシャ》。何てこと……」

蜜芍《ミシャ》は蒔羅《ジラ》の手を借りて体を起こした。鼻血が出て、顔の下半分を赤く染めている。それを見た捕手が香燻《カユク》の頭のうしろで、

「あ、赤鬼……」

とつぶやいた。

香の君が首を撫《な》で回した。

「あーあ、あの首飾り、気に入ってたのに」

捕手にとらえられたままの香燻《カユク》に彼女は迫ってきた。喉の突起を隠すために装着している首輪の上から彼の首をつかみ、絞めつける。彼の怯えた表情を見て香の君は笑った。

「こんな安物、壊したところで気分は晴れないわね」

そう言い捨てて彼女はマウンドへともどっていった。

視界の自由を制限された衛兵たちに取り巻かれて香燻《カユク》と蒔羅《ジラ》、蜜芍《ミシャ》は中庭から回廊へとあがった。宮女たちが道を空ける。おごそかな空気がそこには漂っていた。担架に乗せられた暁の君が香燻《カユク》たちを追い越していく。たくましい四本の腕に支えられた彼女は、うつろな目を香燻《カユク》に向け、小さくほほえんだ。

彼は腹立たしかった。自分をチームメイトとはじめて認識したというような暁の君の笑顔さえも憎かった。それが目当てでやったことなのに、まんまと成功させてみると、空しさしか残らない。握り締める拳の中では香の君の首飾りからむしり取った大粒の真珠が汗に濡れていた。


さっきまで野球の熱気に包まれていたことが嘘のようであった。

塗籠《ぬりごめ》は静かに冷えきっていた。ふだんは物置に使われている狭い部屋で、窓もない。じっとりと露《つゆ》の置いた三方の壁に香燻《カユク》たち三人はそれぞれ寄りかかって座っていた。

「試合、どうなったかしらね」

蒔羅《ジラ》がぽつりとつぶやいた。答える声はなかった。

明かりがないため、香燻《カユク》には他のふたりがどんな顔をしてこれからやってくる罰を待っているのか、わからない。

伽没路《カーマルー》はあの試合を皇帝が見ていると言った。皇帝はどこにいたのだろうか。女御・更衣の間の奥か、床下の格子の向こうか。その姿を想像すると何だか不気味だ。女だけでやっている野球を、男がひとりのぞいているなんて——彼は自分のことを棚にあげてそんなことを思った。

ずいぶんと遠くまで連れてこられた気がする。後宮《ハレム》の中は、人をすべて野球に吸い取られ、打ち棄《す》てられたようになっていた。だから廊下を踏んでやってくる者のあるのが、その人数まででも、音でわかった。

扉を引き開け、手燭を持って現れたのは、伽没路《カーマルー》ただひとりであった。従えてきた二人は外で待たせてあるようだ。

香爔《カユク》は暗さに慣れた目をかばい、掌《てのひら》を顔の前にかざした。蒔羅《ジラ》と蜜芍《ミシャ》も同じかっこうをしているのが指のすきまから見えた。

「おまえたちへの処分がくだされた」

宦官長の甲高い声が湿った壁に反響した。「赦免《しゃめん》だ。香の君さまはおまえたちをお咎《とが》めにならぬそうだ」

ことばの意味するものをはかりかねて、三人は目を見交わした。それぞれの背よりも丈の低い影が壁の上で頼りなく揺れていた。

「それどころか『元気のいい三人をぜひ我が旃葉殿へ迎えたい』とおっしゃった」

伽没路《カーマルー》は三人の顔を見回した。自分のことばが及ぼす作用に自信を持っているのがうかがえる。

「わたしはごめんだね」

蜜芍《ミシャ》が足を投げ出して言った。鼻にかかった声だった。

「あんな奴の下にいたくはないわ」

「わたしもよ。わざとボールをぶつけるような真似をして……。ひどすぎるわ」

蒔羅《ジラ》が気負いこんだ口調で言う。

伽没路《カーマルー》は香燻《カユク》の方を見た。同僚たちに同意することを示すために香燻《カユク》はうなずいた。

「ふうむ、そうか。蜜芍《ミシャ》と蒔羅《ジラ》の二人については特に『夏季リーグの成績に鑑《かんが》み、中繭に取り立ててもよい』とおっしゃっていたが、それでも嫌だというのか」

弱みはすべて把握しているのだというように伽没路《カーマルー》はもったいつけてゆっくりとことばを発する。

蜜芍《ミシャ》は首を縦に振らなかった。

「それでも嫌だね。いつか出世して、あいつといっしょにプレーすることになると思うと、とても耐えられない」

伽没路《カーマルー》の顔がわずかに曇った。

「蒔羅《ジラ》、おまえはどうなのだ」

「わたしは……」

蒔羅《ジラ》は両手を合わせ、股の間にぎゅっと挟んだ。「友人があぁ言っているので……まあ、そういうことで」

長いため息のあとにいびきのような音が続いた。伽没路《カーマルー》がゆっくりと頭を振るたび、低く潰れた鼻が鳴った。

「つまらん意地を張りおって……。ならば好きにせい。後悔してもわしは知らんからな」

彼は空いている手を乱暴に振った。「出ろ。下薦所へ帰ってよろしい」

「へいへいっと」

足で反動をつけて、蜜芍《ミシャ》が跳ね起きた。戸口まで行ってふりかえり、顎《あご》をしゃくって同僚を誘う。

「ほら、早く行きましょ」

蒔羅《ジラ》はうつむいて宦官長の前を急ぎ足にとおりすぎた。香燻《カユク》は彼から顔を背けてゆっくり歩いた。

「これをグラウンドに落としただろう」

伽没路《カーマルー》が紙と筆を胸に押しつけてきた。香燻《カユク》はそれをつかんだ。伽没路《カーマルー》は手を離さない。

「もう二度とわしを困らせるんじゃないぞ。わかったな」

香燻《カユク》は紙と筆をもぎ取ってふたりのあとを追った。

下薦所に帰る道がわからないので、ついていくしかなかった。先を行く蜜芍《ミシャ》がしきりに袖を顔に当てている。香燻《カユク》は追いついて彼女の顔をのぞきこんだ。軒端《のきば》から流れこむ月明かりに彼女の肌は白く濡れ、鼻から落ちる血は黒く映った。

香爋《カユク》は紙を一枚取って折りたたみ、彼女に差し出した。彼女は黙って受け取り、鼻に当てた。

ふたりの背後から音も立てずに続いていた蒔羅《ジラ》がひとりごとのように言う。

「やっぱり香の君の誘いを受けるべきだったかも……」

「わたしは嫌よ」

鼻声で蜜芍《ミシャ》は答えた。

「でも蜜芍《ミシャ》、わたしたち中臈になれるのよ……それもいますぐに。こんなこと言うのは失礼だけど、暁の君さまがそんなことを言ってくださったことがあった？　どんなに仕事をしても、どんなにいいプレーをしても、わたしたち報われなかったじゃない。香の君は、嫌な人かもしれないけど、わたしたちを評価してくれてるわ」

「わたしはあいつのやり方が気に食わないの」

「やり方なんてどうでもいいじゃない」

蒔羅《ジラ》が気色ばむ。「気に食わないなら、出世して、自分のやり方をとおせるようになってから言いなさいよ。下臈の身でそんなことを言ったって、みじめなだけだわ」

「蒔羅《ジラ》、あなたわかってないわ」

蜜芍《ミシャ》は足を止め、ふりかえった。「わたしが言ってるのは、苦手な打者に死球を与えて勝負を避けるっていう香の君の考え方よ。わたしはね、投手が困ったときは、守ってる野手に任せてほしいと思ってるの。とりあえず打たせてしまえばいいのよ、あとはわたしたちが何とかするから。それがチームってものでしょう？　でも香の君は自分ひとりで片をつけようとしている。それが気に食わないの。わたしは仲間を信頼できない投手のうしろで守りたくない」

それを聞いた蒔羅《ジラ》はため息を吐いて懐手《ふところで》した。

「香燻《カユク》、紙をもう一枚」

蜜芍《ミシャ》の手の中で紙が黒く染まっていた。香燻《カユク》は言われたとおりに一枚手渡した。

「ありがと」

鼻声で答える彼女の顔を一度のぞきこんで、香燻《カユク》は筆を執った。

――だいじょうぶ？

目の前に示すと、蜜芍《ミシャ》は眉間にしわを寄せ、香燻《カユク》を見つめ返した。

「平気よ。殴られたのは左手だからね。あの指輪だらけの右手だったら、いまごろ顔中傷だらけになってたわ」

香燻《カユク》は驚き、すこしおかしくなった。香の君がグラブを外し右手に着け替えているのを、蜜芍《ミシャ》はあの騒ぎの中でちゃんと見ていたのだ。

――気づいてたんだ。

「あいつは乱闘になると必ずグラブを利き手に嵌めるの。指を怪我しないようにね。おかげでこっちも怪我せずに済んだんだけど」

蜜芍《ミシャ》は肩をすくめ、自嘲《じちょう》した。

彼女に意図を見透かされるくらい同じことを繰り返している香の君の几帳面さと、それでも死球を与えてしまう粗暴さの対比が香燻《カユク》にはおかしかった。

――そんなにしょっちゅう乱闘してるのか。

「皇帝陛下もどうしてあんな喧嘩っ早い女が好きなのかしらねえ。気が知れないわ」

「ねえ、ふたりで何話してるの？」

背後から蒔羅《ジラ》に声をかけられて、蜜芍《ミシャ》と香燻《カユク》は一瞬顔を見合わせ、すぐにそっぽを向いた。

「話なんかしてないわよ。ただのひとりごと」

――蜜芍《ミシャ》は字を読めない。

香燻《カユク》の掲げる紙を見て、蒔羅《ジラ》はふたたび呆れ顔になったが、こみあげる笑いがその口の端をわずかに歪めていた。

◇

今夜の相手が運ばれてくるのを冥滅《メイフメツ》は横になって待っていた。

皇帝の閨《ねや》に女は文字どおり運ばれてくる。宦官が肩に担いでここまで来るのである。女は控えの間で着ているものをすべて剝ぎ取られ、身体検査を受けた上で運びこまれる。女の体には布がかぶせられる。

彼の母妃が他の妃を殺したときもそうであった。父帝の死後、母妃以外の寵妃《ちょうひ》は袋詰めにされてアーバラナ海に投げこまれた。

後宮《ハレム》の女はすべて物だ。皇帝が快楽のために使う道具にすぎない。道具の性能を見るには野球がいい。野球のうまい道具はたいていベッドの中でも具合がよかった。

「陛下——」

カーテンの向こうから伽没路《カーマルー》の声がした。

「うむ」

冥滅《メイフメツ》が答えると、ベッドを囲むカーテンが開かれた。伽没路《カーマルー》の他に若くたくましい宦官が一人、それと大きな布の袋がベッドの傍らに立っていた。伽没路《カーマルー》が目で合図すると、若い宦官が袋を取り去る。その下から裸形の香の君が現れた。

冥滅《メイフメツ》がうなずいてみせると、宦官二人は一礼してさがった。部屋を出るわけではない。ことが終わるまで女が皇帝に危害を加えないよう見張っている。もちろんベッドのまわりのカーテンは開け放たれている。それを恥ずかしがる女もいるが、冥滅《メイフメツ》は慣れてしまっている。香の君もまた慣れている。見事な体を誇るように堂々と歩いてくる。裸足がタイルを踏む音は男が女を責め立てるときに鳴るそれに似ていた。

彼女がベッドに乗ろうとするとき、冥滅《メイフメツ》は悪戯心《いたずらごころ》からその大きな乳房に手を伸ばした。野球のボールをキャッチするようきつくつかむ。

「痛いわね」

香の君は皇帝を手荒く突き飛ばした。冥滅《メイフメッ》に身を任せるだけの女や痛みに泣く女ばかりの後宮《ハレム》にあって、この利かん気は貴重だった。

「今夜の乱闘は派手だったな。だいじょうぶだったかい、棗椰《パルミラ》」

いまや彼しか呼ばない真名《まな》で香の君を呼ぶ。

「何でもないわよ。あんなの、子猫がじゃれついてるくらいにしか感じなかったわ」

香の君はベッドの上で膝立ちになった。

「でも首を絞められてたじゃないか」

「あなたにもやってあげましょうか」

香の君は冥滅《メイフメッ》の体に馬乗りになり、首に手をかけた。

皇帝が寵妃に暗殺されることは王朝の歴史において何例かある。それゆえ宦官たちは皇帝の閨を離れない。

香の君はたくましい。全身の筋肉がよく発達している。冥滅《メイフメッ》の上になっても下になってもよく動く。冥滅《メイフメッ》の体は貧弱だ。一日中座っていて運動もしないため、腕も脚も萎《な》えきっている。ピッチャーマウンドから捕手まで投球するのもおぼつかないだろう。

香の君と揉み合っていたあの宮女はよかった。冥滅《メイフメッ》は肉づき豊かな少女の姿を脳裏に蘇《よみがえ》らせた。金髪は彼の好みだった。あれはまだ下﨟だろう。年は十五六といったところか。閨に運ばせるのはまだ先の話だ。

皇帝の楽しみは尽きない。女は無限にいる。野球は終わらない。香の君の中で早くも果てそうになりながら冥滅《メイフメツ》は永遠というものに手がかかりそうになっているのを感じていた。

◇

一夜明けて、香燻《カユク》たち三人は名高くなっていた。

朝、ほうきでもって廊下の塵《ちり》を払っていると、とおりがかった女房や上中﨟が、

「暁霞舎の三勇士」

「下﨟所の三悪人」

「害人《ガイジン》」

などと呼びかけてくる。

香の君に喧嘩をふっかけた下﨟など前代未聞だというのである。それだけ香の君の権勢が盛んだということなのだが、それに反発する者もすくなくない。香燻《カユク》たちを支持するのはそうした層である。

暴力を称揚することになるのでおおっぴらにはされなかったが、暁霞舎内で三人の評価はあ

がった。「試合には敗れたが、蜜芍《ミシャ》たちの示した闘志によってチームにもたらされたものの方が重要だ」と言う者もいた。チームのための行いは、ときにルールや道徳に反するがゆえに価値あるものとみなされる。

香燻《カユク》の期待したとおりにことは進んだ。計算ちがいだったのは、死球による肉体的・精神的後遺症のために暁の君が殿舎に引き籠《こ》もってしまったことであった。

いまよりしばらくお目見得《めみえ》の間にも出ず、浴場に出向くこともないという。午後の風呂掃除に出た下﨟所は目に見えて気抜けしていた。

「さっさと終わらせて帰りましょ。暁の君さまがいらっしゃらないんだから、適当でいいわよ」

蜜芍《ミシャ》は床に座りこんで、流れる水を申しわけ程度にブラシで泡立てた。

蒔羅《ジラ》は暗い顔をしている。

「こういうのが長引くと、よくないわね」

濡れた下帯を引っ張って締め直す。「皇帝陛下のご不興を買って、後宮《ハレム》を追われるはめになるかもしれないわ」

そうなるとどうなるのか、香燻《カユク》にはわからなかった。首を傾げる彼に蒔羅《ジラ》は続ける。

「女君についていったり、新しく殿舎に入られる方に続けて使っていただけるならいいわ。でももし戦力外となったら……。また奴隷として誰かに買われればいい方で、最悪の場合、家族が引き取りに来るのを待って宮殿の外に立ち、晒《さら》し者になって、いずれ物乞いに身を落とすことに――」

「考えすぎよ」

蜜芍《ミシャ》は鼻で笑った。「わたしたち下﨟はだいじょうぶ。馘《くび》になるのはたいてい皇帝陛下のお手のついた女房でしょう。処女じゃないから引き取り手がない」

処女でないと何がいけないのかと香燻《カユク》は首をひねった。それを見て蜜芍《ミシャ》がふたたび鼻で笑った。

「男はみんな処女が好きなのよ、香燻《カユク》。そんなことも知らないの？」

「知らなくていいの」

そう言って蒔羅《ジラ》が彼の頭を胸に抱き寄せた。「この子は純真だからそういうことにめっぽう疎いのよ。ねえ香燻《カユク》？」

彼は乱暴に彼女の腕から逃れた。下帯の中が端から見ても明らかなほどに変化してしまいそうだった。蒔羅《ジラ》と蜜芍《ミシャ》は彼の慌てぶりを誤解して笑った。

掃除を終えて脱衣場にあがった頃、幢幡《マニ・ハイ》がふらりと入ってきた。

「迷伽《メイガー》、香燻《カユク》と蒔羅《ジラ》と蜜芍《ミシャ》を貸してよ。霊蛍《うち》殿の女御がお呼びなの」

手拭で体を拭いていた迷伽《メイガー》が手を止めた。

「光の君さまが？　いいけど、どうしたの。下﨟の人数が足りないの？」

「そうじゃないのよ」

幢幡《マニ・ハイ》は半裸の少女たちを眺め回して舌なめずりした。「昨日の話をお聞きになりたいそうなの。香の君をやっつけたときのね」

それを聞いて下﨟たちがどっと笑った。迷伽《メイガー》も腰に手を当てて苦笑した。

「蒔羅《ジラ》、蜜芍《ミシャ》、香燻《カユク》」

彼女が呼ぶと、

「はいはーい、ただいま」

蒔羅《ジラ》と蜜芍《ミシャ》は馳せ参じた。幢幡《マニ・ハイ》が名前を口にしたときから全身を耳にしていたのである。

香燻《カユク》は歩いてふたりについていった。

「じゃあ行きましょうか。湯帷子《ゆかたびら》のままでいいわよ」

幢幡《マニ・ハイ》は袖を振って三人を促した。


霊螢殿《れいけいでん》の大浴場に行くには、あの広い中庭を巡る回廊に一度出なくてはならなかった。昨夜の騒ぎが夢であったかのように中庭は穏やかに日を浴びていた。

「光の君さまはお人柄がたいへん気さくでいらっしゃるのよ。皇帝の従妹——お父上が先帝の弟君という高貴な血を引いておいでのお方だけど、あなたたち、硬くなる必要はないわ」

幢幡《マニ・ハイ》が言うと、蒔羅《ジラ》も蜜芍《ミシャ》も顔を引きつらせてうなずいた。そんなことを聞かされて硬くならないわけがない。一方、香燻《カユク》が気にしているのは、下帯が解けないようにすることだけであった。

霊螢殿の浴場の入り口には古い木の柱が一本、何を支えるでもなく立っていた。

「これは光の君さまが住んでおられたチェンセルポタンの城から運ばれてきたものなの。実はわたしもそこの出身なのよ」

幢幡《マニ・ハイ》は柱をぱちんと叩いた。

「じゃあ、あなたは以前から光の君さまにお仕えしていたの？」

蒔羅《ジラ》が尋ねると、幢幡《マニ・ハイ》は首を横に振った。

「お仕えしていたわけじゃないわ。知らない仲ではなかったけどね」

脱衣所で幢幡《マニ・ハイ》は、着ているものを全部脱ぐよう下﨟たちに勧めた。

「光の君さまは裸なのだから、客人であるあなたたちも遠慮せずに脱いでちょうだい」

そのくせ自分は足首まである湯帷子を着て、顔はヴェールで覆ったままだった。

蒔羅《ジラ》と蜜芍《ミシャ》は乳帯と下帯を取った。香燻《カユク》はもちろん脱がない。

「蜜芍《ミシャ》、あなたやっぱりここをきれいにしておくべきだったわ。みっともないもの」

蒔羅《ジラ》は蜜芍《ミシャ》の下の毛を手で隠そうとした。しかし香燻《カユク》の目から見れば、すべて剃《そ》ってしまった蒔羅《ジラ》の方が隠すべき部分に関してははるかに無防備だった。

用意された高下駄の歯には美しい玉が埋めこまれていた。

蜜芍《ミシャ》はそれに乗り、肉づきの豊かな尻を左右に振りながら浴場に入った。薄い胸の前で指を絡ませた蒔羅《ジラ》がそれに続いた。知らない人が見たら、女君とそれに仕える女房かと見たことであろう。

構内にひしめき合っていた上中下﨟が道を空け、蜜芍《ミシャ》の肢体にため息吐いて見惚《みほ》れた。

「きれいな子ねえ」

「あれで下﨟ですって。信じられないわ」

「あら、腕や脚に傷が」

「香の君とやり合ったときのよ、きっと」

言い交わされることばを意にも介さぬ様子で蜜芍《ミシャ》は、流れる湯を堂々と踏んでいく。蒔羅《ジラ》は落ち着きなく両側の宮女に視線を送る。香燻《カユク》はまだ下駄に慣れぬので、幢幡《マニ・ハイ》に手を引いてもらう。

天窓の直下、噴水の水飛沫《みずしぶき》がかかりそうなところに、光の君は木製の長椅子を置いて身を横たえていた。その体に傍らの女房が刷毛《はけ》で青いクリームを塗っている。アーバラナ海の沖のように深く美しい青で彼女の下半身は覆われていた。まるで伝説にある人魚のようだと香燻《カユク》は思った。

光の君はルーム系の香の君とちがって、正真正銘の白日美人《セリカン》だった。黒く豊かな髪。

墨を落としたような濃い眉。

玉のような瞳。

すっきりとおった鼻筋に、意志の強さを感じさせる引き締まった口元。

十六歳とは思えぬほど大人しい。

乳房は、小ぶりだがつんと尖って上を向き、いかにも弾力がありそうである。みぞおちからへそにかけて筋肉の筋目がうっすら走っている。

「よく来てくれたわね」

彼女は上体を起こし、香燻《カユク》たちにほほえみかけた。下臈三人は恐縮して頭をさげるばかり。

すぐに彼らのための長椅子が用意された。

「わたしはあっちに行ってるわね。この日差しと湯気でのぼせてしまいそうだもの」

日陰へ移動しようとする幢幡《マニ・ハイ》に光の君が、

「ご苦労さま」

と声をかけた。

香燻《カユク》は幢幡《マニ・ハイ》についていった。すべてをさらけ出した光の君のそばにいると、蒔羅《ジラ》たちとはちがった意味で硬くなってしまいそうだ。

「あら、あなたもこっちがいいの?」

幢幡《マニ・ハイ》が危なっかしく歩く彼の袖を引いた。

ふたりのために長椅子を運んできた女房に、香燻《カユク》は見覚えのある気がした。彼女に青いクリームの入った鉢を渡されて彼は頭をさげた。相手はほほえんだ。それを見て彼は思い出した。後宮《ハレム》に入った初日に伽没路《カーマルー》と廊下を歩いていてすれちがった人だ。湯気で肌を紅潮《こうちょう》させた彼女は記憶よりもさらに美しく見えた。

「香燻《カユク》、これ塗ってあげる。脚を出して」

幢幡《マニ・ハイ》が刷毛を手に取る。香燻《カユク》は下臈の習性でそれを奪い取ろうとした。幢幡《マニ・ハイ》は手で彼を制した。

「わたしはいいのよ。無駄な毛が生えない体質だから」

ねばりの強いクリームを脚・腕・腋《わき》・顔にまで塗られる。くすぐったいのは刷毛の感触ばかりでなく、下臈が女房を働かせているというねじれのせいでもあった。

「わたしは結構です。だってここの毛を剃ってしまったら、寒くて風邪を引いてしまいますもの」

蜜芍《ミシャ》のすっとんきょうな声が響き、浴場が笑いに包まれた。

香燻《カユク》は同僚に融通《ゆうずう》してもらった剃刀を持参していたが、その出番はなかった。暁霞舎の泥とはちがって、このクリームは乾燥させ固まらせてから剝がすことで毛を抜く仕組みになっていた。

女たちは長椅子の上で身を休め、除毛剤が乾くのを待つ。

香燻《カユク》は天窓から降り注ぐ光に目を細めながら体を伸ばした。遠目に蜜芍《ミシャ》と蒔羅《ジラ》の方を見る。蜜芍《ミシャ》の白い肌にクリームが塗られると、その青さがひときわ映えた。預言者記念礼拝堂の、この世のものとは思われぬほど壮麗な外壁に、それは似ていた。

自分が皇帝だったら、香の君なんかより蜜芍《ミシャ》に伽をさせるだろう。あの体を自由にできるなら――そんな考えが頭に浮かぶのを、香燻《カユク》は慌てて打ち消した。こんなときに考えることではない。それに蜜芍《ミシャ》なんて、外見はきれいだが、中身は馬鹿で乱暴だ。

蒔羅《ジラ》の暗い肌に青という取り合わせは、香燻《カユク》に幼い頃見た光景を思い起こさせる――祭りの日にばあやが一張羅の青い衣を着ていたこと。彼女は蒔羅《ジラ》とくらべればずっと年を取っていたし、体もずいぶん太っていた。だが肌の色は似ている。きっと同じ地方の出身なのだろう。名は何といったか――ドルジェだったかドロエだったか。

乱闘事件について光の君に尋ねられ、蜜芍《ミシャ》がはしゃいだ声で語る。

「それでもう『次ぶつけたら、とっちめてやろう』と思いまして、身構えていたのですけれど――」

「それを言ったのは香燻《カユク》でしょ」

蒔羅《ジラ》の入れる茶々に取り合わず、蜜芍《ミシャ》は続ける。

「ぶつかっていったら、香の君は『ひゃあーっ』って泣きそうな声を出したんです。わたし笑ってしまいました」

光の君とまわりの女房が顔を見合わせて笑った。

「でも香の君の力は強かったでしょう」

「いいえ。何発か殴られたのですけど、猫の舌ほども痛くありませんでした。そのあと、さあ反撃だというときに宦官長の……何でしたっけ？　ガマガエル？　そんな名前の奴に邪魔されてしまいましたの」

女房たちも上中下﨟も彼女のホラ話に手を叩いて笑った。

「頼もしいわ、あなたたち」

香燻《カユク》と椅子を並べる幢幡《マニ・ハイ》が囁《ささや》いた。「香の君に歯向かえる者なんて、そうはいないもの。弟が皇帝の寵臣《ちょうしん》という事実の持つ意味は重いわ。わたしたちには外部に後ろ盾がない。光の君さまのご家族は亡くなられているから、あのお方を守るものはご自身の血の尊さしかない」

幢幡《マニ・ハイ》が手を香燻《カユク》のそれに重ねた。給水管から溢《あふ》れる水より冷たい肌だった。

「だからもしものときには光の君さまを助けてさしあげて。お願いね」

荷が重すぎると香燻《カユク》は思った。彼の目的はただ殺すことだけだ。人助けなどしている余裕はない。

固まったクリームを剝がし、冷たい水で毛穴を引き締めると、女たちは浴場の奥へと移動する。そこには「休息の間」と呼ばれる休憩所があった。室温が浴場よりやや低く、空気は乾燥している。薄暗い中に筵《むしろ》が敷かれていて、女たちは下﨟が夜寝るときにするようなかっこうで寄り集まり、身を横たえる。香燻《カユク》は光の君と幢幡《マニ・ハイ》に挟まれて寝た。

ここに入ると幢幡《マニ・ハイ》は湯帷子も乳帯・下帯も脱ぎ捨て、ヴェールまで外して、生まれたままの姿になった。彼女の言うとおり、その乳白色の肌には産毛すら生えていない。

香燻《カユク》も彼女の手でむりやり裸にされるが、二つの帯だけは何とか守りきった。

寄り添い触れる肌が冷たい。幢幡《マニ・ハイ》は芯から冷たく、光の君は表面だけが冷たく張っていて、その下に柔らかく温かいものを籠めている。

シャーベットが運ばれてきた。蜜をかけた上にライムを搾《しぼ》ったものを、うつ伏せの姿勢のままスプーンですくって口に運ぶ。

甘味と酸味が舌に刺さるようだった。はじめての刺激に香燻《カユク》は目を白黒させた。

光の君は彼の様子を見て愉快そうに笑った。

「おいしい?」

そうきかれて香燻《カユク》は何度も何度もうなずいた。

「おいしーい」

莳羅《ジラ》は浜に打ちあげられた魚のようにぱちんと跳ねた。

「雪を食べるよりおいしい。あれって食べすぎると口の中が切れるのよね」

蜜芍《ミシャ》は一口食べては冷えたスプーンを莳羅《ジラ》の肌に当て、驚かせて喜んでいた。

光の君は傍らの女房の手で氷を口に運ばせていた。

「あなたたち、我が霊螢殿に来たらシャーベット食べ放題よ」

そのことばに蒔羅《ジラ》と蜜芍《ミシャ》は顔を見合わせた。光の君は周囲の者と目を見交わして笑った。

「下臈リーグはあなたたちの暁霞舎と旃葉殿が上位にいるのだったわよね」

「はい、そうです」

蒔羅《ジラ》がうなずく。

「それなら優勝が条件ね。旃葉殿を倒して優勝したら、あなたたち三人を霊螢殿の中臈所に加えてあげる」

光の君が言うと、蒔羅《ジラ》と蜜芍《ミシャ》は喜びに手を打ち鳴らした。

「がんばります。きっとご期待に応えてみせますわ」

「旃葉殿なんて楽勝ですよ。優勝まちがいなしです」

香燻《カユク》は中臈に昇進するということについて考えてみた。目標に――皇帝の首に一歩近づくことになる。殿舎がどこであろうと関係ない。野球は九人でやるものだが、暗殺はひとりで行う仕事だ。

光の君が仰向けになり、シャーベットの椀を腹の上にのせた。氷の山が彼女の乳房よりもすこしだけ高くなった。

「あら、お行儀の悪いこと」

笑い混じりに言う幢幡《マニ・ハイ》を一度見やって光の君は腹の上の椀にスプーンを突き立てる。

「シャーベットはね、むかしルームの皇帝が発明したものだそうよ。まだ義教が広まっていない時代のお話。むかしのルーム人は偉かったわ。義教に鞍替えしてからはひどいものだけど。頑迷で野蛮で」

せっかく口を開けて待っていたのに、シャーベットはスプーンからこぼれ、光の君の乳の下に流れ落ちた。それを見て周囲の者たちは笑った。

「本当にそう思いますわ」

スプーンをくわえて蜜芍《ミシャ》が言う。「わたしの生まれたサーカポタンの村でも、義教の坊さんが『魔女や妖精などこの世にいない』って言うんです。森の中に行けば誰でも魔女や妖精に会えるのに、あの人たちは頭が硬くて信じようとしないんです」

「それは義教徒が正しいわ。魔女や妖精なんて偶像崇拝者のたわごとよ」

小憎らしい調子で蒔羅《ジラ》が言うと、蜜芍《ミシャ》は、

「本当にいるんだよ。わたし見たんだから」

と言って足をばたばたと筵に打ちつける。

幢幡《マニ・ハイ》が横向きになり、

「わたしは信じるわ。この世には不思議なことがたくさんあるものよ」

と言う。光の君もそれを受けて、

「そうね。この後宮《ハレム》で暮らしていると、それを実感するわ。ここには世界中から不思議なものが集められているのよ」

ガラスの椀を持ちあげ、底から氷をのぞき見る。

香燻《カユク》はいまこの場所が不思議だった。蒔羅《ジラ》や蜜芍《ミシャ》やその他の同僚たちの間では感じたことのないい親密さに彼は包まれていた。それをほしいままにしていることが不思議で、すこし誇らしくもあった。

第四章 深更密会浴場

幌の下から顔を出すと、預言者記念礼拝堂が見えた。

抜けるような空の青よりも青いドームに向かって伐功《バルク》は手を合わせた。彼とその仲間たちを荷台に乗せた馬車は礼拝堂の門前町をとおっていた。都で生まれ育った彼にとって、タイルに覆われたその美しい建物が視界に入るのは頭の上に空があるのと同じくらい自然なことであったが、この日の礼拝堂はいつにも増して有難く神々しく映った。これでしばらく見納めになると思うと、古い馴染《なじ》みと別れるような切ない思いが胸の内に湧き起こるのであった。


その日の朝、伐功《バルク》は太刀魚屋《たちうおや》の店に赴いた。貧民窟《くつ》にほど近い市場《バザール》の片隅にそれはある。都人の大好物である鯖《さば》と偽って太刀魚なる海蛇のような魚の肉を売っていたといううわさが立ったのを、打ち消すどころかかえって自称するようになったのだからふてぶてしい。いまでも店頭に並ぶのは出所《でどころ》の知れないあやしい魚ばかりである。

伐功《バルク》は顔馴染みの店員に声をかけて店の奥に入った。職人たちがぶよぶよした気味の悪い魚を大きな包丁で解体している。人が働いているのに活気というものがまるでない。あまり繁盛していないらしい。

暗い部屋でひとり、太刀魚屋は金勘定をしていた。店の中では頭巾をかぶらないので、つるつるの禿頭《とくとう》が剝き出しになっている。顔の下半分を覆う髭《ひげ》は青杉の葉を束ねたもののように強《こわ》く、粗い。

「来たか。まあ座れ」

閉めきられた窓の下にある長椅子を勧められ、伐功《バルク》は浅く腰かけた。

太刀魚屋は数えあげた金貨を袋に流しこみ、口を絞って机の上の箱にしまった。小型の水《み》煙管《ぎせる》を取り出すと、濁った目で虚空《こくう》を見つめながらゆったりと吸う。

「出発は今日だったな」

煙とともに吐かれたことばが伐功《バルク》のまわりに漂った。

「ああ」

都を離れることに納得したわけではなかったが、海功《カユク》が女に化け、義教徒《ぎきようと》の馬車に乗せられて行ってしまってから二週間、伐功《バルク》は腑抜けのようになっていた。万引きも物乞いも野球も、何もかも身が入らない。生きる意味をなくしてしまったかのようであった。彼は齢《よわい》十八になるまで皇帝《スルタン》への恨みに凝り固まって生きてきた。それだけが彼の心を支えていた。空きっ腹を抱えてうろつくことも、廃墟となった義教徒の教会で寒さに震えながら眠るのも平気だった。

海功《カユク》が行ってしまって、その恨みが晴れたかのごとく思っている自分に伐功《バルク》は気づいた。まだ何も成し遂《と》げられていないのに、もう目的を果たした気分でいる。これから何をして生きていけばいいのだろうと彼は考えた。こんなことなら海功《カユク》ではなく自分が後宮《ハレム》に入るのだったが、彼は従弟とちがって顔も体もごつごつしていた。これで女装したら化け物だ。

海功《カユク》の母親は細面のきれいな人だった。化粧をして髪をおろした海功《カユク》は伐功《バルク》の胸にあるその亡き人の面影に似通っていた。

「仲間たちはどうしてる」

太刀魚屋は唇《くちびる》を鳴らして煙管を吸った。

「はしゃいでるよ。旅ははじめてだって言って」

伐功《バルク》はズボンに空いた穴から指をつっこんで膝《ひざ》を掻《か》いた。仲間たちは今度の旅に賛同してくれた。いっしょにどこまでも行こうと言った。

太刀魚屋が言い出したことであった——ぶらぶらしてるなら巡業野球団に加わらないか。おまえが都を離れている間にすべて片づいているだろう。

伐功《バルク》は救われた思いがした。海功《カユク》ひとりを危険な場所に行かせて自分だけのうのうと日々を送っていることに罪の意識を感じていた。宮殿が近いだけに、何もしてやれないのがもどかしかった。気分を換えてすこし都の外に出てみるのもいいかもしれない。

海功《カユク》が無事に皇帝を殺したとして、自分はどうなるのか。燃え殻のような状態でこのまま生きていくのか。身の振り方を考えなくてはならない。

野球なら得意だった。そこらのプロにだって負けない自信はある。巡業団は各地で野球の試合をして回る。白日人《セリカンじん》はみな野球が好きだ。お祭りの日には町や村で試合が開催される。

「餞別《せんべつ》だ」

そう言って太刀魚屋が袖《そで》の中から金貨を二枚取り出した。彼は薄汚い店に似つかわしからぬ上等な衣を着ている。伐功《バルク》の見てきた悪党はみな着道楽だったが、この太刀魚屋も例外ではない。

伐功《バルク》は手を伸ばし、金貨を受け取った。掌《てのひら》で金貨はすぐに温もった。生き物のようで可憐だと思った。

「気前がいいな。新しい儲《もう》け口でも見つかったのかい」

伐功《バルク》の軽口に太刀魚屋は笑って答えなかった。

「海功《カユク》から伝言がある」

太刀魚屋は机の上をさぐり、小さな紙片を手に取った。「えーと『一打数一安打一打点一盗塁』……だそうだ」

「何だい、そりゃ」

伐功《バルク》はすこし不安になった。そんな暗号《サイン》を決めてあったろうか。試合中に手で示すブロックサインならわかるが、ことばとなるとわからない。本当に海功《カユク》がそんなことを言ったのか。それは本当に自分の知る海功《カユク》なのか。

「後宮《ハレム》の中じゃ、女が野球をするのさ。七殿《しちてん》五舎《ごしゃ》リーグといって、皇帝の愛妾《あいしょう》十二人がそれぞれのチームを率いて戦う。海功《カユク》は新入りだから、下っ端の下﨟《げろう》リーグだろうがな」

「おっさん、ずいぶん詳しいじゃねえか。そんなもんどこで調べてくるんだ」

「まあ色々とな」

太刀魚屋はふうっと一筋煙を吐いた。

伐功《バルク》はその煙の行方を目で追った。

「野球のリーグがあるってことは、あんたみたいなノミ屋もいるのかな」

「さあ、そこまでは知らねえな」

太刀魚屋はその濃い髭をわしわしと掻いた。煙がちぎれて暗い部屋に溶けていった。


大路に面した建物に隠れ、預言者礼拝堂はすっかり見えなくなった。

伐功《バルク》はなおもその方角の空を見つめていた。

「伐功《バルク》、煎り豆食うかい」

回骨城《ハルバルガス》が伐功《バルク》の肩を叩いた。彼はチームの捕手を務める男だった。身の丈六尺をゆうに超え、目方も二十五貫ある巨漢だが、心は誰よりも優しい。

伐功《バルク》は分けてもらった煎り豆を口に放りこみ，かじった。預言者礼拝堂に併設された野球場が思い出される。あそこは帝国が誇る最高のスタジアムだ。収容人員五万人の観客席《スタンド》はいつも満員だった。回《イニング》の合間に観客はスタンド裏の通路に出て名物の煎り豆とコーヒーを買う。ほのかに塩味のついた豆に砂糖たっぷりの甘いコーヒーがよく合うのだ。

あのスタンドに漂う香ばしいにおいともお別れだ。賭け屋が先発オーダーと最近の成績を元に試合展開を予想するあの口上ももう聞くことができない。前の回の外れ投票券を投げ捨てたのがスタンドから降る紙吹雪みたいに見えるのも思い出の中の光景に変わる。金を賭ける前だけ信心深くなる男たちの囁《ささや》くような祈りも遠い世界のできごととなる。

伐功《バルク》は荷台の外に豆の硬い皮を吐き捨てた。それはポップフライのような軌道を描き、馬車の車輪が立てる砂煙の中に消えていった。

巡業団を所有する香具師《やし》が用意した馬車であった。都の城壁を抜けたところで他の選手たちと集合することになっている。

大路の門は火縄銃を担いだ兵に警護されていた。門をくぐる際に城壁の断面を見ることができる。これだけ高く分厚く石を積みあげた義教徒もすごいが、それを抜いた真教徒《しんきょうと》もすごい。かつてここは義教の教皇が住む都だったのを、真教の守護者・無落帝《ムラクてい》が長い包囲戦ののち攻め落とし、大白日帝国《セリカン》の新たな都としたのだ。攻城龍《こうじょうりゅう》部隊を率いた雷光将軍《らいこうしょうぐん》はこの城壁を目の当たりにして心を挫《くじ》かなかったのだろうか。そのときの話を一度きいておけばよかったと伐功《バルク》は後悔した。

「俺はいつかこの都にもどってくるぜ」

チームの主戦投手《エース》・占卑《ジャンビ》が高らかに言った。「そして預言者礼拝堂球場で投げるんだ」

チームメイトが「背が伸びたらありうるかもな」と混ぜっ返すと、占卑《ジャンビ》は「うるせえ」と言って、いつも手にしているぼろ布製のボールを投げつけた。彼は小柄だがまっすぐをどんどん投げこんでいく強気の投球が持ち味であった。

「俺もいつかもどってくるつもりだ」

荷台の一番うしろに座る伐功《バルク》が言うと、チームメイトは黙りこんだ。みな一斉に視線を二塁手で主将の男に向ける。

「海功《カユク》に会いたいからなあ。もどってこないと」

海功《カユク》のことはみんな知っている。事情のすべては明かしていないが、皇帝に恨みを持つのも都の最底辺を這《は》いずる悪童なら当然だと思っている。

おまえならだいじょうぶ――そう言ってチームメイトは海功《カユク》を後宮《ハレム》に送り出した。だいじょうぶの根拠はないが、同じチームで野球をしたということが信頼のベースになる。ともに守っただけで、同じ打順に名を連ねたというだけで、かけがえのない友になる。

「もどってこようぜ」

「俺もあいつに会いたいよ」

「今度会ったらあいつ驚くぜ。俺たちきっと野球上手くなってるから」

仲間たちが口々に言った。

一番薄情なのは伐功《バルク》なのかもしれなかった。血の繋がった従弟なのに、頭の中から海功《カユク》のことを追い出そうとしていた。

伐功《バルク》は都の方をふりかえった。城壁が外敵に見せる厳しい顔で彼に相対していた。

「絶対にもどってくる」

彼はそうつぶやいた。そのことを胸の中で雷光将軍の名にかけて誓った。

◇

暁霞舎《ぎょうかしゃ》下﨟所の次なる試合は後宮《ハレム》における「男装の日」に当たっていた。

そのため、試合前の昼休みがいつもより慌しい。女御《にょうご》から下賜《かし》された男物の服を着るのだが、慣れないものだから、上中﨟《じょうちゅうろう》から霊螢殿《れいけいでん》の女房である幢幡《マニ・ハイ》まで動員して着つけを手伝ってもらう。

仮装のテーマは白日《セリカン》帝国親衛隊歩兵であった。

「じっとして。動いちゃ駄目よ」

蒔羅《ジラ》の持つ筆が香燻《カユク》の顔を撫《な》でた。こそばゆくてくしゃみが出そうになるのを香燻《カユク》は何とかこらえた。

着替えはふたりともすでに済んでいる。高い帽子に襟《えり》の詰まった衣——袖は五分丈、裾《すそ》は背中側だけ長く、足首の位置まで達する。だぼっとした膝丈のズボンは少女たちの細い腰にやや不釣り合いであった。

蒔羅《ジラ》が行っているのは最後のしあげである。

「よし、できた」

彼女は眉墨で描いた髭を指で軽くこすって肌に馴染ませた。爪で鼻先をくすぐられて香燻《カユク》は顔を背けた。

蒔羅《ジラ》は彼の肩をつかんでうしろを向かせた。

「みんな、見て。親衛隊歩兵・香燻《カユク》どののお出ましよ」

女の眉のようにくっきり黒々と描かれた髭を見て、下﨟所にいる者たちはどっと笑った。

「蒔羅《ジラ》の遊びにつき合わされて、香燻《カユク》もかわいそうにねえ」

誰かが言った。

確かに遊びだ。本物の男は髭を描いたりしない。男は男に扮《ふん》する女に化けたりしない。

「でも、すてきよ」

迷伽《メイガー》が足首にゲートルを巻きながら言った。照れくさくて香燻《カユク》は彼女に男のするようなお辞儀をした。

迷伽《メイガー》の顔が見る間に赤くなった。

そばにいた娑芭寐《スヴァミナ》が彼女を肘でつつく。

「何ぽってなってんのよ。相手は香燻《カユク》よ」

「わかってるわよ。でも――」

迷伽《メイガー》が口ごもる。「一瞬、本物の男の人に見えたものだから」

笑っていた宮女たちも、同じ錯覚を自分だけが抱いたのではないのだと確認し合うように、互いに顔を見合わせた。

「確かにちょっといいなせよね」

「見つめられたらドキドキしちゃうわ」

「本当にこんな兵士が迷いこんできたら、今頃後宮《ハレム》中が大騒ぎよ」

そうした会話に蒔羅《ジラ》が鼻を高くしているのが香燻《カユク》にはおかしかった。いるはずのない男を生み出したのは自分の手柄だと思いこんでいるのだ。

「蜜芍《ミシャ》、あなたも見てよ」

蒔羅《ジラ》に呼びかけられた蜜芍《ミシャ》は磨《みが》いていたグラブから顔をあげた。青い双眸が香燻《カユク》に向けられる。瞳孔の濃い青がわずかにひろがった。見つめられた香燻《カユク》は顔が赤くなるのを感じた。この二週間、後宮《ハレム》の女たちと顔つき合わせ肌触れ合わせて生活してきたのに、蜜芍《ミシャ》に対してだけこんな風になるのが我ながら不可解だった。

「変なの」

蜜芍《ミシャ》はそれだけ言うと、グラブの手入れにもどった。

彼女は香燻《カユク》が二番・二塁手で先発出場するのを快く思っていない。彼女自身は遊撃手のままで、打順は「当たれば飛ぶ」ということで三番に昇格となった。だが打つ方よりも、彼女は守ることの方に重きを置いている。そして急造二塁手とコンビを組むことに不安を覚えている。香燻《カユク》だって本当は慣れ親しんだ外野手として出場したかった。二塁手をやれというのが迷伽《メイガー》の命令だから仕方なく守る。野球はチームでやるものだから、個人のわがままはとおらない。

当てつけの意味で彼は蜜芍《ミシャ》の前に立ち、男性らしく深々とお辞儀してみせた。それを見た蜜芍《ミシャ》は顔をルビーのように赤くした。

同僚たちがどっと笑う。

「見てよ、真っ赤になった」

「照れてる照れてる」

「蜜芍《ミシャ》は本当に男が苦手だよねえ」

からかわれた蜜芍《ミシャ》は顔を紅潮《こうちょう》させたままグラブを磨いていた。

「うるさいなあ。ほっといてよ」

意外な弱点を見つけて香燻《カユク》は愉快であった。男が苦手なのに後宮《ハレム》に入るなんておかしい。宮女の最終目標は一人の男に抱かれることなのだ。だがよく考えてみれば、一人の男しかいない後宮《ハレム》は男嫌いの女にとって楽園と呼べる場所なのかもしれない。

「ねえ蜜芍《ミシャ》、男の服は着てるけど、これ香燻《カユク》よ？　それでも恥ずかしいの？」

蒔羅《ジラ》が声をかけると、蜜芍《ミシャ》はおずおずと目をグラブから香燻《カユク》の方にあげ、また慌ててグラブにもどした。同僚たちは笑い転げた。

香燻《カユク》はそんな蜜芍《ミシャ》をいつになく可憐だと思った。

「あーあ、こんなつまらない行事を考えやがったのはどこのどいつなのかしらねえ。いつものままでいいのに」

迷伽《メイガー》の頭に帽子をかぶせてやりながら、幢幡《マニ・ハイ》が欠伸《あくび》をした。その拍子に顔のヴェールが口に吸いこまれ、窒息《ちっそく》しかけて派手にむせ返った。

どこのどいつが考えた行事なのかはわからないが、なぜそれがいまに至るまで存続しているのかという問いに対しては、中庭を巡る回廊の光景がその答えとなろう。

下﨟は浴場の掃除があるため不在だが、すべての殿舎の女御・更衣《こうい》に上中﨟が詰めかけて、立錐の余地もない。七殿五舎《しちてんごしゃ》リーグの試合よりも会場が狭い分、熱気が濃い。

暁霞舎下﨟所と桃花殿《とうかでん》下﨟所の両軍が姿を現すと、回廊は割れんばかりの歓声に包まれた。女ばかりの共同体である。そこに、きりりと髷《まげ》を結い、帽子をかぶった若武者が姿を現せば、正体が女だとはわかっていても、浮かれてしまうのは当然のことだと言えた。

中には早くも興奮のあまりおひねりを投げこんでしまう者もいて、無人のグラウンドに金貨が点々と落ちていた。

先攻の暁霞舎が先に守備練習を行う。薄紫の飾り帯を締めた偽の歩兵部隊が桟敷《さじき》を飛び出すと、回廊からは大拍手。どちらをひいきにするということもないようである。

ノックされた打球を野手が捌《さば》くたびに、その少女の名を呼ばわる者がいる。特に香爋《カユク》・蒔《ジ》羅《ラ》・蜜芍《ミシャ》の三人にはたくさんの声がかかった。先の乱闘ですっかり知られるようになったのである。

香爋《カユク》がゴロを捕って一塁手の娑芭寐《スヴァミナ》に送球すると、三塁側の回廊から「香爋《カユク》、こっち向いて」とひときわ大きな声。悪い気はしないので、香爋《カユク》は誰が言ったのか確《しか》とはわからぬが、だいたいの目星をつけてお辞儀をする。その一帯から悲鳴のような声があがり、おひねりが雨のように降る。

桟敷で楽器の調律をする応援団にも金貨が飛んでくるありさまで、たまりかねた暁霞舎中﨟が回廊からおりて地面の金貨を掻き集める。いくらかくすねられてしまうのではないかと香爋《カユク》は心配になったが、彼女らが数枚 懐《ふところ》に入れたところで問題ないほどに金貨は積もっていた。

二塁の守備にも心配がないわけではなかった。飛んでくる打球に対応するのが主の外野手とはちがい、二塁手は二塁という拠点を守らなくてはならない。走者がそこを陥れようとすれば、先んじてカバーに入っている必要がある。そして他の内野手との連携――これが難しい。遊ゴロ併殺を狙う蜜芍《ミシャ》の送球は性急だ。補球してから投げるまでがとても短く、飛んでくる球も速い。ベースカバーが遅れれば、ボールは外野を転々とすることになる。

香燻《カユク》は伐功《バルク》の言っていたことを思い出す。

――守備の要《かなめ》は中心線。つまり、捕手―二塁手―中堅手だ。

伐功《バルク》は二塁手で、海功《カユク》は左中堅手での出場が多かった。従兄《いとこ》のように、このチームの要になりたい――香燻《カユク》は強くそう願った。

規定の時間が来たので桃花殿に場所を明け渡すと、中庭がどよめきに包まれた。

少女たちに交じって大きな猿がグラウンドに入ってきたのである。

拳を地面に突き、若干背を丸めているにもかかわらず、背丈は人間とそう変わらない。全身黒い毛で覆われていて、腰にはまわりの宮女と同じピンクの帯を締めていた。

桟敷に腰をおろした蜜芍《ミシャ》が指を差して笑った。

「ずいぶん腕の長い熊ねえ」

「あれは猿っていうの。あなたは何を見ても熊なのね」

蒔羅《ジラ》が呆れ顔で言った。

「ちょっと稙光《イニャーナ》、あれ何よッ」

迷伽《メイガー》が立ちあがり、一塁側に向かって怒鳴る。桃花殿桟敷の前で投球練習をしていた少女が怒鳴り返してきた。

「あれって？　狒々《フェイフェイ》のこと？　私の同僚だけど、それが何か？」

「何かじゃないわよ」

迷伽《メイガー》はファウルラインまで出ていった。「後宮《ハレム》を何だと思ってるのよ。皇帝陛下のお目見得《めみえ》にあんなのを出すつもり？」

「もちろん。もしかしたらあなたより先に陛下のご指名があるかもね」

稙光《イニャーナ》のことばに回廊から笑いが起きる。迷伽《メイガー》は怒りで顔を真っ赤にしながら自軍の桟敷にもどってきた。

「何よあいつら。負けがこんでるからって、観客受けを狙っちゃって」

確かに彼女の言うとおり、猿は人気者であった。「狒々《フェイフェイ》」「狒々《フェイフェイ》」と回廊からお呼びがかかり、猿がそちらを向くと金貨の代わりに果物が投げ入れられる。

「しかし熊に野球なんてできるのかしら」

「蜜芍《ミシャ》、だから猿だって……」

猿の守備位置は右翼であった。ノックの打球があがると、手足を使ってすばやく落下点に入り、へその前で両手を組んで見事にキャッチした。この「へそ捕り」は少女たちに大受けであった。

「あの熊、けっこう打球判断いいわねえ。でも返球が駄目。肩が弱すぎる。あれじゃあ外野手失格ね」

蜜芍《ミシャ》に痛いところを突かれて、蒔羅《ジラ》は誤りを訂正することもせず黙ってしまった。

人間みたいな猿の動きがおかしくて香燻《カユク》は声をあげそうになるが、そこは我慢して心を筆に託す。

——猿そっくりの人間という可能性は？

「それはそれで問題よね……。そんな人生、悲しすぎるわ」

蒔羅《ジラ》は腕を組み、眉間に小さなしわを寄せた。


暁霞舎下臈所に対するは桃花殿下臈所。下臈リーグの公式三回戦である。

一回表、先頭打者の蒔羅《ジラ》が桟敷から出るに当たって、香燻《カユク》に耳打ちする。

「相手投手の球種は速球と大きく曲がるカーブ。速度の差でタイミングを崩してくるわよ」

香燻《カユク》がうなずくと、彼女は手袋のカフをぎゅっと引き絞って左打席に向かう。

初球、山なりのボールでストライク。右腕から投げこまれるその球は確かに調子が狂いそうなほどに遅い。

二球目は速球。内角に来て、蒔羅《ジラ》は腰をひねってかわす。判定はストライク。

三球目、外角低めのボールがワンバウンドになった。蒔羅《ジラ》はバットを動かさない。

四球目、カーブが真ん中に来たところを、蒔羅《ジラ》は引きつけておいて痛打した。打球は一・二塁間をきれいに抜けていく。

回廊からおひねりが飛ぶ。外野で観ていた女房たちが内野の方までわざわざやってきてファ

ウルグラウンドに金貨を投じていく。それが頭に当たって幢幡《マニ・ハイ》は、

「痛いッ痛いッ」

と悲鳴をあげた。

場内の盛りあがりをよそに、蒔羅《ジラ》は涼しい顔をして一塁上で手袋を外し、帯に挟んだ。

香燻《カユク》は瞬間的にたかぶる。六番を打つ麻玻《マーバール》から借りたバットを握り締め、立ちあがった。

背後の下臈所とさらにそのうしろの宮女たちからの声援が彼を後押しする。暁《あかつき》の君が復帰して、殿舎《チーム》の一体感がふたたびもどってきたように感じる。

一度桟敷をふりかえって右打席に入る。迷伽《メイガー》がそれらしいサインを手で出していたが、そちらは目くらまし。本当のサインは桟敷の隅に座る幢幡《マニ・ハイ》からのものだ。

両の乳房を掌で寄せて、あげる――意味するものは「初球からバント」。

一塁走者の蒔羅《ジラ》と視線を交わし、香燻《カユク》はバットを水平に構えた。予想される球は高めの速球。小フライでアウトにし、走者を進ませないつもりだろう。

初球、その速球。こつんと当てて香燻《カユク》は走り出す。投手・捕手・三塁手の間にうまく転がった。マウンドからおりてきた投手が拾って一塁へ送球。ミットに収まる音を香燻《カユク》は背後で聞いた気がした。

「セーフ」

塁審の判定に拍手が巻き起こる。無死一・二塁。先制のチャンスである。

一塁側も三塁側も、降り注ぐおひねりで桟敷の下臈たちが座っていられないほどであった。

香燻《カユク》は、腕も露《あらわ》にして金貨を放る光《ひかり》の君と、初日にすれちがったあの女房の姿を回廊に見つけた。走っている途中に落としてしまった帽子をかぶり直す際に、ふたりに向かってお辞儀をする。光の君と同じ柱と柱の間にいた女すべてが手を振って応えた。

三番打者は蜜芍《ミシャ》である。その構えは相変わらず力みすぎに映る。

一・二球と外角の変化球。蜜芍《ミシャ》はぴんと伸ばした脚をいっそうつっぱらせて見送る。カウント2ボール0ストライク。

三球目、これも変化球。やや内に来たところを蜜芍《ミシャ》はフルスイング。当たり損ねで、力なく遊撃前に転がる。蜜芍《ミシャ》はしまったという表情を浮かべ、うつむいて走り出した。

大きくリードを取っていた蒔羅《ジラ》が三塁へ向かうのに遊撃手は目もくれず、二塁へ送球、フォースアウト。さらに併殺を狙って二塁手が一塁へ送球しようとしたところに、香燻《カユク》が乱暴なスライディングでつっこんだ。

接触はなかったが、彼の足と手にコースをふさがれて二塁手は送球できず、のけぞってたたらを踏む。併殺はならず、一死一・三塁。

戦装束に土をたっぷりもらって帰る香燻《カユク》に回廊から拍手と金貨が惜しみなく贈られた。

「よくやった」

打席に向かう迷伽《メイガー》にぽんと尻を叩かれる。桟敷にもどると同僚たちから手荒い祝福を受けた。

「ナイスバント、ナイスラン」

幢幡《マニ・ハイ》が顔についた土を払ってくれるが、爪が鋭くて肌を切り裂かれそうになった。

四番・迷伽《メイガー》は右翼に大きなフライを打ちあげた。タッチアップした蒔羅《ジラ》が余裕を持ってホームイン。しかし回廊の目はフライを捕った右翼手の猿に集まっていた。

桟敷に帰還した蒔羅《ジラ》を香燻《カユク》はお辞儀で出迎えた。彼女も笑顔でお辞儀を返す。

「蒔羅《ジラ》、ナイスバッティング」

幢幡《マニ・ハイ》が蒔羅《ジラ》を抱き寄せ、頰《ほお》に口づける。兵隊と宮女の接触を目の当たりにして、香燻《カユク》は自分が同じかっこうをしているのも忘れ、罪を犯している現場に立ち会っているような気分になった。

五番の娑芭寐《スヴァアミナ》が倒れ、一回表の攻撃が終わった。

１－０、暁霞舎がリード。

守備位置についた香燻《カユク》は、ボールがきちんとグラブに収まってくれるよう神に祈り、ミットから作ったその大きなグラブにキスをした。

一回裏、桃花殿の攻撃。先頭打者はあの猿であった。

「どこまで本気なのかしら」

一塁手の娑芭寐《スヴァアミナ》が練習球を放ってよこしながら、左打席に入ろうとする猿を横目に見た。

猿は左手一本だけでバットを持っていた。それでも一丁前に打席の中で静止して投手の方を見つめてみせる。

「どうせ打てないよ。気楽に行こう」

遊撃手の蜜芍《ミシャ》がマウンドの迷伽《メイガー》に声をかけた。

迷伽《メイガー》がワインドアップから初球を投じる。内角の速球。

猿は思いきり空振りし、勢いあまって尻餅をついた。これには場内大笑い。空振りひとつでこれだけ人を喜ばせることのできる者もそうはいないだろう。

「ストライクいらないよ。当たらない当たらない」

蜜芍《ミシャ》が煽《あお》るように言う。

二球目は外。これは見送ってボール。

「次打ってくるよ。コースしっかり」

蜜芍《ミシャ》の声に、

「適当なこと言って……。打つのか打たないのかどっちなのよ」

迷伽《メイガー》が舌打ちする。

三球目を猿が打った。一塁手正面への勢いのないゴロ。娑芭寐《スヴァアミナ》は前進して捕り、走ってくる猿を待ち構えてタッチした。猿はそのまま走っていき、一塁コーチにじゃれついてその手の中から果物をうまくせしめた。

これで一死。

二番は迷伽《メイガー》が三振に切って取り、二死。

三番・投手の稙光《イニャーナ》は中堅前にヒットを放つが、四番は三遊間のゴロ。低い姿勢から始動した蜜芍《ミシャ》は体の正面でボールを捕り、すばやく送球。娑芭寐《スヴァミナ》の構えたところにあやまたず行き、三死とした。

一回は１－０で暁霞舎が取った。

桟敷へもどりながら香爑《カユク》はいまの蜜芍《ミシャ》のプレーを反芻《はんすう》してみた。捕球の瞬間の優雅な動き、送球動作の精確さ――まるで高速で宙を舞いながら水面下の魚をつかまえるアジサシのようである。体は軍艦鳥のように大きいけれども。

二回表、暁霞舎は先頭の麻玻《マーバール》が二塁打を放つも、七・八・九番が続けて打ち取られ、無得点に終わった。

桃花殿はその裏、先頭打者が二塁ゴロ。香爑《カユク》はほぼ定位置でグラブを構えた。

「ボール待つなッ」

蜜芍《ミシャ》の声が飛ぶ。

打球は香爑《カユク》の目の前で急にバウンドの周期を短くした。土に残った足跡に引っかかったものか。

慌てて体をかぶせ、何とか後逸は防いだが、一塁への送球は間に合わなかった。

「気にしないで。このあとしっかり守ろう」

そう言って娑芭寐《スヴアミナ》が返球してきた。

「アホ、ボケ、カス。つっこんで捕らないからよ」

蜜芍《ミシャ》には口汚く罵《ののし》られる。

無死一塁から、次打者はバント。これが決まって一死二塁と変わる。

ここで七番打者、右方向へ流し打ち。地を這う打球が一・二塁間を破る。

二塁走者は三塁を蹴って本塁へ向かう。

右翼手の蒔羅《ジラ》はあらかじめ前進守備を取っていた。

「香燻《カユク》、中継」

蜜芍《ミシャ》の指示で、香燻《カユク》はグラブを構える。蒔羅《ジラ》の弱々しい返球を受け、ふりかえってバックホームした。ノーバウンドで捕手の撥雅《フェルガ》のミットへ。撥雅《フェルガ》がタッチに行くが、滑りこんだ走者はその先を行った。

０－１×。二回は桃花殿のものとなった。

あっという間に点と回を失い、呆然とする迷伽《メイガー》。香燻《カユク》も同じであった。

「どうしてそんなところで中継したのよ。バックホームのコースくらい予測しなさいよ」

駆け寄ってきた蜜芍《ミシャ》に襟首をつかまれ、体を揺さぶられる。中継については彼女の言うとおりだ。右翼手と捕手を結ぶ直線上にいなければならなかった。ただ、打球が外野に抜けた時点で、足がすくんで動けなかったのだ。

「そもそもあの一点はあなたのエラーが原因なんだからね。余計なランナー出しちゃってさ」

これは痛いほどわかっている。チームメイトに合わせる顔がない。

「ごめんごめん、わたしの送球が悪かったよね」

そう言いながら外野からもどってきた蒔羅《ジラ》は蜜芍《ミシャ》の剣幕に驚き、これ以上何か発言するのは剣呑《けんのん》だというように口をつぐんだ。

――ごめん。

そう書いて香燻《カユク》はチームメイトに示した。情けなさに体が震えて、このときばかりは声を出せないことが幸いに思われた。

「終わった回のことはいいわ。さあ、打って取り返しましょう」

幢幡《マニ・ハイ》が脇に抱えた鼓をぽーんぽーんと打った。

「そうよ。いまこそ『小攻城龍打線』が火を吹くときよ」

迷伽《メイガー》の号令で暁霞舎下﨟所は気勢をあげる。

その「攻城龍打線」の本家から差し入れがあった。シロップがけの大きなパイ。生地の間に胡桃《くるみ》を織りこんである。みんなで均等に切り分けて食べる。

三回表の先頭打者である蒔羅《ジラ》はさくりさくりと二口でたいらげ、コーヒーで腹に流しこむと、手袋を嵌《は》めて打席に向かった。

「いけー、蒔羅《ジラ》」

「アーバラナ海に叩きこめ」

興奮する桟敷に対して、蒔羅《ジラ》はいつものさめた表情。手袋のカフで一度口を拭ってバットを構える。

稙光《イニャーナ》の右腕から山なりのボールが繰り出される。蒔羅《ジラ》は静かに見送った。判定ストライク。

球審の真意を探るように、蒔羅《ジラ》は彼の方に目をやった。

二球目、速球に空振り。0ボール2ストライク。

三球目も速球。打ちに行ったがボールの下を叩いてしまい、投手へのフライに。稙光《イニャーナ》が難なく捕球して一死となる。

蒔羅《ジラ》は唇を噛《か》んだ。その向こうで桃花殿桟敷が味方投手に声援を送る。

香燻《カユク》が打席に向かう。もどってきた蒔羅《ジラ》がすれちがいざまに、

「初球、みんな変化球よ」

と耳打ちしてきた。

香燻《カユク》は立ち止まって彼女の背中を見送り、その場で素振りをした。初球は変化球——蒔羅《ジラ》のデータがそう言っている。

最初の打席で蒔羅《ジラ》は変化球を打った。あのように自分も打てるだろうか。バットが空を切る合間に香燻《カユク》は考える。

腹の決まらぬまま打席に入った。投手の稙光《イニャーナ》はゆっくりと振りかぶる。この時点でもう

香燻《カユク》は焦れてしまった。

蒔羅《ジラ》の言ったとおり、山なりの球が来た。左足を浮かせ、待ち構える。なだらかな稜線の上にボールがある内は左足を地に着けぬつもりで、膝をいっそう体に引きつけた。すうっと沈んでくるボールの素直さに、溜めていた力が雲散霧消し、山の麓《ふもと》から嶺へと吹きあげる風のように強く、それでいて軽やかにバットが出た。

体の自然な回転に従って腕を伸ばすだけだった。弾かれた打球は投手の足元を襲い、マウンドで跳ねて二塁上を越えていった。中堅前に抜けていくボールを目で追いながら、香燻《カユク》は一塁を蹴り、二塁をうかがう気色だけ見せて止まった。

一死から走者が出た。暁霞舎桟敷は全員立ちあがり、軍楽に合わせて躍る。

香燻《カユク》は男がするように胸の前で拳を打ち合わせた。回廊からは金貨の雨。

指で腹に「やった」と書いて、蒔羅《ジラ》に示すと、彼女は桟敷に積もった金貨を掬《すく》って撒《ま》き散らす。それを頭からかぶった幢幡《マニ・ハイ》がぎゃっと叫ぶ。

次打者の蜜芍《ミシャ》が打席の脇で素振りをしている。風を切る音が歓声をも切り裂いて香燻《カユク》の耳に届いた。

彼は桟敷からのサインを確認した。幢幡《マニ・ハイ》は猫がするようにパイの皿を舐《な》めていた――サインはない。

長打が出たら、一気に本塁まで帰る。打って走って、さっきの失策を取り返す。

蜜芍《ミシャ》への初球、パターンを崩して速い球。

どんぴしゃでタイミングが合った。

高めの球を蜜芍《ミシャ》が振りきると、かつて都城を砕いた火炎球のように勢いよく飛び、左翼回廊の屋根にぶち当たった。

二点本塁打だ。

香燻《カユク》は一・二塁間で拳を天に突きあげた。

投手が打球の行方を確かめ、改めて失意の色を浮かべる。

外野の回廊からもところ構わず金貨が投げこまれ、外野手は立ち尽くした。香燻《カユク》は彼を取り巻くきらきらしい光景を一望した。

「コラ、早く走れ。あなたを追い抜かしちゃったら、わたしがアウトになるんだからね」

一塁を回った蜜芍《ミシャ》に叱られる。香燻《カユク》は調子の高い軍楽に合わせて飛び跳ねながら進んだ。

「塁を踏み忘れるんじゃないわよ」

蜜芍《ミシャ》はパレードの道化を見るような目で香燻《カユク》を見、歩調を緩めた。

香燻《カユク》は三塁を回ると、もうたまらずに本塁目指して勢いよく駆け出した。声援に応えようと、一回二回と側転し、最後はトンボを切って衣の裾を宙に巻きながら本塁に着地した。

「あなたって意外にお調子者よね」

蜜芍《ミシャ》がその乳房で彼を突き押してホームインした。「他人の本塁打でそれだけ喜んでりゃ世話ないわ」

香燻《カユク》はお返しに彼女の手を取り、その甲に口づけた。

彼女は乱暴にその手を振りほどいた。

「バカ！　からかわないでよ！」

耳まで真っ赤にして桟敷に逃げ帰る。

「蜜芍《ミシャ》！　蜜芍《ミシャ》！」

「蜜芍攻城龍《ミシャゴジラ》」

「神さま預言者さま蜜芍《ミシャ》さま」

チームメイトが駆け寄り、次々に抱きつく。楽器を抱えた楽隊まで加わって「どたん」「ぷう」と不用意な音を立てる。

「香燻《カユク》もよく打った。きれいなピッチャー返しだったよ」

幢幡《マニ・ハイ》が香燻《カユク》の背後に回り、襟をひっぱってそこから金貨をざらざらと流しこんだ。香燻《カユク》は声が漏れぬよう口を押さえながら、背中に触れる冷たさに身をよじった。

四・五番は倒れたが、2－0と暁霞舎がリードして攻撃を終えた。

香燻《カユク》は足取りも軽く、二塁の守備位置についた。最後にいいプレーを見せてもう一稼ぎしたいところだ。

迷伽《メイガー》が桃花殿の先頭打者を中堅フライに切って取った。暁霞舎の女房の間から「あと二人」

コールが起こる。

それで油断したわけでもないのだろうが、次の打者に左翼前に運ばれ、一死一塁。打席にはあの猿が入った。併殺を意識して蜜芍《ミシャ》が二塁に寄る。

猿は低めの球を左手一本ですくいあげた。鋭い打球が右翼に飛ぶ。

一塁走者は二塁へ。香燻《カユク》もそちらに向かいかけるが、思い直して外野に走った。この走者はまちがいなく三塁を狙うと予感した。ツーバウンドで捕球した蒔羅《ジラ》にグラブで合図する。彼女は迷わず彼に投げた。

受け取った香燻《カユク》はふりむきざまに三塁へ渾身の力をこめて送球する。

走者が三塁めがけてヘッドスライディングする。土煙の中にボールが消えていく。

「アウトッ」

審判の声に、タッチをアピールするためにグラブを差しあげていた三塁手の阿目蛾《アモガ》はそのままグラブを掲げて「やったあ」と叫んだ。

「阿目蛾《アモガ》、二塁」

蜜芍《ミシャ》がボールを要求する。送られたボールを蜜芍《ミシャ》は二塁上でキャッチし、一塁の方を見る。

猿は一塁で止まり、一塁コーチの顔色をうかがっていた。

二死走者一塁と変わった。

「香燻《カユク》、ナイススロー」

「ナイスプレー」

香燻《カユク》に同僚の守備陣から声がかかる。

「ツーアウトね」

「ツーアウト」

「ツーアウトォ」

迷伽《メイガー》の呼びかけに野手が応える。声を出せない香燻《カユク》も指を二本立てて呼応する。

最後の打者は三遊間のゴロだった。蜜芍《ミシャ》は軽快なフットワークで打球の正面に回りこむ。香燻《カユク》もすばやく二塁に入り、彼女からの送球をキャッチした。

フォースアウトで試合終了となった。

二塁に向かってきていた猿が行き場をなくして不安げに吠えた。回廊からこぼれ落ちる金貨の音がそれを掻き消した。

腰に手を当て、蜜芍《ミシャ》が香燻《カユク》に歩み寄る。

「あなた、ベースカバー遅いわよ。一瞬投げるの躊躇《ちゅうちょ》しちゃったわ」

その反応に香燻《カユク》は驚いた。彼としては精いっぱいのプレーだったのだ。口を尖らせて蜜芍《ミシャ》を見つめる。蜜芍《ミシャ》は何を勘違いしたのか頬を紅《くれない》に染めた。

「次はしっかり頼むわよ」

そういって彼女は香燻《カユク》の尻をグラブで力いっぱい叩いた。

香燻《カユク》はボールを塁審に返し、駆け足で桟敷へともどっていく彼女に続いた。

このチームには次がある。

マウンドからおりてきた迷伽《メイガー》とグラブを合わせると、外野から走ってきた蒔羅《ジラ》に抱きつかれた。

まだまだ次がある。自分はこのチームでもっとやれる。もっと勝ってもっと上に行ける。

やや傾いた日に伸びる影が桟敷前で重なり、降りやまぬ金貨の輝きさえも嫌うかのように幢幡《マニ・ハイ》が桟敷を離れて戦装束に交じった。ひとり異形の乙女は勝利の光景にどこか陰惨《いんさん》な花を添えて汗まみれの腕に抱きかかえられた。


夜気に当たって熱を冷まさなければ眠れそうもなかった。

香燻《カユク》は夜半、そっと下臈所を抜け出した。

眠りこけた少女たちの体が温もり、歓喜のあとの疲れが溶け出て部屋に満ちていた。窒息しそうだった。目を閉じると、イレギュラーバウンドして逸れていくボールがまぶたの裏に浮かぶ。寝返りを打つと、手が誰かの背中や尻に当たり、桟敷の前での抱擁を思い出させる。勝利の手ごたえが彼の体から去らない。中庭に響き渡った歓声が、グラウンドに落ちる金貨の音が、いまもやまない。

後宮《ハレム》は静かで平和だった。どこかの殿舎の更衣が今宵《こよい》皇帝に選ばれて彼の寝室へと運ばれていった。それは残りの宮女たちを荒ぶる力から守るために遣わされた供犠だった。彼女の体と引き換えに、ここは静かで平和だ。

香燻《カユク》はひとりたかぶっている。いまだ熱が引かない。手の甲にキスしたときの蜜芍《ミシャ》の表情が脳裏から消えなかった。男であることを忘れようとしているのに、あんな顔をされたら、自分が男であることを意識せざるをえない。甘いことばやきつい抱擁でもっと彼女を困らせてやりたかった。

廊下に出た彼を冴えた感覚が導いた。火もないのに、暗い中を迷わず進んだ。見回りの去勢者がいないのを、闇を見透かして確かめた。

霊螢殿の大浴場には一度来たきりだったが、そのとき以来、いつかまた来ることになるだろうと予感していたのだ。入り口に立つ柱の肌を撫であげた。乾いた掌がその丸みをとらえた。脱衣所の隅に高下駄が並べられてあった。あまり豪華でないのを取り、歯の側面を指でなぞる。わずかな隆起。象嵌《ぞうがん》された小さな玉。爪を立ててみるが取れそうもない。ものでも盗れば熱が冷めるかと思った。そのためによその殿舎《でんしゃ》まで来たのだ。さすがに同僚のものを盗むのは気が咎《とが》める。

だが本当にほしいものは色のついた石ころなんかではなかった。

こんなときには水でも浴びるのがいい。彼はズボンの裾をまくり、浴場に続く扉をゆっくりと押し開けた。

中にいた女は彼がやってくるのを予期していたかのように見返った。重いはずの扉が音もなく開き、彼の手を離れていった。天窓から差しこむ月光が女の背中を白く輝かせていた。噴水も動きを止めていた。

「あらあら香燻《カユク》、いらっしゃい」

幢幡《マニ・ハイ》は自らの体を抱くように手を回し、肩から撫でおろした。湯帷子《ゆかたびら》も乳帯下帯も着けていないのがうしろ姿からでもわかった。彼女の体は降り注ぐ月光を吸って膨《ふく》れて見えた。

香燻《カユク》は震えた。

「あなたも眠れないの？」

幢幡《マニ・ハイ》の瞳は昼間見るより鮮やかだった。ヴェールもなく、香燻《カユク》に向けて煌々《こうこう》と光を湛《たた》えていた。髪は豊かに溢《あふ》れ、背中を流れた。

香燻《カユク》は喉をわずかに鳴らし、うなずいた。

「裸足でいいわよ。床は乾いているわ。さあ、いらっしゃい」

招く指に操られるように足を踏み出せば、冷たいタイルに触れた。

幢幡《マニ・ハイ》は彼の前にすべてをさらけ出し、腕をひろげた。

香燻《カユク》はいっそう熱を帯びた。身にまとわりつく衣を剝《は》ぎ取ってしまいたいほどであった。光の際に立って彼は幢幡《マニ・ハイ》を見おろした。月の光に晒《さら》されて彼女の肉体からおよそ生物らしさは失われていた。肌は白く滑らかで、その下に血のかよっているものとはとうてい思われない。

乳房の先を彩るべき乳首も白く硬く尖るばかりである。腰の丸みは地上に降りてきた月を孕《はら》んでいるかのよう。秘所に生えるべき毛は影すら見えない。

幢幡《マニ・ハイ》の目が光り、彼は距離の見当を失った。彼女の手が彼の袖を引き、ともに染まれと光の下に引きずり出す。

「今日の試合のご褒美《ほうび》がまだだったわね」

袖をつかむ手に引きおろされ、彼は腰をかがめた。幢幡《マニ・ハイ》の顔が迫ってきて、口と口でしっとりと接した。水煙管の煙のように彼女の息は香り、口腔内を刺激した。体が痺《しび》れ、震えた。

「あなたはわたしに何をくれるのかしら」

彼女の唇が離れると、糸が引いて月に光った。

香燻《カユク》は一度熱い息を吐いてから、幢幡《マニ・ハイ》の口を強く吸い、彼女の中にふたたび息を漏らした。

「かわいい娘《こ》」

唇が彼女の声で泡立った。彼女は彼の顎《あご》を口に含み、首筋をねっとりと舐め回した。

粟立つ肌に何かが鋭く突き立てられ、張り詰めていたものが破れたのを感じた。彼は反射的に彼女の体を突き離した。

「うぐっ……ば、馬鹿な……」

彼女の伏せた顔から黒ずんだものが一滴二滴と垂れて白いタイルの上に落ちた。「まさかこれは……この味は……」

熱いものが襟を濡らしている。香燻《カユク》は触れてみて月光にかざした。指の先が黒く染まっている。

血だ。耳の下から血が流れ出ている。指でさぐると小さな傷にちくりと触れた。

幢幡《マニ・ハイ》の口のまわりに赤黒い血がべったりとついている。

「男！　香燻《カユク》……あなた、男ね！　女に化けた男……。イヤーッ！　変態ッ！」

そう呼ばれて海功《カユク》は一転攻勢に出た。つかみかかって押し倒し、相手の口を手でふさぐ。

「変態だァ？　てめえの方が変態だろうが！　血なんか吸いやがって！」

久しく出していなかったせいでしわがれた声が脅《おど》しに効果を発揮した。

「ひいッ！　この声、まさしく男ッ！」

男の体に組み敷かれていると知り、彼女は暴れ出した。「助けてえ、乱暴されるゥ！」

「そんなことしねえよ。黙れ」

海功《カユク》は彼女の口を封じようとして首の出血のことを思い出し、相手の口に触れるのをためらった。「てめえ、どうして血を――」

「わ、わたしはただの吸血鬼。ちょっと血を吸おうとしただけよ。だから乱暴しないで！」

幢幡《マニ・ハイ》はいっそう激しく暴れた。その力にはふつうの女と何ら変わるところはなかったが、海功《カユク》は簡単に突き放された。彼は床に座りこみ、天を仰いだ。

「吸血鬼だって……？　嘘だろ……？　おお神さま、どうかお守りください。あなたのお力で

この邪悪なものを退け、あなたの忠実なるしもべであるわたくしを——」

「誰が邪悪よ、この変態！」

幢幡《マニ・ハイ》は仰向けのまま脚を伸ばし、海功《カユク》の肩を蹴飛ばした。「生まれついての真教徒であることのわたしが邪悪ですって？　預言者さまの教えに背いたことなどないこのわたしが？」

海功《カユク》も蹴り返す。

「何ィ？　ふざけんな。てめえのような魔物が真教徒を名のるんじゃねえ」

「ふざけてなんかないわ。『汝《なんじ》、女よ、十八歳未満は処女であれかし』という教えに従って、わたしは十八歳未満の処女の血しか吸えない体なのよ。その教えに背いて乙女の純潔を汚そうとした男たちもたくさんいた。そんな奴らをこの手でことごとく血祭りにあげてきたわ」

にやりと笑う彼女の口から血が一筋たらりと垂れて、長く鋭い牙がのぞく。海功《カユク》は震えあがった。熱を持っていた下腹部もすっかり冷めてしまった。

「処女の血だと……？　まさかてめえ、それが目的で光の君に近づいたんじゃあ——」

「ちがうわよ。言ったでしょ、もともと知り合いだったって。わたしはチェンセルポタンの城に古くから住みついていた。そこへあのお姫さまが家族とともに移り住んできたの。やがて成長した彼女は後宮《ハレム》へ移され——わたしはそれを追いかけてきたってわけ」

「ん？　古くから？　でも確かこの前十七歳って——」

「永遠の十七歳、とこしえの美、汚れることを知らぬ純潔——三拍子揃った最強美女、それがこの幢幡《マニ・ハイ》さまよ！」

　幢幡《マニ・ハイ》は立ちあがり、一転攻勢に出た。隠すべきところを隠そうともせず、押し倒して海功《カユク》の体を踏みつける。

「今度はあなたの話を聞かせてもらおうじゃないの。いったい何が目的でこの後宮《ハレム》に入りこんだのよ」

「お、俺は――」

「まあ、決まってるわよね。皇帝がひとり占めしている美女たちをやりまくり入れまくり出しまくり――しかも女装したままでね。ええっ、そうなんでしょ？　この変態野郎！」

「ちがう！　俺はその……金がほしくて……貧乏だから……」

　男であることが露見しても、もうひとつの秘密は隠しとおした。もっとも、いまさらそれに何の意味があるのかは香燻《カユク》にもわからなかった。

「じゃあ女に興味がないっていうの？　この変態野郎！」

　幢幡《マニ・ハイ》の足が香燻《カユク》の肩をぐいぐいと押さえつける。

「いや、ないわけじゃないけど……」

　ちらりと幢幡《マニ・ハイ》の脚の間に目をやった瞬間、蹴りが飛んできて彼の鼻っ面をしたたかに打った。

「まったくもう……最悪の気分だわ。男の血を吸ってしまうなんて、長い吸血鬼人生でもはじめてよ」

海功《カユク》の体を跨《また》いで立つ幢幡《マニ・ハイ》は、口から血をしたたらせ、月の後光でもの凄い。「あなた、わたしの正体を誰かに話したら、殺すわよ」

「話さねえよ。こんなこと、話したところで誰も信じない」

海功《カユク》は蹴られた鼻を袖でこすった。血は出ていなかった。

「おい吸血鬼、そっちこそ俺の正体をバラすなよ。もしバレたら俺は――」

「どうなるの？　首が飛ぶ？　それともオチンコ切り落とされて今季絶望？」

「たぶん……あとの方……」

幢幡《マニ・ハイ》は頭を振りながら海功《カユク》の上から身を引いた。

「まあどっちでもいいわ。どっちにしろ秘密が漏れればお互いの身が危うくなる。そのことを忘れないで」

彼女は脱衣所に向かってぺたりぺたりと歩き出した。「あーあ、何てひどい夜。早く帰って手淫して寝ようっと」

海功《カユク》は仰向けになったままだった。傷が深いのか、それとも吸血鬼の魔力なのか、首からの出血が止まらない。このまま融《と》けて海まで流れ出ていきたかった。いままで女の身を取り繕《つくろ》っていたことが空しく、みじめに思われた。

「あなたも早くいらっしゃい。衣を貸してあげるから、それを着て帰って。血だらけの服なんか着てたら余計な疑いがかかっちゃうわ」

一度脱衣所にひっこんだ幢幡《マニ・ハイ》が衣を抱えて彼のもとへもどってきた。「ほら、立って。それ脱ぎなさい」

海功《カユク》は上体を起こし、衣を身から剝いだ。彼と並んで座る幢幡《マニ・ハイ》は血で汚れた衣を丸めてため息を吐いた。

「顔だけ見れば女の子なんだけどねえ。チンコなくなったら血の味も変わるかしら」

全裸の美少女がそばにいるというのに、海功《カユク》は男として反応できなかった。渦中《かちゅう》の部分は宦官長《かんがん》につかまれたときよりも弱々しく下帯の中で縮こまっていた。

第五章 共同謀議女御

ピエロ・ジラルディが招き入れられたのは、真教《しんきょう》世界の様式で作られた応接間であった。彼は靴を脱ぎ、室内履《ば》きに履き替えてそこに足を踏み入れた。

目に入るものすべてが執拗《しつよう》なまでに装飾的である。色鮮やかな絨毯《じゅうたん》の上に出窓の格子が影を落としている。入り組んだ刺繍《ししゅう》と手のこんだ木彫が複雑さを競い合う。窓の下に据えつけられたソファーの上には布屋の生地見本のようにそれぞれ異なる色と景を持った大きなクッションがいくつも置かれている。柱やそれを結ぶアーチにも真教徒の飽くなき手は及び、草の葉をかたどった模様がちりばめられて生きた木になぞらえられている。

強い日差しの下、白く乾ききった市中を歩き回ったあとにはこうした刺激の強い空間に帰ってきたくなるものなのだろうか。この家の主人の趣味がピエロには理解できなかった。

奴隷の少年が運んできた手水鉢《ちょうずばち》で手を洗い、口をすすいだ。水の味はピエロの故郷よりもこの街の方がいい。冷たくて、塩気も混じっていない。

帯に差した二本の剣をソファーの上に置いて彼は格子のすきまから中庭をのぞいた。石畳の上に絨毯が敷かれていて、室内の延長のようである。毛の長い猫が二匹、日なたで仲よく丸まっていた。

家族がいるはずなのに、気配はまったく感じられない。この家の主は室礼《しつらい》だけでなく、考え方まで真教徒の風に染まってしまったようである。彼らは男と女のいるべき空間をはっきり区別する。

玄関の方で馬のいななく声がした。

先ほどの少年を含めて三人の奴隷を従えたペレク・ダジャルドが入ってきた。頭巾をかぶり、髭《ひげ》を長く伸ばして、ゆったりとした衣を着ている――装いはまるで白日人《セリカンじん》だが、信仰は義教であるという。ルームのどこかの出身であるというものの、どこなのかは誰も知らない。すくなくともピエロの出身地・ジアウル市国ではないはずだ。この国に住むジアウル人の紐帯は強固で、そこにひっかからないのなら同胞ではないと断定できる。

ペレクはルームと白日《セリカン》、どちらの商慣習にも明るいということで、どちらからも重宝されているが、同時にどちらからも距離を置かれている。その顔はルーム人にも見えるし、白日人《セリカンじん》にも見える。特性のはっきりしない顔の中で唯一目立つのは、右の目が濁《にご》り、あまり動かないところだ。どうやら盲《めし》いているようである。この男は年齢もよくわからない。ピエロの父よりは年上だろう。頭巾からのぞく房毛がすっかり白い。

ペレクは奴隷たちの手を借り、床の上に腰をおろした。ソファーはルーム人の来客用のもので、主人は白日人流《セリカンじん》をとおすつもりらしい。

「お仕事の方はどうですかな」

ペレクに尋ねられ、ピエロは笑顔を浮かべながら床に座りこんだ。

「仕事というほどのことはないですよ」

彼はカラグプタール在住ジアウル市国民自警団副団長という職にあった。帯に差した二本の剣はその印である。

「みんな他に仕事を持っているので、活動の時間がなかなか取れません。自警団専属なのは僕だけです。毎日暇でしょうがありませんよ」

「ジアウル自警団のような歴史ある組織で働くことはたいへんな名誉です」

ペレクは重々しい口調で言った。

ピエロは笑いを浮かべて頭を振った。

「裏切りの歴史ですがね。この都が真教徒の手に落ちたとき、彼らに内通してその後も商業上の特権を保持できるよう密約を交わした。同じ義教徒《ぎきょうと》を見捨てて生き延びたんです。みっともない話ですよ。この都を守るために戦って死んだ者にこそ名誉は与えられるべきでしょう」

「どんな状況でも商いを続けること——それが商人の名誉ですよ、ピエロさん」

「そうですかね。僕にはよくわからない」

「最近、都の外は物騒ですからね。野盗が跳梁《ちょうりょう》しているのです。自警団も忙しくなりますよ」

彼の口ぶりには、むかしピエロについていた家庭教師のそれを思い出させるところがあった。あの男も見てきたようなことを偉そうに語ったものだ。ピエロは頬《ほお》に当てた手で口を歪《ゆが》めた。

ピエロの父は商人であり政治家であったが、ピエロは何でもない。ジアウルで悪友たちとぶらぶらしていたのを、「おまえも十八歳なのだから、将来のことを考えて医者の勉強でもしろ」と父に言われて、すこしかじってみたものの性に合わず、父と兄のいる白日《セリカン》帝国の首都カラグプタールに渡ってきたはいいが、やはり何もせずぶらぶらしているのである。

「それより、掘り出し物があると聞いてうかがったのですが」

ピエロの催促に、ペレクは奴隷の少年を呼び、何事か指示した。

「実は皇帝《スルタン》の後宮《ハレム》から出た物なのですが、どうやら女君《おんなぎみ》がお使いになっていたもののようです」

折りたたまれた布をペレクがいやに長い指でつまんで開いた。その中には耳飾りの片方が包まれていた。

ピエロは身を乗り出した。

「後宮？　本当に？」

「ええ、本当です。ピエロさん、野球をご存知ですか？」

「ヤキユウ？　ああ、そのあたりで子供たちがやっている遊びですね。僕にはよくわかりませんが、白日人《セリカンじん》には人気があるみたいで」

「この耳飾りは後宮《ハレム》で行われた野球の褒賞《ほうしょう》として、下級の宮女にさげ渡されたものだそうです」

「なるほど……」

ピエロはペレクの許しを得てその耳飾りを手に取り、格子から差しこむ光にかざして見た。

「ものはいいみたいだ。しかしその後宮《ハレム》うんぬんというのは眉唾《まゆつば》ですね」

「実は妻が後宮《ハレム》への出入りを許されましてね――」

ペレクは得意顔になった。彼の妻は唯《ゆい》教徒《きょうと》である。死別した前の夫も商人だったという。その人脈が目当てで未亡人に近づいたのだと、ペレクを嫌う者はうわさする。

「ですから出所《でどころ》はちゃんとしておりますよ」

「それで、いくらで譲ってくれますか？」

余計な前口上の必要ない場面だと悟ると、さっそく交渉に入る。このあたり、世界を股にかけるジアウル商人の血は争えぬといったところ。

「そうですな、あなたのお父さまにはお世話になっておりますから、特別に金貨二十枚でいかがでしょう」

それを聞いたピエロは胸に手を当て、床の上でひっくり返った。

「それは何とも強気な……。お察しください。自警団の給料など微々たるものなのです。金貨二十枚なんてとても……。二枚くらいなら何とか……」

ペレクはため息を吐き、真教徒が神に祈るようなかっこうで手を合わせた。

「そうですか。残念です。実は僕、これから自警団の集まりがあるので、そろそろおいとまを
「金貨二枚というのは、これまた……。十八枚、それが限度ですな」

――」

「お待ちなさい。では自警団の歴史に敬意を表して、十五枚です」

「駄目です。いま手持ちが五枚しかない」

結局、金貨八枚まで値切ることに成功した。

「このまま持っていっていいですか？」

「ええ、どうぞ。お代はまたそちらへ寄らせていただいた折にでも」

ピエロはもう一度その耳飾りを日に照らしてから財布の中にしまった。

「他に後宮《ハレム》のものはないのですか？　女性方の日用品などがあればほしいのですが」

「そういったものはかえって持ち出すのが難しいのです。貴金属ならお金に換えるという目的
がはっきりしていますからね」

「女君の書いた手紙があれば買い取ります」

「それは絶対にいけません。まちがいなく没収されます」

若者の軽はずみにはかなわない、といった調子でペレクは手を振り、笑った。

本当に無理なようだとピエロは悟った。こちらの購買意欲を煽《あお》るのなら、もっと真剣な風を

装うだろう。

彼は立ちあがり、自警団のレイピアと白日風《セリカン》の逆反り短剣を帯に差した。いつの間にか中庭では猫が十匹ほども集まっていた。


港まで歩いていき、海の男たちが集う喫茶店でコーヒーと煎り豆を注文した。この国の人々は酒を飲まず、ひたすら甘い物を好む。近頃ピエロにもそのよさがわかってきた。一日の終わりに沈む夕日を眺めながら飲む甘いコーヒーは最高だ。

アーバラナ海は沖まで紫色に染まっている。南に向かってせりあがっていく岬とその突端にある宮殿は、海を懐《ふところ》に抱く黒い袖《そで》と化した。

ピエロはこの国にはじめて来たときから後宮《ハレム》に心惹《ひ》かれていた。あてどない彷徨の行き着く場所が、そこだと思った。俗にいう「運命の女」よりもさらに得がたい、運命の場所。女を隠して誰にも見せない国の、もっとも深奥にある秘密の楽園。

今度、晴れた日に水夫を雇って船を出してみようと彼は思った。陸の方からの目はすべて跳ね返《ブロック》されてしまう。ならば海から見るまでだ。もちろんそちら側からの視線を遮《さえぎ》るための守備隊形《シフト》はすでに考案されているだろうけれども、可能性が皆無でないのならやってみる価値はある。

店にいる男たちの目がピエロの紅《あか》い髪に集まっていた。彼がほほえみかけると、男たちは例外なく哲学者じみた顔でコーヒーを啜《すす》る日課にもどった。

◇

後宮《ハレム》内各階級の夏季リーグはいずれも大詰めを迎えていた。最上級の七殿《しちてん》五舎《ごしゃ》リーグでは、香《こう》の君の投打に渡る活躍で旃葉殿《せんようでん》が優勝を決めた。上臈《じょうろう》リーグ、中臈《ちゅうろう》リーグも旃葉殿が制し、「旃葉殿天下」と呼ばれる時代が到来したかと思われた。

そこに割って入ったのが暁霞舎下臈所《ぎょうかしゃげろうどころ》である。「万年Bクラス」との下馬評を覆し、ここまで全勝。同じく全勝の旃葉殿下臈所と、優勝をかけて最終戦で激突する。

暁霞舎は殿舎《でんしゃ》をあげて下臈所を応援すると宣言した。

暁《あかつき》の君から、午後の風呂掃除を中臈たちに肩代わりさせ、その時間を野球の練習に当てるようにとの命がくだった。日差しが強く、一日の内でもっとも暑い時間帯である。多くの宮女たちは野球どころか、室内での活動も避けて午睡《ごすい》を取るのだが、暁霞舎下臈所は大はりきりで練習に臨んだ。

大はりきりなのは女房たちも同じで、午睡の時間を返上して下臈所の練習を見てやり、コーヒーなど淹れてやったりする。下臈の間では、飲みつけない濃いコーヒーを飲んだために夜眠れなくなる者が続出した。

他の殿舎もことごとく暁霞舎下臈所に肩入れした。野球でも夜のお目見得《めみえ》競争でも香の君に負けているので、せめてもの意趣返しを自分たちに代わってやってもらおうというのである。面と向かってあの猛女に歯向かうよりこちらの方がずっと安全だということもあった。

暁霞舎下臈所の食事は各所からの差し入れのために驚くほど豪勢になった。慣れない美食に、腹痛や肥満を訴える者が多く出た。

香燻《カユク》は練習に夢中だ。

前の試合で犯した失策の幻影が脳裏からいまだ去っていなかった。次はあんな恥ずかしい真似をしたくない。二塁手は守りの要《かなめ》なのだと自らに言い聞かせ、ボールを追う。

女君の間に面した中庭が練習場として開放された。グラウンドの広さに驚くことはなかった。内野の広さはどの球場でも変わらない。香燻《カユク》は午前中に撒《ま》かれた水で蒸れた土のにおいを嗅ぎながら、ひたすら練習に励んだ。暁霞舎特製の日焼け止めだという泥が汗に流れ、地面に垂れた。

暁の君の女房たちも加わって試合形式の練習を行っていたときのことであった。走者一・二塁という場面を想定しての守りで、蜜芍《ミシャ》が香燻《カユク》の守備位置にケチをつけた。

「二塁ランナーを意識してもっと塁に寄りなさい。そんなんじゃ迷伽《メイガー》が牽制球を投げられないでしょ。もっと頭使いなさいよ、ボケ、カス」

むっとしながらも香燻《カユク》は二塁に寄った。すると打者が右方向に打ち返し、一・二塁間を破られた。

蜜芍《ミシャ》が怒って土を蹴った。

「なんで一・二塁間を絞っておかないのよ。キャッチャーがアウトコースに構えてるんだから、流し打ちしてくるのが予想できたでしょ。あなたのポジションが一番よく見えるところなんだから、ボヤッとしてないでよ、ボケ、ザル」

さすがに香燻《カユク》もカチンときてグラブを地面に叩きつけた。それを見た蜜芍《ミシャ》が殴りかかってきて、あっという間につかみ合いの喧嘩になった。

「ふたりとも交替。頭冷えるまでもどってこなくてもいいわよ」

止めに入った迷伽《メイガー》が栈敷《さじき》を指した。

栈敷にさがって衣に着いた土を払う香燻《カユク》に同僚がコーヒーを勧めた。彼は気持ちを鎮《しず》めるため、一杯もらった。

怒り心頭の蜜芍《ミシャ》は勧められたコーヒーを断り、服を脱ぎはじめた。どうやらまた裏返しの日が来たようである。香燻《カユク》はちらちらとそちらを盗み見る。

全裸になったところで彼女はいったん手を休めて汗まみれの体を日に晒《さら》した。同僚たちはくすくす笑う。香燻《カユク》はその内の一人を手招きして、蜜芍《ミシャ》への言伝《ことづて》を頼んだ。

――裸の乙女は吸血鬼の大好物だそうな。

同僚の少女は彼の記した手紙を持って蜜芍《ミシャ》のもとへと走っていった。彼女はおかしそうに笑いながら手紙を読みあげるが、聞いている蜜芍《ミシャ》は恐ろしい形相。

「見てよ。すごい顔」

「吸血鬼よりよっぽど怖いわ」

香燻《カユク》のまわりの少女たちはコーヒーカップ片手に笑い合う。

蜜芍《ミシャ》は同僚の手から手紙を取りあげて引き裂き、裸のまま香燻《カユク》の方に迫ってきた。勢いよく歩くので抑えるもののない乳房が暴れる。

「ちょっと、香燻《カユク》――」

声をかけられても、香燻《カユク》は聞こえないふりで同僚たちと顔を見合わせ笑っていた。

「あなた……吸血鬼なんて……ねえ、この都にはいないわよねえ。こっち見てよ、ねえってば」

蜜芍《ミシャ》は懇願するような口調になった。

「何よ、蜜芍《ミシャ》。吸血鬼なんて信じてるの？」

楽隊で縦笛を吹いている少女が大笑いした。蜜芍《ミシャ》はうつむき、もじもじしている。端から見れば、誰かにむりやり服を脱がされて恥じらっているかのようでもある。

「信じるも何も……吸血鬼はいるのよ、本当に。わたしの故郷の村では毎年何人もの娘が襲われるもの。隣の家のお姉さんが朝起きたら首筋に嚙《か》まれたような傷があったって」

「そりゃどこかの男が夜這《よば》いに来たんでしょ」

琵琶《びわ》弾きの少女が混ぜっ返して、桟敷が笑いに包まれた。

蜜芍《ミシャ》は真剣な表情で香燻《カユク》に詰め寄る。

「ねえ、どうなのよ。いないって言ってよ」

揺れる乳房から目を逸らし、香燻《カユク》は筆を執った。彼女の肢体の見事さは下繭所の中でも格別で、油断していると目が離せなくなる。幢幡《マニ・ハイ》の裸身よりもどこか野卑で、それだけに生々しい。

――いるとしたらここ、後宮《ハレム》。なぜなら餌がたっぷりとあるからだそうな。

「いるとしたら後宮《ハレム》だってさ」

「わたしたちのすぐそばにいるってさ」

「次の獲物はオマエダーッ！　てさ」

少女たちがてんでに読みあげると、蜜芍《ミシャ》は青ざめ、桟敷に座りこんだ。

「嘘！　そんなの嘘よ！」

少女たちは彼女の頭を撫《な》でたり、コーヒーを勧めたりした。香燻《カユク》が横目に見ていると、蜜芍《ミシャ》の白い肩は日に焼かれてすこしだけ赤くなっていた。

幢幡《マニ・ハイ》はあの夜以来姿を見せない。

休憩時間になって桟敷に帰ってきた迷伽《メイガー》に尋ねてみると、

「あの子、体調を崩したそうよ」

と言う。香燻《カユク》に考えられる原因としては「誤って男の血を吸ったため」というのがもっともありそうだが、同情には値しない。罪の意識も感じない。

「悪いわね。蜜芍《ミシャ》の矢面に立ってもらっちゃって」

襟《えり》をひろげて汗を拭きながら迷伽《メイガー》が言う。何のことだかわからず、香燻《カユク》は首を傾げた。

「蜜芍《ミシャ》って、ほら、口が悪いでしょ。あれだけ言われて平気なのってあなただけなのよ。だから二塁手をやってもらったの。慣れないポジションでしょうけど、がんばってね」

――蒔羅《ジラ》だって平気だ。

「うーん……でも蒔羅《ジラ》って意外とプライド高いから、あんまり責められるとやる気なくすんじゃないかと思って。だって……ねえ、あの守備でしょ。蜜芍《ミシャ》の小言もあんなもんじゃ済まないわよ」

――迷伽《メイガー》も色々考えることがあってたいへんだ。

香燻《カユク》がコーヒーを注いで差し出すと、迷伽《メイガー》は、

「逆に心配されちゃった」

と言って笑った。

桟敷の真ん中で裸のままの蜜芍《ミシャ》が死にかけた牛のように手足をつっぱらせて横たわっている。

「ねえ香燻《カユク》、この子どうしたの。さっきから血がどうとか言って震えてるんだけど」

蒔羅《ジラ》の問いかけに香燻《カユク》は肩をすくめて応えた。

練習が果てて下﨟たちは風呂に入った。

体についた汗と土をたっぷりのお湯で洗い流す。みな疲れてお喋りをする元気もない。

休息の間で横になるとすぐに蒔羅《ジラ》は眠りこんでしまった。香燻《カユク》は薄物を取ってきてかけてやった。

彼が蒔羅《ジラ》の隣に寝転がると、蜜芍《ミシャ》が蒔羅《ジラ》の体を挟んで向こう側に身を横たえた。乳帯《ちおび》を外して胸をはだけ、解いた下帯で下腹部を覆っている。彼女は頰杖を突いて体を起こし、蒔羅《ジラ》の顔をのぞきこんだ。

「よく寝てる」

悪戯《いたずら》をして起こしてしまうつもりだろうかと香燻《カユク》は見守っていたが、蜜芍《ミシャ》は懐かしげな視線を蒔羅《ジラ》の寝顔に注ぐばかりであった。

「こうして見ていると、故郷の妹を思い出すわ」

静かな声で言って蜜芍《ミシャ》は蒔羅《ジラ》の額に張りつく一本の髪を指でそっと剝《は》がした。「わたしの家には子供がたくさんいた。だから貧乏で窮屈《きゅうくつ》で、たいへんだった」

香燻《カユク》はなぜかいまのこの状況を親子のようだと思っていた。父と母と、眠るおさなご。かつて自分も同じように見守られて安らかに眠っていた。父と母が香燻《カユク》の前から消えたのは彼が五歳のときで、それ以来、都の片隅で伐功《バルク》とふたり生き抜いてきたのであったが、ふとした瞬間に家族の記憶——むしろ安らかさの感触と呼ぶべきものが蘇《よみがえ》る。

休息の間に憩《いこ》う安らかさは、二度と手に入らぬもの、ふたたび帰らぬ人々を思い出させて悲しい。その悲しさが、いまそばにいる少女たちを愛しく思う気持ちにうしろめたさを伴わせる。うつ伏せの香燻《カユク》を頬杖の蜜芍《ミシャ》が見おろしていた。その目には同情の色が浮かんでいるように映った。

「香燻《カユク》あなた、口を利けたらって思うことある?」

口を利けたら、話せたら、香燻《カユク》はここにいられなくなる運命だった。口を利けたら、話せたら、この安らかさを破ってしまうことになるのは明らかだった。

香燻《カユク》の目から涙がこぼれた。男なのに泣くなんて、と思うと余計に涙は止まらなくなった。

蒔羅《ジラ》の体越しに蜜芍《ミシャ》が手を伸ばしてきて、香燻《カユク》の背中に触れた。

「ごめんね、香燻《カユク》。悲しいことを思い出させちゃったね」

蜜芍《ミシャ》の乳房は重みに垂れ、上の乳房が下の乳房にのしかかり、下の乳房は床に触れて底の丸みを失っていた。頬杖を突く腕の腋《わき》は大きくくぼんで、そこだけが彼女の充実した肉体の中で唯一脆い箇所のように思われた。脇腹に乗った水滴が腹側にも背側にも転がり落ちるのを恐れてすくんでいた。

彼女の体に触れれば柔らかく冷たいながらその奥に香燻《カユク》の手を押し返すものがあることはわかっていた。まるで生まれたときから知っていたかのような感覚であった。

自分も彼女も、野球をするためだけの体であればいいと香燻《カユク》は涙を拭いながら願った。そうすれば無事でいられる。余計なものを背負わずに済む。その心を知ってか知らずか、蜜芍《ミシャ》は彼の体を撫で回し続けた。

七殿五舎《しちてんごしゃ》リーグの公式戦で、旃葉殿が紫景舎《しげいしゃ》をくだし、全勝で夏季リーグの全日程を終了した。それに続く夜のお目見得で皇帝が香の君の前にハンカチを落としたものだから、大多数の宮女たちはおもしろくない。広い後宮《ハレム》でひとり時めこうなど虫がよすぎる。ご指名記念のご祝儀が旃葉殿の上中下﨟に配られる段になると、他の宮女たちは怒りや妬《ねた》みを口に出しはじめた。

「金よこせ」

「衣よこせ」

「自分たちばっかり」

「このメスブコビッチ」

さすがに豚を不浄の生き物とする真教徒として人をメスブタ呼ばわりするのは憚《はばか》られて、もうすこし穏やかな表現で罵《ののし》る。

特に威勢のいいのが暁霞舎下﨟所である。彼女たちはこの夏いまだ野球で負けておらず、他の殿舎のように負け犬根性が染みついていない。旃葉殿何するものぞと鼻息も荒く、尻に敷いていた絨毯を巻いて束にし、床を叩いて威嚇する。その音がお目見得の広間に響き渡り、まるで帝国軍の進軍太鼓のように聞こえる。不安を掻《か》き立てるその音に、宦官《かんがん》たちが不穏な色を見、一丸となって止めにかかるが、絨毯の束で突かれ叩かれ、無落帝《ムラクてい》の手にかかった義教徒軍のように破られる。

旃葉殿の方は女房から下臈まで、勝者の余裕で悠々と引きあげていった。抜凛《ペリ》と杏摩勒《アーマラキ》がこれ見よがしに辛そうなそぶりで大枚の金貨を抱えながら暁霞舎の宮女たちの前をとおりすぎていった。

香爑《カユク》たちが下臈所にもどる途中の回廊に、幢幡《マニ・ハイ》が待ち受けていた。柱の陰から音もなく現れた彼女は、いつものヴェールを着けず、顔を晒していた。下臈たちの先頭を歩いていた迷伽《メイガー》の手にある蠟燭《ろうそく》の光がその白い肌を照らした。幢幡《マニ・ハイ》は顔を背けた。

「あなた、体の方は平気なの？」

迷伽《メイガー》が尋ねると、

「ええ、もう大分いいわ。ありがとう」

幢幡《マニ・ハイ》は表情を袖に隠して答える。

「今度の旃葉殿下臈所との試合、必ず観に来てね」

「ええ、きっと行くわ」

抱擁を交わすふたりを見ていると、香爑《カユク》の胸に不安が泡のように立つ。幢幡《マニ・ハイ》は処女を専食する吸血鬼なのだ。

「香燻《カユク》を呼びに来たの。ちょっと話があって」

幢幡《マニ・ハイ》のことばに下臈たちの間から嬌声《きょうせい》があがった。

「まあ、今夜のお目見得は香燻《カユク》をご指名？」

「わたしなんて一度もお声がかからないのに」

「妬《や》けるわねえ」

彼女たちの冗談に、幢幡《マニ・ハイ》も調子を合わせる。

「ちょっと味見をするだけよ。みんないっぺんに食べたらおなかが破裂しちゃうわ」

そう言って唇《くちびる》に指を押し当て、まわりを笑わせるが、ひとり香燻《カユク》は笑えずにいる。

幢幡《マニ・ハイ》がふざけて放ったハンカチを香燻《カユク》は片手でキャッチした。同僚たちに背中を押されて彼は幢幡《マニ・ハイ》の前に出た。

「夜のお菓子こと香燻《カユク》ちゃん、ふたりきりになれる場所をさがしましょ」

幢幡《マニ・ハイ》の指が香燻《カユク》の袖をつまんだ。彼の肘に触れて慌てて離し、袖の端をつまみ直す。同僚たちに冷やかされる中を香燻《カユク》は幢幡《マニ・ハイ》に導かれ、歩き出した。秘密を握られているので逆らえない。痛み分けを覚悟で相手の秘密をばらすのもまずい。失うものが大きすぎる。

幢幡《マニ・ハイ》は明かりも持たないのに、昼間と変わらぬ速度で廊下を歩く。口を閉ざし、この先に何が待ち構えているのか香燻《カユク》に知らせぬままである。

行き着いたのは、乱闘騒ぎのあとで香燻《カユク》たちが閉じこめられたのと同じような塗籠《ぬりごめ》の前であった。香燻《カユク》にはわからぬが、幢幡《マニ・ハイ》はここがどの殿舎なのか知っているようである。

あたりに人がいないのを確かめて、彼女は扉を開いた。

「さあ、入って」

香燻《カユク》は用心しいしい彼女に続いて中に入る。

「今日は無口なのね」

扉が閉じられ、墨で塗ったような闇。床の冷たくざらついた感触がいやに明らかだった。

「喋ってもいいのよ」

誘いのことばに彼は乗らない。帯に挟んだ紙に手をやり、つぶやき声のような乾いた音を立てる。

「書くのでもいいけどね。わたしなら見ることができるから」

声はすれど影はない。彼は一方的に見られている。闇を吸うたび喉に滲《し》みる。涙が出る。

「何か言ったら?」

相手は愉快そうに喉を鳴らした。

香燻《カユク》は筆を執り、書き殴る。

——いったい何の用だ。

「字が乱れてるわね」

そう言ってくすっと笑うその声は耳のすぐそばからだった。火打石の打ち合わされる音。ぼんやりとした光が香燻《カユク》の目を刺す。幢幡《マニ・ハイ》の手燭が灯った。

彼女は香燻《カユク》から離れて部屋の隅に立っていた。

「実はあなたに謝りたくって」

「謝る？」

彼はぎょっとして紙を持つ手を引いた。親指が墨で濡れていた。

「あら、口が利けるのね。早く言ってくれればよかったのに」

幢幡《マニ・ハイ》は冗談めかして言った。そばにあった行李の上に手燭を残し、ふたたび闇に隠れる。

「謝るって何のことだ」

香燻《カユク》は声にいらだちを滲《にじ》ませた。

幢幡《マニ・ハイ》の笑い声が暗がりに響く。

「約束を破ってしまったことをよ」

「約束？」

「あなたの正体を決して口外しないという約束。あれ破っちゃった」

「何だと……」

香燻《カユク》の目は闇をさぐるが、見透すことはできず、上滑りする。その向こうでくすくす笑いが羽虫のように飛び回る。

「那賀《ナホ》、もう出てきていいわよ」

蠟燭の火が躍ってありもしない影を見せたのかと思われた。

行李の陰から、少女がおずおずと立ちあがった。

意外な貴人の姿に香燻《カユク》はあっと声をあげそうになった。

それは光《ひかり》の君だった。

「香燻《カユク》、あなた……」

彼女は体の前で絡み合わせた指と香燻《カユク》の顔を交互に見くらべた。「幢幡《マニ・ハイ》の話は本当だったのね」

「だから言ったでしょう？　まったく疑い深いんだから」

闇が凝り固まってよく見知った幢幡《マニ・ハイ》の姿になり、光の君の傍《かたわ》らに立った。「まあ、那賀《ナホ》が信じたくない気持ちもわかるけどね。それと知らずに、生まれたままの姿を男の目に晒していたなんてねえ」

「幢幡《マニ・ハイ》！」

光の君は女房にすがりつき、襟をつかんだ。「変なことを言わないでちょうだい」

「あら、やっぱり気にしてたの？　あのとき、浴場でばっちり見られちゃったもんねえ」

幢幡《マニ・ハイ》は壁に背をもたせかけ、しどけなく伸びをした。衣の袖が肘までずりさがり、腕の内側の白い肌がのぞいた。

「ねえ、香燻《カユク》が男だって本当に信じた？　何だったら動かぬ証拠を見せるわよ。男にしかない秘密の突起を」

　幢幡《マニ・ハイ》の目が香燻《カユク》の体をまさぐった。彼はとっさに、

「やめろッ」

と声をあげ、下帯の前をおさえた。その声に驚いて光の君がびくっと体を震わせた。

「香燻《カユク》、その首輪の下には突起が隠れているんでしょう？　まったく、男のごつごつした首ときたら、醜いことこの上ないわ。ん？　あなた、どこを押さえてるの」

　幢幡《マニ・ハイ》に笑われて香燻《カユク》は手を離した。

「光の君さま、あんたはそいつの正体を知っているのか？」

　香燻《カユク》の問いに、光の君はおそるおそるふりかえり、うなずいた。以前顔を合わせたときの大人しい態度はなりをひそめていた。

「女の血を吸うってこともか？」

「ええ」

　光の君は視線を幢幡《マニ・ハイ》の懐に落とした。

「怖くないのか？」

「ええ、平気よ。だって彼女は友達で――」

　蠟燭の火が揺れ、光の君の影が幢幡《マニ・ハイ》の上で波打つ。「目的を同じくする同志ですもの」

「目的？」

光の君と幢幡《マニ・ハイ》は頬を擦り合わせた。女君とその女房が暗がりで寄り添っているさまは背徳的で何ともなまめかしかった。

「それを話す前に、あなたの目的を聞かせてもらうわ」

光の君は幢幡《マニ・ハイ》の腕を取り、打ち掛けでも羽織るように自らの体に巻きつけた。「女装までして、どうして後宮《ハレム》に入ろうなんて思ったの」

「……金がほしかったんだよ。俺は貧乏で親もいないから、後宮《ハレム》に入れば楽な暮らしができると思って――」

偽の事情を語るのはすっかり板についていた。幢幡《マニ・ハイ》と光の君は何事か囁《ささや》き合いながら聴いていた。

「それで、いまはどうなの」

「いま、は？」

幢幡《マニ・ハイ》の問いに香燻《カユク》は首をひねった。

「いまでもお金目当てなの？　後宮《ハレム》にいる目的はもうすっかり変わってきたんじゃない？」

「どういうことだ」

「たとえば毎日のお風呂――女の子たちの裸身を間近で見る楽しみ。滑らかな肌に除毛クリームを塗り、剃刀《かみそり》を這わせる悦び。あるいは夜更け――下臈所ではじまる、香燻《カユク》主催の奴隷市場。すっかり寝入った女の子たちを触り放題舐《な》め放題――」

「そんなことしねえよ」

「たとえば那賀《ナホ》――」

幢幡《マニ・ハイ》が光の君を背後から抱きすくめ、腰の線を撫であげる。「一度見たあの乳房、あのお尻、あの無毛三角洲《デルタ》地帯が忘れられず、いつか乱暴してやろうとすきをうかがって――」

「それもしねえよ」

からかわれていると感じて香燻《カユク》はむっとした。光の君を見ると、彼女は恥ずかしそうに目を逸らした。

幢幡《マニ・ハイ》はそうした光景も眼福だというようにニヤニヤ笑っている。

「まあ、それは冗談だけど、後宮《ハレム》のよさはわかったでしょう？　きれいな女の子がきれいなかっこうをして、楽しく遊んでいる。楽園のような場所だと思わない？」

香燻《カユク》は何も答えない。

「でもこの女の子たちはみんな皇帝のものなの。そう考えると、どう？　皇帝に対して憎しみが湧いてこない？　この世の処女をひとり占め。どう？　男として嫉妬《しっと》するでしょう？」

「俺の目的は金を――」

香燻《カユク》のことばを遮《さえぎ》るように、光の君が身を乗り出して幢幡《マニ・ハイ》の腕の中から脱した。

「わたしたちの目的は、皇帝・冥滅《メイフメツ》とその母・皇太后を殺すことよ」

香燻《カユク》は目を疑った。光の君のことばにではなく、その顔つきの凄まじさにぎょっとした。閨《ねや》にも入らぬ内から皇帝の特別な寵《ちょう》を受けているとうわさされ、女たちからも一目置かれている人とは思えぬ、荒んだ笑みが浮かんでいる。

「でもあんたは確か、帝の親戚じゃあ……」

「わたしの父は先帝の弟、冥滅《メイフメツ》から見れば叔父に当たる人だった。チェンセルポタンの州刺《しゅうし》史《し》であり、帝国中枢にも影響力を持っていた」

光の君は香燻《カユク》に歩み寄った。下半身が影になって消えた。

「先帝崩御《ほうぎょ》ののち、冥滅《メイフメツ》の兄が新帝として即位するはずだった。ところがそれに強く反対する者があった。先帝の寵妃《ちょうひ》・利備《リビィ》──彼女は自分の息子を帝位につけようとさまざまな工作を行った。邪魔者は巧妙に除かれた。多くの罪なき者たちが濡れ衣を着せられ、刑場の露《つゆ》と消えた。わたしの父は皇太子殿下を立てて兵を挙げたが、理はあれど数の利はなく、チェンセルポタンの城を囲まれ、最後には──」

ことばを切り、光の君は目を伏せた。睫毛《まつげ》の下に影が溜まる。

「そのとき、どっかのバカが火をつけてくれたおかげで、わたしの長いこと住んでいた城が灰になっちゃったの」

幢幡《マニ・ハイ》の言う長いことがどれほどの年月を指すのかはわからない。いずれにせよさばさばしたもので、光の君ほどの恨みは抱いていないようである。

「家族の中でわたしひとり生き延びて、この後宮《ハレム》に連れてこられた。あのとき抱いた恨みの炎

はいまでも消えていない。十八歳になり、閨に入れるようになったら、初夜の床で冥滅《メイフメツ》を殺し、その首を家族の墓前に手向けるわ」

「わたしは別に恨みはないけど、これだけの処女をひとり占めにするっていう発想が気に食わない。那賀《ナホ》を犯そうとするのなら、わたしが皇帝を殺す」

少女二人が皇帝を殺す算段を立てている。

まるでおままごとだった。

そのふたりの姿に自分と伐功《バルク》が重なって、香燻《カユク》はぞっとした。

光の君の身の上話は香燻《カユク》と伐功《バルク》のそれに似通っていた。彼らの祖父・雷光将軍《らいこうしょうぐん》は無落帝《ムラクてい》に対する謀反《むほん》の罪で処刑された。後宮《ハレム》に幽閉されたある皇子を戴き、帝を弑《しい》する計画を立てていたと疑われたのである。数々の武功を立てた忠臣中の忠臣が帝に二心など持つはずもない。冥滅《メイフメツ》の母妃――いまの皇太后が息子のライバルと自分の思いどおりにならぬ頑固な武人を併せて始末するために仕組んだことであるのは明らかであった。雷光将軍は五族までも誅殺《ちゅうさつ》された。海功《カユク》の両親も伐功《バルク》の両親も、大路に引き出され、首を刎《は》ねられた。幼い海功《カユク》と伐功《バルク》だけが取り隠されて生きのびた。彼らは家も頼るべき係累《けいるい》も失い、物乞いに身を落としたのであった。

「ねえ香燻《カユク》――」

光の君が香燻《カユク》の手を取った。「あなたもわたしたちの計画に加わりなさい。ともに皇帝を倒しましょう」

「俺は嫌だ」

香燻《カユク》は身を引いた。

光の君はなおも迫ってくる。

「あなたが貧しくて男の身ながら後宮《ハレム》に入らなくてはならなくなったのも、皇帝と皇太后の政治がまちがっているからなのよ。彼らが世の道理や神の御心に背いて国を統治し続ける限り、人々の嘆きは絶えないのだわ」

「そんなの俺にはわからない。俺は怖いよ」

それは彼の本心であった。

仲間になって皇帝を討ちはたしたら女の子の一番大事なものをあげる、処女を七人抱かせてあげると掻き口説かれるが、彼は耳を貸さず、口を開かず、懐手《ふところで》して塗籠をあとにした。

彼は恐ろしかった。暗殺のことは彼女たちに任せてしまえばいいという思いが芽生えつつあるのを感じていた。このまま野球をして掃除洗濯をして風呂に入って毎日をすごしていれば、皇帝は殺され、目的は達せられる。それでいいと思った。香燻《カユク》は後宮《ハレム》の生活を愛しはじめていた。

伐功《バルク》を裏切ることになってしまう。それが恐ろしい。彼はこの世に残ったただ一人の肉親だ。香燻《カユク》は蜜芍《ミシャ》や蒔羅《ジラ》や下臈所の同僚たちみんなもまた大事に思うようになっていた。誰に対して誠実であればよいのか、考えれば考えるほどわからなくなる。

廊下で上級の宦官とすれちがい、香燻《カユク》は頭をさげた。過去を切り捨てていまを生きる彼らがはじめてうらやましく思えた。

第六章　打倒打撃神々

炎暑が続き、都城の外では山火事が頻発《ひんぱつ》した。

衛兵が水を撒《ま》くというので暁霞舎《ぎょうかしゃ》下臈所《げろうどころ》は中庭に出るのを待たされていた。

試合前はいつだって緊張するものだが、この日は特別であった。

下臈リーグの優勝がかかった大事な一戦である。しかも相手が、元より気に食わぬ上に死球乱闘事件からこの方お互い敵視し合っている旃葉殿《せんようでん》の下臈所と来ればなおさらであろう。

暁《あかつき》の君から差し入れとして子牛一頭が贈られ、下臈所の前の小さな庭で串焼きにされたが、下臈たちの手は伸びず、肉の大半は他の殿舎《でんしゃ》から陣中見舞いと称してやってきた下臈たちの胃袋に収まった。

少女たちは下臈所の床に座り、押し黙っている。楽隊も音を立てない。華やかな飾り帯が軽薄で場ちがいなものに映る。

蒔羅《ジラ》は廊下でバットを構え、スタンスの最終確認をしている。形のいいのを誇示するように尻を振り、足のあげ方を微調整する。

蜜芍《ミシャ》はたすきを解き、諸肌脱いだしどけない姿で横になっている。眠ってはおらず、ときどき目を開け、じっと虚空《こくう》を見つめる。

香燻《カユク》は油を擦りこんで柔らかくなったグラブを嵌《は》めて、空いた拳を繰り返し叩きつけていた。前の試合と同じ二番・二塁手で出場することを迷伽《メイガー》から告げられている。前の試合と同じ失策をしてしまったらどうしようかという不安が定期的に襲ってくる。優勝のかかった大一番だ。九つのアウトを取って試合を終わらせるということが、これまで何度も繰り返してきたはずなのに、とてもなしえないことのように感じられる。試合を終わらせることは試合に勝つことよりも難しい。

試合というひとかたまりを分節化していく。三つのイニング、三つのアウト、三つのストライク、三つの塁。後宮《ハレム》での生活もこれと同じだ——三度のメシ、毎日の労働、巡りくる季節、閉ざされた門。

人生は長くも短くもない——ただただ多い。気が遠くなるほどたくさんのものを積み重ねていかなくてはならない。自信を失っているとき、そのことが心の重荷になる。たくさんのことを失策なしで切り抜けられるだろうか。打順も守備位置も投げ出して、逃げてしまいたくなる。口の中が苦く渇く。

光《ひかり》の君と幢幡《マニ・ハイ》から変な話を聞かされたせいだ。心に秘めた恨みは力に変わるが、他人の恨み言は力を奪っていく。皇帝《スルタン》を殺せば本当にすべては丸く納まるのか。野球ならば一死取っただけでは終わらない。自分に何ができるだろうかと香燻《カユク》は考えた。

霊螢殿《れいけいでん》の女房・早莎訶《ソワカ》が差し入れとして葡萄《ぶどう》を運ばせてきた。

後宮《ハレム》に入ったその日にはじめて廊下ですれちがって以来、香燻《カユク》は彼女と会うたび不思議な胸の高鳴りを覚えていた。早莎訶《ソワカ》は光の君のように華やかな顔立ちではないが、ひとつひとつの所作がゆったりと優雅で、自然と目を引きつけられる。

いらいらしていた下臈たちは葡萄を一粒ずつつまんで食べるそのやり方が心を落ち着かせるのにうってつけなのだというように神妙な顔をして口に運んでいたが、甘酸っぱい果汁をたっぷり含んだその実にすこしずつ心が解され、同僚たちとお喋りする余裕も出てきた。

「おいしいわねえ。食欲のないときにこういうのはありがたいわ」

「もう葡萄の季節になったのね」

「これは大苦海《グレート・ビター》南岸の産なの」

下臈たちの車座に加わって早莎訶《ソワカ》も葡萄を食べている。「白日《セリカン》のよりもすこし収穫が早いのよ」

迷伽《メイガー》が同僚たちを跨《また》いでやってきて早莎訶《ソワカ》の隣に腰をおろす。

「光の君さまに伝えておいて。別の殿舎なのにいつもよくしてくださって、下臈所一同感謝してますって」

「旃葉殿と香《こう》の君に立ち向かう者ならどこの殿舎でも同僚みたいなものよ」

「あ、そうだ。幢幡《マニ・ハイ》は？」

「あの子は水垢離《みずごり》をしてから来るって言ってたわ。あなたたちの勝利を祈願して。それよりもね――」

早莎訶《ソワカ》が声をひそめると、まわりの下臈たちは何事かと身を乗り出した。「今日の試合、うわさでは天覧だそうよ」

「天覧……？」

「皇帝陛下がご覧になるっていうの？」

「嘘でしょ？　だって、下臈リーグの試合なんて……」

「あくまでもうわさよ」

早莎訶《ソワカ》はもったいつけるように言う。「でも旃葉殿の全リーグ制覇がかかっているわけだからねえ」

「皇帝陛下はわたしたちが一矢報いることに期待されていると思うわ」

ひとりの下臈がつっかかるように言うと、早莎訶《ソワカ》はほほえんだ。

「ええ。きっとそうね」

うわさは狭い下臈所をまたたく間に駆け巡った。

「皇帝陛下のお目に留まったらどうしよう」

「お目に留まるって？　『あの子、変化球打てないなあ』っていう風に？」

「ちがうわよ。『あの子かわいいなあ。下臈所に置いておくのはもったいないなあ』っておっしゃって、女御《にょうご》に取り立てられるの」

「夢物語だわ」

「迷伽《メイガー》にもチャンスがあるんじゃない？　うちの主戦投手《エース》なんだし」

「ラストチャンスね」

勝手なことを言う同僚に、

「ラ、ラストは余計よ」

迷伽《メイガー》が葡萄の種を吐いてぶつける。

髪についた種を少女たちは笑いながら払う。

「だいたい、たった一試合で女御に昇格するなんて、あるわけないでしょ」

「でも前例はあるわよ」

早莎訶《ソワカ》は懐紙《かいし》を取り出してその中に種を吐き出す。「皇太后さまは下臈時代の野球の試合で先の帝に見初められて、次の日には更衣《こうい》の位にのぼったのよ。しかも、それがはじめて出場した試合だったんですって」

「へえ。そんなに活躍されたの？」

「それが、二打席連続空振り三振。三振しても絵になる方っているのよね」

同僚たちから離れて座っていた香燻《カユク》のもとへ蒔羅《ジラ》がやってきた。

「はい、葡萄」

彼女の手にある房から一粒取って香燻《カユク》は口に入れた。浴場の給水管から溢《あふ》れ出る、あの冷たい水で冷やしたものだろうか。露《つゆ》の置いた皮を噛《か》んで破ると、酸っぱい汁が口中にひろがり、沁みていく。彼はほっとため息を吐いた。

「香燻《カユク》あなた、緊張してるわね」

言われて香燻《カユク》は首をひねる。

「手を出して」

莳羅《ジラ》は両の掌《てのひら》で香燻《カユク》の手を挟んだ。「ほら、やっぱり冷たい。心の緊張が伝わってきてるのね。体を動かした方がいいわよ」

香燻《カユク》は莳羅《ジラ》とともに大部屋を出て廊下の下にある庭で素振りをはじめた。

濡れた髪から石鹼《せっけん》の香りを漂わせながら幢幡《マニ・ハイ》がやってきた。

「あら、葡萄」

少女たちの輪に加わり、葡萄の粒を舌ですくい取って歯でむしる。「ねえ、暁霞舎下臈所の愛称として『マスカッツ』っていうのはどうかしら」

「うーん、そうねえ……。暁の君さまが何とおっしゃるかしら」

迷伽《メイガー》はことばを濁《にご》した。

幢幡《マニ・ハイ》はもぐもぐと皮ごと食べてしまった。

「暁の君さまはマスカットというより『怒りの葡萄』って感じよね」

「それについてはノーコメントで」

聞き耳を立てているわけではなかったが、そこは狭い下臈所のこと、幢幡《マニ・ハイ》の言うことはすべて香燻《カユク》の耳にも入る。目が合ったが、お互いに目を逸らした。香燻《カユク》は素振りを再開し、幢幡《マニ・ハイ》はお喋りにもどった。

宦官《かんがん》が散水の終了を告げに来た。下臈たちは道具と葡萄の房を手に移動を開始した。蜜芍《ミシャ》の胸に幢幡《マニ・ハイ》が冷たい葡萄をのせると、眠ってしまっていたらしく、

「ひいっ」

と悲鳴をあげて跳ね起きた。

中庭は男装の日よりも人出が多かった。リーグの優勝が決まる試合だというので、下臈たちもそれぞれの女君《おんなぎみ》に許されて観戦に来ている。

暁霞舎の下臈たちは沓《くつ》を履《は》き、黒くまだらに濡れた地面におりていく。その歩く様は、まるではじめて沓を履き土を踏むのだというようにぎこちない。グラブを嵌めた者たちは練習球の入った籠《かご》に群がった。楽器を抱えた者たちはいったん桟敷《さじき》にあがるが、回廊の宮女たちに促され、調律代わりに都の流行歌などを奏でた。

「ほら、ボール」

蜜芍《ミシャ》が顔の横にボールを構え、いまにも投げてよこそうとしている。香燻《カユク》は懐《ふところ》に入れてあ

った紙と筆を桟敷に置いた。その上に白い手がのせられる。ヴェールを着けた幢幡《マニ・ハイ》が意地悪をするみたいに香爐《カユク》の持ち物を袖《そで》の中に取り隠した。何か訴えかけるようなヴェール越しの視線に背を向けて香爐《カユク》は二塁の方へ走った。

守備練習はうまくいった。この試合に向けて各人の内でわだかまっていたものが、走るたび、投げるたびに解けていった。丹念にならされたグラウンドは素直にボールを転がした。太陽は先ほど食べた葡萄の汁まで彼女たちの体から搾《しぼ》り取り、おかげで桟敷にもどるころには彼女たちの喉はからからに渇いていた。

熱いコーヒーが供されて彼女たちはさらに容赦《ようしゃ》なく汗をかかされる。乳帯《ちおび》・下帯までしとどに濡れて、舌もいささか滑りがよくなった。

「皇帝陛下はどちらにいらっしゃるのかしら」

「空からご覧になっていたりして。天覧だけに」

一塁側回廊では黄緑色の旗が打ち振られ、蒔葉殿下臈所がグラウンドに入ろうとしている。まず目を引くのは長身の抜凛《ベリ》。蒔葉殿の飾り帯を腰高に締めて、黄緑色のタイツを履き、香の君と同じスタイル。

そして獣人。髪には金の花束《ブーケ》。下帯を着けずに毛むくじゃらの下半身を剝《む》き出しにしている。

「見てよ、あの熊、尻尾が長い」

蜜芍《ミシャ》が指差す。獣人の尻から長い尻尾が地面まで垂れている。

「蜜芍《ミシャ》も無駄毛の処理を怠《おこた》るとああなるわよ」

葡萄をほおばりながら蒔羅《ジラ》が言う。

「失礼ね。あんなに毛深くないわよ」

蜜芍《ミシャ》は口を尖らせた。

獣人は尻尾を船の帆柱に掲げた旗のようになびかせて走り、一塁の守りについた。ミットを着けることは知っているようである。

そのうしろからさらに二人の獣人がやってきたので、暁霞舎桟敷は騒然となった。

「嘘……何あれ……」

「三匹もいるの？」

新たに現れた二人も、耳は尖り、全身毛で覆われ、尻尾が生えていて、最初の獣人にそっくりであるが、二人とも最初のより背が低い。

「うわあ、かわいい。呼んだらこっちに来るかしら」

幢幡《マニ・ハイ》が手招きすると、外野に向かおうとしていた二人の内、小さい方がやってきた。葡萄を与えてみると、食べる。コーヒーを与えてみると、熱いと言って飲まない。

「あなた、お名前は？」

幢幡《マニ・ハイ》が尋ねると、小獣人は、

「華黎勒《ハリータキ》」

と答えた。

「華黎勒《ハリータキ》、年はいくつ」

華黎勒《ハリータキ》はグラブを嵌めている手と嵌めていない手、両方の手の指をすべてひろげてみせる。

「十歳ね。あなたも試合に出るの？」

暁霞舎の下臈たちが次々に差し出すお菓子や果物に気を取られながら華黎勒《ハリータキ》はうなずく。

「あら、そう。小さいのにすごいわね」

「ひょっとして、あなたも打撃の神さまなのかな？」

会話に割りこんできた蜜芍《ミシャ》に、華黎勒《ハリータキ》は面食らって首筋の毛を逆立てたが、飴《あめ》をもらうと素直にうなずいた。

「わたしも、わたしの姉者も神さまだよ」

「一塁の子と、もうひとりの子もそうなのね？」

「うん。三人とも神さま」

「おお、恐ろしい……これは多神教徒だわ」

蒔羅《ジラ》は身震いして天を仰ぐが、蜜芍《ミシャ》は華黎勒《ハリータキ》の肩に腕を回し、引き寄せる。華黎勒《ハリータキ》も心を許したのか、飴玉を口の中で転がしながら、自分から擦り寄っていっている。

「あなたは何番を打つの」

「わたしは五番」

「お姉さんは？」

「姉者杏摩勒《アーマラキ》が一番で、姉者美黎勒《ヴィビータキ》が二番」

「ふーん、変な打順ね。……そうだ、お姉さんが言ってたけど、『ボールが止まって見える』って本当？」

「本当よ」

「あなたも？」

「うん、わたしも」

「どうして止まって見えるのかしら」

「うーん、わかんない」

「神さまだから？」

「うーん、えっとねえ――」

華黎勒《ハリータキ》が何かを明かしかけたそのとき、一塁にいた杏摩勒《アーマラキ》が怒鳴った。

「コラッ、試合前に敵と喋る者があるか！」

姉に叱られて華黎勒《ハリータキ》は飛びあがり、食べきれなかったお菓子を懐に入れると、外野へと走っていった。

「あれが香の君の秘蔵っ子三人娘か……」

右翼に向かう少女の背中を見送って幢幡《マニ・ハイ》が懐手した。「うわさでは、上臈《じょうろう》リーグでも通用するほどの実力とか」

「ひえー」

下﨟たちは不安げに顔を見合わせた。

「しかしあそこまで人間離れした連中だったとはね……」

どの口がほざくのかと香燻《カユク》は幢幡《マニ・ハイ》の顔をまじまじと見てしまった。

「蜜芍《ミシャ》はあの子をうまくあしらったわね」

蒔羅《ジラ》に言われて、蜜芍《ミシャ》は得意顔。

「わたしの故郷では熊の子供を飼ってたの。だから扱いには慣れてるのよ」

「それ関係なくない？」

「熊ってさ、人間のおっぱい飲ませるとよく懐くんだ」

「おっぱい飲ませるって……どうやって」

「え？　ふつうに吸わせるだけよ。赤ちゃんにするのと同じように」

「蜜芍《ミシャ》のおっぱいを熊が？」

幢幡《マニ・ハイ》が身を乗り出す。蜜芍《ミシャ》は大きく口を開けて笑った。

「わたしのは吸っても出ないわよ」

「香燻《カユク》が吸いたいってさ」

幢幡《マニ・ハイ》は香燻《カユク》の肩に手を置き、揺さぶる。「顔にそう書いてあるわ」

「それでこの生意気なのが治るのなら、吸ってもいいわよ」

蜜芍《ミシャ》は豊かな乳房を両側から押しつぶすようにして見せつける。「ママのおっぱいでちゅよー。ちゅっちゅしてねんねしなさい」

襟元《えりもと》からのぞく胸の谷間に香燻《カユク》が顔を赤くしてうつむくと、下臈たちは手を叩いて笑った。蜜芍《ミシャ》は男装の日のお返しだというようにいっそう胸を突き出し、香燻《カユク》を困らせた。


旃葉殿下臈所対暁霞舎下臈所。下臈リーグ公式三回戦。

先頭打者の蒔羅《ジラ》が左打席に向かう。

手袋を嵌め、カフをぎりりと引き絞る。挑発と取られたのか、一塁側回廊からオー、オーと呪詛《じゅそ》の声が起こった。

マウンド上の抜凛《ペリ》が振りかぶり、第一球を投じる。ややさがりぎみの右上手投げから、高めの快速球。蒔羅《ジラ》は振り遅れ、空振りで0ボール1ストライク。

二球目、内側に入ってくる変化球をとらえるも、当たり損ねで力のないゴロ。二塁手が取って一塁送球。一死となった。

蒔羅《ジラ》は首をひねりながら桟敷にもどってきた。腰をおろしてバットの表面を確かめ、もう一度首をひねる。

「変なボールだったわ。揺れながら曲がってくる感じ。うまくとらえたと思ったのに……」

香燻《カユク》はうなずき、打席に向かった。

変化球も気になるが、怖いのはあの速球だ。ミートのうまい蒔羅《ジラ》がバットに当てることすらできなかった。バットを短く持ってこつんと当ててやろう。まず出塁するのが自分の仕事だ。

ゆったりと間合いを取って打席に入る。勝負を急ぐ必要はない。

初球、近いところに速球。のけぞるほどではないが、あまり気持ちのいいものでもない。同じ殿舎の女君と同じく、死球の多い投手かもしれないのだ。

判定ストライク。体に近すぎると思ったが、抗議はしない。投手をにらみつけ、集中する。

第二球、またも速球。外角に決まり、0ボール2ストライク。初球の見逃しとはちがい、手を出せずに見送ってしまった。本塁上を横切るような速球は思いのほかに威力があった。すこしさがった右腕からあのコースに放られると、右打席からはボールがぐんと遠ざかっていくように感じるのだ。

香燻《カユク》は焦った。見逃し二球で追いこまれ、しかもまだ狙い球が定まらない。先と同じように構えるが、動揺のせいか、体がぴたりと静止しない気がする。

三球目、真ん中から外へ逃げる変化球。香燻《カユク》が中途半端に出したバットの先をボールは嘲《あざわら》うかのようにとおりすぎていく。

三球三振。

香燻《カユク》は下唇《したくちびる》を嚙んだ。手にしているのが借り物のバットでなければ地面に叩きつけていたところだ。三振したこともそうだが、迷ったまま打席を終えてしまったことが何より悔しい。

藪《やぶ》こぎをするような仕草でバットを振るい、蜜芍《ミシャ》が打席に入る。構える前に、左腕に着けた籠手《こて》をひとつ叩いた。

一球、二球と変化球を空振り。高さがまるで合っていない。遊びも入れずに三球目、速球で真っ向から勝負に来た。捕手が腰をあげるようなハイボールだったが、蜜芍《ミシャ》は手を出し、スイングアウト。

一回表の暁霞舎下臈所の攻撃はあっけなく終わった。

蜜芍《ミシャ》はバットを地面に叩きつけ、へし折って棄《す》てた。

「組み立てを変えてきたわね。蜜芍《ミシャ》が速球好きなの読まれてるわ」

幢幡《マニ・ハイ》が葡萄の実を吸い、皮を舌で元の姿に膨《ふく》らませて桟敷にそっと置いた。

「次は打つ！」

どっかと桟敷に腰をおろし、蜜芍《ミシャ》は籠手を外した。

「何か対策立てないと、次はないわよ」

幢幡《マニ・ハイ》は冷ややかに言った。

「ねえ香燻《カユク》、あなたの三球目どうだった。揺れた？」

蒔羅《ジラ》にきかれて香燻《カユク》は首を横に振った。

——わからない。速球を意識しすぎてタイミングが狂った。

「確かにスピードの落差は大きかったわね」

蒔羅《ジラ》がバッティング用の手袋を外すと、小さな手が現れる。こんな小さな手でも野球ができるのかと香燻《カユク》は感心する。守備用のグラブは指出しで、手の小ささは隠れない。香燻《カユク》のグラブは元ミットで、手をふたまわりほど大きく見せる。

その小さな手に背中を叩かれた。それを合図に香燻《カユク》はグラウンドへと飛び出した。

一回裏、先頭打者は獣人の長姉・杏摩勒《アーマラキ》。頭に着けた金の花束《ブーケ》と赤いバットが異教的な雰囲気をかもし出している。

彼女は左打席の、投手に一番近いところに立った。変化球の曲がりばなを叩くつもりなのだろうか。

捕手の撥雅《フェルガ》が外寄りにミットを構えたので、香燻《カユク》は心もち二塁寄りに守備位置を変えた。

マウンドの迷伽《メイガー》が速球を投げこむ。

「球が止まって見える」と杏摩勒《アーマラキ》が言ったのは本当であった。もはや誰も疑うことはできなかった。香燻《カユク》の目にも、恐らくは中庭にいるすべての者の目にも、ボールが本塁の上で宙に浮いたまま静止しているのがはっきりと見えたのである。

杏摩勒《アーマラキ》はにおいを嗅ぐように顔をボールに近づけて、鵜《う》の目鷹の目ためつすがめつ観察する。その間もボールは宙に釘づけのまま。

ぴょんと跳びすさった杏摩勒《アーマラキ》、打席の奥から一歩二歩とステップしてきて強振する。鋭い音を残して打球は飛んでいき、中堅手・室利《スハーリ》の頭上を越えて軒《のき》まで達し、樋《とい》を削って回廊に入った。

　ホームランだ。

　一塁側の下臈たちが桟敷から飛び出した。

　バットを放り出して杏摩勒《アーマラキ》はゆっくり走り出す。尻尾がぴんと立ち、毛が逆立っている。裸足なので足音がない。二塁を回る際に香燻《カユク》と目が合って、にこっと笑う。

　杏摩勒《アーマラキ》が本塁を踏んで、0－1×。たった一球で暁霞舎はこのイニングを落としてしまった。桟敷にもどった迷伽《メイガー》は、たった一球しか投げていないのに息を切らし、額から汗をぽたぽたと垂らしていた。

「ふつうに打たれたんならあきらめがつくけど……何よあれ」

　手拭を顔に押し当て、肩で息をする。

「バットで取り返すわよ。次の回はあなたからでしょ？」

　幢幡《マニ・ハイ》が隣に座り、肩を抱いて慰める。

「ねえ、ちょっと――」

　次の回に備えて素振りをしていた娑芭寐《スヴァミナ》が手を止めて香燻《カユク》を呼んだ。「あの子たち、呼んできて」

　本塁のうしろでグラブを嵌めたままの蒔羅《ジラ》と蜜芍《ミシャ》が球審と言い争いをしている。行ってみると、主に抗議をしているのは蜜芍《ミシャ》であった。

「どうやって止めたかは知らないけど、とにかくあんなの反則よ。退場させて」

「しかし、手を触れずにボールを止めてはいけないというルールはないのであって……」

球審の宦官は渋い表情を浮かべ、懐手して聞いている。

「ルールにない？　ならそのルールがまちがってんのよ」

「何だと？　皇帝陛下の発布されたルールブックに逆らうことは、皇帝陛下に逆らうことと同じだぞ」

宦官は懐から小さな本を取り出した。

「はあ？　知らないわよ、そんなもん」

さらに食ってかかろうとする蜜芍《ミシャ》を蒔羅《ジラ》が制した。

「もう座敷にもどりましょ。次の回がはじまっちゃうわ」

「でもさあ……」

蜜芍《ミシャ》は羊の膀胱《ぼうこう》のように頬《ほお》を膨らませる。

香燻《カユク》は割って入って宦官の手からルールブックを掠《かす》め取り、細切れに引き裂いて撒き散らした。

「あっ、何をする！」

宦官が宙に舞う紙片を必死でつかもうとするが、指の先でひらひらとかわされる。

「次はあんたがこうなる番よ」

そう言って蜜芍《ミシャ》は地面に落ちたルールブックの残骸《ざんがい》を踏みにじった。

「ああ、まったくあなたたちはもう……」

蒔羅《ジラ》は呆れ顔。蜜芍《ミシャ》は香爈《カユク》の暴挙に便乗して気が済んだのか、晴れやかな表情で香爈《カユク》の背中にグラブを当て、

「さっ、帰ろ帰ろ」

桟敷へさがる。

「次の回どうする？　突破口を見つけないと、またあの投手に抑えられちゃうわよ」

蒔羅《ジラ》が肘の内側で顔の汗を拭った。

「こうなったら代打の切り札を出すしかないでしょ」

蜜芍《ミシャ》は乳房を香爈《カユク》の背中に押しつけてぐいぐい歩く。

「でもあの子、最近ずっとふさぎこんでるし……」

香爈《カユク》の汗ばんだ腕にルールブックの断片が張りついていた。それを剝《は》がして宙に放ると、気の抜けた紙吹雪となって力なく舞った。

花刺《フワーリ》は回廊にいた。暁の君の女房たちに囲まれて水煙管《みずぎせる》を吸っていた。煙が滲《し》みるのか、目を真っ赤にしている。

蒔羅《ジラ》と蜜芍《ミシャ》は欄干《らんかん》によじのぼり、彼女を誘い出そうとした。

「花刺《フワーリ》、あの球を打てるのはあなたしかいないわ。お願い、力を貸して」

「ねえ、あのヘボ投手にこれ以上大きな顔をさせておくつもり？　あなたのバットで泣きを見せてやりましょうよ」

花刺《フワーリ》ははらはらと涙をこぼし、それを干そうとするかのように、顎《あご》を突き出して白い煙を自らの目に吹きつけた。

「二度と自分の星にもどれない、家族にも同級生にも会えない——そうした絶望を野球とやらは紛《まぎ》らせてくれない」

蒔羅《ジラ》と蜜芍《ミシャ》は顔を見合わせ、首をひねった。

地面に立つ香燻《カユク》は蒔羅《ジラ》の裾《すそ》を引っ張った。

——花刺《フワーリ》は何を探してるんだっけ。

「花刺《フワーリ》、あなたの探し物って何だったかしらね。えっと……ムートンだっけ？」

「ビーコン」

花刺《フワーリ》は充血した目を空に向ける。「電波を発信してこちらの位置を知らせる装置だ。私の持っていたのは腕時計のように手首に巻くタイプだったから——こんな話をしても理解できないだろうな。この星の文明はそこまで発達していない」

デンパだのウデドケイだの、香燻《カユク》には何のことだかわからない。彼の知らないことを知っている花刺《フワーリ》は哀れだった。彼女には力がない。天女だから天界のことには詳しいのだろう。だがその力は、この後宮《ハレム》において何の役にも立たない。

中庭が少女たちの歓声で膨れあがり、ため息とともにしぼむ。迷伽《メイガー》が三振に倒れて桟敷にもどってくる。これで三者連続三振。

香燻《カユク》は蛙《かえる》のように欄干に飛びつき、書いた字を花刺《フワーリ》に示す。

——そのビーコンをどこでなくした。

立て膝《ひざ》して水煙管を抱えていた彼女は泣き腫《は》らした目をあげた。

「この都市から東に二百里ほどのところだ。わたしはそこでこの星の戦争を観察していた。夏休みの旅行先として人気のあるところだったし、危険はないと思っていた。だがあの巨大な蜥蜴《とかげ》の吐いた火がわたしの船の計器を狂わせて……墜落現場からわたしを運び出した男が手首からビーコンを外して持っていってしまった」

意味のわからないことばがたくさんあったが、香燻《カユク》はそれ以外の部分から相手の言っていることを理解しようとした。

——そこは白日帝国《セリカン》の領土か？

「そうだ。隣の国の軍隊に攻めこまれてはいたが、あのあたりはこの国に属していた」

——ならばビーコンは皇帝のものだ。帝国内のものはみんな皇帝のものだからだ。そして皇帝のものということは女君のものでもあるということだ。

「何が言いたい」

巻き毛の間から羊のような角がわずかに起きあがってきた。

香燻《カユク》は掌中《しょうちゅう》に折りたたんだ紙を隠し、周囲の目を憚《はばか》って彼女だけに示した。

——光の君には貸しがある。ビーコンを探してくれるよう、こちらから頼んでやってもいい。

花刺《フワーリ》は濡れた頬を指で拭い、香燻《カユク》を見据えた。

「条件は……代打で出ろというわけか」

香燻《カユク》はうなずく。花刺《フワーリ》の顔が苦笑に歪《ゆが》んだ。

「おまえたちの野球好きには呆れる。何もかもが不足して不自由なこの場所で、他にすること求めるべきことがあるだろうに」

ふっと小さな煙の塊《かたまり》を吐き、花刺《フワーリ》は立ちあがった。長身の彼女をまわりの女房たちが見あげる。

「花刺《フワーリ》、行けるの？」

問いかける蜜芍《ミシャ》に花刺《フワーリ》はうなずいてみせた。

「早く早く、イニングが終わっちゃうわ」

蒔羅《ジラ》にせかされて、花刺《フワーリ》は欄干を乗り越え、グラウンドにおり立った。

桟敷がどっと沸く。

「花刺《フワーリ》だ！」

「花刺《フワーリ》復活！」

「後宮《ハレム》一の代打女！」

スイングアウトの三振を喫して桟敷に引き返してきた娑芭寐《スヴァミナ》がバットを逆さに持ってグリップを花刺《フワーリ》に突き出す。

「頼んだわよ」

花刺《フワーリ》は片手でひょいとつかみ、素振りもせずに打席に向かう。

「代打、花刺《フワーリ》！」

迷伽《メイガー》が球審に告げると、回廊からフワー、フワーと低い声。

「花刺《フワーリ》に何をしたの」

香燻《カユク》は蒔羅《ジラ》を招き寄せ、先ほどの紙片を見せた。蒔羅《ジラ》は目を丸くした。

「まあ、呆れた。めったなことを言うものではないわ」

「なになに、何て書いてあるの」

蜜芍《ミシャ》が蒔羅《ジラ》の首に腕を絡め、肩越しにのぞきこむ。

「貸しだなんて……たとえそのようなことが本当にあっても、こんな言い方をしちゃ駄目よ」

「なになに、何て書いてあるの」

蜜芍《ミシャ》が蒔羅《ジラ》を揺さぶる。

「しかもこれ、見方によっては霊螢殿への移籍を勧めているとも取れる内容ね」

蒔羅《ジラ》は声をひそめる。「こんなのが暁の君さまや女房方に見られたらたいへんよ」

香燻《カユク》は肩をすくめた。

「もう！　何が書いてあるのよ！」

蜜芍《ミシャ》はかんしゃくを起こし、衣をつかんで蒔羅《ジラ》の体を振り回した。

厄介なことになるだろうとは香燻《カユク》も覚悟していた――蒔羅《ジラ》の心配していることとはすこしちがったけれども。

桟敷にもどると、案の定、幢幡《マニ・ハイ》が絡んできた。

「あなた、いい度胸してるわねえ」

彼女は鼻から水煙管の煙をもうもうと吐いた。「那賀《ナホ》の願いに耳を貸さなかったくせに、花剌《フワーリ》への褒賞《ほうしょう》にはあの子の力をあてにする――ずいぶん虫のいい話よね」

――仕方ない。チームのため。

香燻《カユク》は書く。幢幡《マニ・ハイ》はヴェール越しに冷たい目を彼に向ける。

「あなたは現実の戦いから逃げているのよ。野球なんてただの目くらまし。勝ち誇った奴らが奴隷に与える、かりそめの権利にすぎないのだわ。いくら野球で勝っても、本当の勝利は得られないわよ」

――あんたこそ勝利の意味がわかってない。戦ってもいないくせに、知った風なことを言うな。

「くっ……生意気なッ」

幢幡《マニ・ハイ》は香燻《カユク》をにらみつけ、歯ぎしりをした。

右打席の花刺《フワーリ》はバットを肩に担ぎ、直立したままの構え。

抜凛《ペリ》の初球は内角への速球が外れてボール。花刺《フワーリ》はまったく反応しない。

二球目、変化球に豪快な空振り。一塁側が沸く。

三球目、変化球。これも空振り。三塁側はため息。

「あんまり合ってないわね」

祈るように手を合わせている娑芭寐《スヴァアミナ》が迷伽《メイガー》に囁《ささや》く。迷伽《メイガー》は腕を組み、じっと打席の花刺《フワーリ》を見つめている。

四球目、速球を花刺《フワーリ》は痛打した。

特大の飛球が左翼に飛ぶ。暁霞舎下薦所は桟敷から飛び出して打球の行方を追う。

しかし左に切れて、軒を越えていった。ふたたびのため息。

球審から新しいボールを受け取った捕手が抜凛《ペリ》に投げ渡し、何事か手で合図する。一塁手の杏摩勒《アーマラキ》がマウンドに寄って声をかける。いまのファウルで花刺《フワーリ》への警戒を強めたようだ。

抜凛《ペリ》は捕手とのサイン交換に長い時間をかけた。

彼女の投じた第五球は変化球だった。揺れながら外に逃げていくボールを、花刺《フワーリ》のバットが真芯でとらえた。硬く乾いた音を残して、打球は右翼の軒のはるか上空、果ての知れない碧《あお》の中に消えていった。

体に巻きつくようなフォロースルーからバットを放り、花刺《フワーリ》は両手で天を指す。天界の知己に自らの居場所を示しているかのようであった。

暁霞舎桟敷では下臈たちが跳びあがり、抱き合い、踊る。回廊からもお調子者が雪崩《なだれ》こみ、それぞれの殿舎の旗を振って、衛兵に追い立てられた。

三つの塁を巡った花刺《フワーリ》が本塁に手でタッチして桟敷に帰還した。出迎える下臈たちはそれぞれ食べ終わった葡萄の茎《くき》を二本、角に見立てて髪にかざした。花刺《フワーリ》は香爐《カユク》のはじめて見る晴れやかな顔で笑い、おどけてチームメイトと角を突き合わせた。

「香爐《カユク》、香爐《カユク》」

花刺《フワーリ》は香爐《カユク》の姿を認めると、固く抱き締め、ざらざらした舌でこめかみを舐《な》めた。彼女なりの親愛の表現なのだろうが、なにぶんはじめてのことで、香爐《カユク》は声を漏らしてしまわぬように歯をきつく食い縛らねばならなかった。

蒔羅《ジラ》と蜜芍《ミシャ》も捕まって顔を舐められ、

「ギャッ」

「ヒーッ」

と悲鳴をあげた。

「光の君はどこだ」

花刺《フワーリ》は蜜芍《ミシャ》を抱きかかえたまま、あたりを見回す。チームメイトの指す方向、左翼のファウルグラウンドに光の君はいた。女房の早莎訶《ソワカ》とともに白い大きな旗を掲げて走り回っている。花刺《フワーリ》は蜜芍《ミシャ》を投げ捨て、そちらに向かって走り出した。角に触ろうと群がる宮女たちの間を抜け、目当ての細腰を強引に抱えこむ。

「ひゃあっ」

抱きあげられた早莎訶《ソワカ》は驚いて旗竿を取り落とした。

「いまの得点をあなたに捧げる」

「ええーっ、ちょっとちょっと……」

鼻の頭を舐められて、早莎訶《ソワカ》は目を白黒させる。

「光の君さまはそっちよ」

近くの宮女に教えられ、花刺《フワーリ》は早莎訶《ソワカ》を放した。身の危険を察知した光の君が逃げ出すより先に、花刺《フワーリ》の長い腕が彼女をとらえた。顔をしかめる光の君の、後宮《ハレム》中が憧れる、濃く鮮やかな眉毛を、長い舌でざらりざらりと舐める。

「わたしをあなたの仲間に入れてほしい。あなたのためなら何でもする」

「とりあえず放してぇ」

香の君や暁の君といった肉体派の女君とはちがって、光の君は線が細い。いくらもがいても花刺《フワーリ》の腕から逃れることはかなわなかった。

「あの子、光の君さまに取り入ってるつもりなんだろうけど――」

「逆効果よね」

蒔羅《ジラ》と蜜芍《ミシャ》が顔を見合わせて笑った。

七番の阿目蛾《アモガ》が打席に向かい、桟敷と回廊の大騒ぎがいったん収まった。二死走者なしから試合再開である。

下臈たちは殊勲《しゅくん》の一打を放った花刺《フワーリ》に葡萄やコーヒーや水煙管を勧めて労った。

「あの変化球をよく打ったわねえ」

蒔羅《ジラ》が花刺《フワーリ》の隣に座り、葡萄の実をむしってやる。

「読んでいたんだ」

花刺《フワーリ》は皮や種まで残らず食べてしまった。

「読んでいた？」

「うん。音でわかるだろう？」

「音って何の音？」

蒔羅《ジラ》にきかれて、花刺《フワーリ》は誤って硬い種をかじってしまったときのような顔をした。

「ボールの表面を削る音だよ。聞こえないのか？」

蒔羅《ジラ》は首を傾げる。

「削るって誰が」

「投手だよ。決まっているじゃないか」

「ボールを削ってどうするの」

「球の変化を不規則にするんだ」

花刺《フワーリ》は手近にあったバットで地面に円を描いた。「これがボールだ。変化球の原理はマグ・エフェクトで説明できる。投手が回転をかけることによって、ボールの周囲の空気が流れ、気圧の低いところと高いところが生まれる」

円のまわりに足で跡をつける。「当然ボールは気圧の低い方に吸い寄せられる。だから変化球は曲がるのだ。ここまではわかるな？」

蒔羅《ジラ》は眉間にしわを寄せ、香燻《カユク》を見た。香燻《カユク》にももちろん理解できない。

「風で曲がってるんじゃなかったんだ……」

蜜芍《ミシャ》は頭を抱えている。

「さて、あの投手の変化球だが――」

花刺《フワーリ》はバットのヘッドで円に切れ目を入れる。「恐らく、あの指につけている大きな宝石だな。あれで投球前にボールの表面を傷つけている。それによってボールを巡る気流は乱れる」

花刺《フワーリ》は円のまわりに足で波型の跡をつけた。「このせいで気圧の差が均等にできず、ボールは不規則に揺れたり、大きく曲がったりする」

「その音が聞こえたって？　ボールに傷をつけるのが？」

蒔羅《ジラ》が言うと、花刺《フワーリ》は自信ありげにうなずいた。

「聞こえる。いまから投げるのは変化球だ。ガリガリと耳障りな音がした」

暁霞舎下﨟所は一斉にグラウンドを見た。

抜凛《ペリ》の投じた球は大きく曲がった。阿目蛾《アモガ》のバットが空を切った。

下﨟たちは感心するやら呆れるやら。

「阿目蛾《アモガ》、ファウルで粘れ！」

迷伽《メイガー》が立ちあがって指示を出す。

次は速球。阿目蛾《アモガ》はかろうじてカットした。一塁線に転がり、切れてファウル。杏摩勒《アーマラキ》が素手で捕って衛兵に投げ渡した。

球審から与えられた新しいボールが投手に渡った。グラブの中でこね回しながら抜凛《ペリ》は捕手の出すサインを見る。

「ずいぶん念入りに削っているな。次はまちがいなく変化球が来るぞ」

花刺《フワーリ》は角の先を指でしごいた。

下﨟たちの見守る中、投じられたのは変化球。阿目蛾《アモガ》はひっかけて三塁ゴロに倒れた。

「すごい！　花刺《フワーリ》がいれば球種読める！」

「これ次の回いけるよ！」

「よし、この一点しっかり守ろう！」

下﨟たちはかけ声をかけてそれぞれの守備位置へ散っていく。楽隊が勇ましい行進曲を奏でる。

「あなた……もしや処女の生き血とか吸うタイプ？」

幢幡《マニ・ハイ》が水煙管を勧めると、花刺《フワーリ》はいぶかしげな目で相手を見た。

二回裏、一点ビハインドの旃葉殿下薦所は二番の美黎勒《ヴィビータキ》からという打順。

左打席に入った美黎勒《ヴィビータキ》は赤いバット、金の花束《ブーケ》で、体がやや小さいことを除けば姉の杏摩勒《アーマラキ》と瓜二つ。

捕手の撥雅《フェルガ》は外に構える。明らかにボールとなるコース。先ほどのように投球を止められ、打たれたとしても、ホームランにはならないところだ。見送られ、四球を選ばれることも視野に入れての戦術である。

その初球、外角高めの球を美黎勒《ヴィビータキ》は止めた。

ボールが浮いているその光景は、すでに一度見たといってもやはり奇妙なものだった。

だが見とれてはいられない。内野手は姿勢を低くする。外野手は長打に備えて後退する。

美黎勒《ヴィビータキ》は腕を伸ばし、外から巻くようにしてボールを叩いた。打球は右翼線へ。

ライン際に落ちたボールを蒔羅《ジラ》がワンバウンドで捕る。美黎勒《ヴィビータキ》はなかなかの俊足。二塁まで悠々と達するだろうと横目に見つつ、香爊《カユク》は中継のボールを受けに向かった。

「香爊《カユク》、三塁！」

背後から蜜芍《ミシャ》の声。蒔羅《ジラ》からの返球を受けた彼は慌ててふりむいた。

美黎勒《ヴィビータキ》が二塁を蹴っていた。これは無謀だ。三塁で殺せる。香燻《カユク》は三塁の阿目蛾《アモガ》に送球した。いい球が行って、捕球した彼女はタッチに向かう。蜜芍《ミシャ》とともに走者を挟んだ。

美黎勒《ヴィビータキ》は二塁に引き返すそぶりも見せない。

正面からぶつかると見えたそのとき、

「あっ」

と声をあげ、阿目蛾《アモガ》が立ち往生した。

「何なのよこれッ！」

足で地面を掻《か》き、腕を懸命に振るが、一向に前進しない。「体が動かない！」

「阿目蛾《アモガ》、こっち！」

蜜芍《ミシャ》がグラブをかざして駆け寄る。ボールをトスする阿目蛾《アモガ》の脇を美黎勒《ヴィビータキ》は身を低くしてすり抜けた。神通力が解け、阿目蛾《アモガ》は前のめりになって地面に手を突いた。

蜜芍《ミシャ》はボールを持って追いかけたが、そもそもの位置からして美黎勒《ヴィビータキ》の方がはるかに三塁に近かった。美黎勒《ヴィビータキ》はヘッドスライディングで無人の三塁へ。蜜芍《ミシャ》のダイビングタッチも及ばず、判定セーフ。

無死三塁、旃葉殿に同点のチャンスが到来した。

「美黎勒《ヴィビータキ》、ナイスラン」

栈敷から杏摩勒《アーマラキ》が声援を送る。

「何がナイスランよ」

蜜芍《ミシャ》は香爈《カユク》の差し出した手を借りて起きあがった。内野手が全員マウンドに集まる。

「どうする？　タッチプレーは危険よ」

「でもフォースプレーにするには塁を埋めないと」

「満塁策？　三・四番を歩かせたら、今度は五番にあの小さい方の神さまよ？」

話はまとまらない。香爈《カユク》は栈敷にいる華黎勒《ハリータキ》をにらみつけた。あれを抑えるにはどうすればいいのだろう。考え方は二つある。ひとつは「ボールを止めさせない」――これは無理だ。ボールの止まる仕組みが解明できていない。もうひとつは、「ボールは止めさせてもいいが、打たせない」。しかしそれも難しい。配球次第でどうにかなるようにはとうてい思えない。現にさっきの美黎勒《ヴィビータキ》はボール球を打った。バットを振らせない方法はないだろうか。たとえばバントせざるをえない状況に追いこむとか――。

香爈《カユク》ははっとした。打撃の神さまがバントをしている光景――それを想像したとき、彼の頭の中にひとつの作戦が思い浮かんだ。

彼は栈敷の幢幡《マニ・ハイ》に合図して、筆と紙を持ってくるよう指示した。

前の回に花刺《フワーリ》と替わった麻玻《マーバール》が伝令としてそれを持ってきた。

「花刺《フワーリ》にもあのボールを止める仕組みはわからないってさ」

麻玻《マーバール》は桟敷の様子を伝えてきた。

——策がある。

彼は自らの考えを字と絵でチームメイトに説明した。

娑芭寐《スヴァミナ》と阿目蛾《アモガ》は「うーむ」となった。

「……本当にこれやるの？」

「リスクが大きいわね」

絵の方しか理解できない蜜芍《ミシャ》は賛成に回った。

「いいんじゃない？　揺さぶるならやっぱりあの華黎勒《ハリータキ》って子が狙い目だと思うし」

「あなたはそれでいいでしょうけどね……」

娑芭寐《スヴァミナ》は不満顔。

最後の決断は迷伽《メイガー》がくだした。

「よし、香燻《カユク》の作戦で行こう。一か八かだけど、この回を取らなきゃわたしたちに勝ち目はないわ」

少女たちは何も言わなかった。勝ちたいという気持ちはみなが共有している。

内野陣が守備位置につき、旃葉殿の三番打者が打席に入った。

サインを交換したのち、捕手の撥雅《フェルガ》はおもむろに立ちあがった。

敬遠だ。

勝負を避けたというので、一塁側の桟敷と回廊からはオー、オーと呪詛の声。蜜芍《ミシャ》が人差し指と中指を立ててやり返す。

続く四番打者も敬遠で、旃葉殿側は暴動ムードに包まれた。

「迷伽《メイガー》、『こっちだって痛いんだよ』って言ってやりなさいよ」

蜜芍《ミシャ》がマウンドに呼びかけた。迷伽《メイガー》は笑って取り合わない。

旃葉殿桟敷から伝令が出て三塁に向かった。三塁走者の美黎勒《ヴィビータキ》が頭の花束《ブーケ》を外し、手渡す。伝令の行き先を香燻《カユク》が目で追っていくと、次打者の華黎勒《ハリータキ》のところであった。桟敷前にいた彼女はそれを長姉の手で髪につけてもらっていた。

無死満塁で打席には打撃の神さまの末妹・華黎勒《ハリータキ》。内野は前進守備。

初球、迷伽《メイガー》がモーションに入ると同時に、一塁手の娑芭寐《スヴァミナ》と三塁手の阿目蛾《アモガ》が本塁めがけて猛チャージした。

華黎勒《ハリータキ》の眼前でボールが静止する。そのときすでに二人の野手は打席に迫り、打球の飛ぶコースを体でふさいでいた。

華黎勒《ハリータキ》は躊躇《ちゆうちよ》していたが、やがて打席の枠内で一歩退いた。ボールが急に動き出した。撥雅《フェルガ》のじっと構えていたミットにすとんと収まる。

「ストライク」

三塁側がどっと沸いた。

華黎勒《ハリータキ》は打席を外し、おろおろと二人の姉に目をやる。

「馬鹿！　構わず打て！」

桟敷の杏摩勒《アーマラキ》に叱られて、華黎勒《ハリータキ》は何度もうなずいた。鼻の頭をこすり、ぶるんぶるんと身震いする。

第二球、一・三塁手はさらに勢いよく前進する。外角低めで止まったボールを華黎勒《ハリータキ》は思いきりひっぱたいた。

打球はワンバウンドして、ヒットコースを完全にふさごうと前進してきていた迷伽《メイガー》の胸に当たった。

「ぐっ」とうめき声をあげたが、迷伽《メイガー》は前に落としたボールを拾い、撥雅《フェルガ》にトスした。

三塁走者の美黎勒《ヴィビータキ》はスライディングで突入してくるが、塁が埋まっているのでフォースプレーである。本塁を踏んだ撥雅《フェルガ》がボールをキャッチした時点で球審が右手をあげ、アウトが宣告された。

蜜芍《ミシャ》が叫ぶ。

「撥雅《フェルガ》、一塁！」

送球の構えに入った撥雅《フェルガ》に、美黎勒《ヴィビータキ》がスライディングを止めずにつっこんだ。足をすくわれ、撥雅《フェルガ》は転倒する。こぼれたボールを、バックアップに行った娑芭寐《スヴァミナ》が拾った。

一塁のカバーには右翼から蒔羅《ジラ》。

「ストップ！　ストップ！」

両手をあげて、送球しないよう指示する。打者走者は一塁を駆け抜けていた。

これで一死満塁と変わった。

内野陣がマウンドに集まる。麻玻《マーバール》が伝令としてやってきた。

「迷伽《メイガー》、だいじょうぶ？　投球練習したら？」

打球の当たった迷伽《メイガー》を気遣うが、彼女は笑い飛ばす。

「あんなヘナチョコ球、痛くもかゆくもないわ」

それを聞いた麻玻《マーバール》は桟敷に向かって親指を立てた。

幢幡《マニ・ハイ》が立ちあがり、頭の上で手を叩く。

「泣くな迷伽《メイガー》、後宮《ハレム》の花だ！」

「泣いてないわよ！」

迷伽《メイガー》が言い返すと、三塁側を中心に笑いが起こった。

「さて、次はどうする」

「併殺取って終わらせよう」

「いや、内野ゴロならまずバックホームね」

蜜芍《ミシャ》が一塁にちらりと目をやる。「二塁から一塁に投げるのは危険だわ。またボールを止められるかもしれない」

「よし、併殺取れそうでもバックホーム」

作戦が決まり、内野手は散っていく。蜜芍《ミシャ》が香燻《カユク》を追ってきて尻をグラブで叩いた。

「あなたの策がうまく行ったわね」

香燻《カユク》は自分の頭を指してみせた。蜜芍《ミシャ》は笑い、遊撃の守備位置に走っていった。香燻《カユク》には不思議だった。文字を解さぬ彼女がどうして他の者よりたやすく彼の考えを読み取るのか。ひょっとして自分は彼女と同じ程度の馬鹿なのか。

六番打者が打席に入ろうとしたそのとき、一塁側桟敷から杏摩勒《アーマラキ》が出てきた。

「停騎殺《テキサス》行くぞーっ！」

そのかけ声に打者も走者も呼応する。

「おう、停騎殺《テキサス》」

「停騎殺《テキサス》！」

「停騎殺《テキサス》！」

「テキサース！」

一塁走者の華黎勒《ハリータキ》が爪先立って声を張りあげた。

「今度は何の神さまよ……」

蜜芍《ミシャ》が呆れた様子で頭を掻いた。

「構うな、迷伽《メイガー》。バッター集中」

娑芭寐《スヴァミナ》の声に迷伽《メイガー》はうなずき、打者に向き直った。

旃葉殿の六番打者は1ボール2ストライクと追いこまれた四球目、高めの速球を打ちあげた。

「オーライオーライ」

蜜芍《ミシャ》が落下点に入り、危なげなくキャッチする。走者は動けない。これで二死。

続く打者は抜凜《ペリ》。懐を開けたオープンスタンスで構える。

内野陣はバックホーム態勢を解き、やや深めに守備位置を変えた。

バッテリーは外角を攻める。2ストライクのあと二球続けて右翼線にファウルで、五球目、落ちる球をすくいあげると、右翼への浅い飛球となった。蒔羅《ジラ》が余裕を持って前進してくる。打ち取ったという安堵《あんど》がグラウンドに漂う。

香燻《カユク》はふと一塁走者の華黎勒《ハリータキ》に目をやった。彼女は塁間で立ち止まっている。二死だというのに走りもしない。彼女の視線の先には蒔羅《ジラ》がいる。

嫌な予感がした。香燻《カユク》は外野に向けて走り出した。

「ああっ」

蒔羅《ジラ》が悲痛な声をあげた。「進まない！　走っているのに進まないわ！」

彼女は懸命に地面を蹴っていた。にもかかわらず、一歩も進んでいない。この回先頭の美黎勒《ヴィビータキ》が三塁に達したときの阿目蛾《アモガ》と同じ状態であった。

香燻《カユク》は背走した。ボールを見ていては追いつけない。前を向いて全力で走る。蒔羅《ジラ》の視線だけが目印だ。

「香燻《カユク》、いま！」

彼女の合図で、香燻《カユク》は肩越しに空を見あげた。打球は彼の頭上を越えていこうとしていた。

彼は体の前にグラブを差し出す。それでも届かない。

彼は飛んだ。腹から地面に落ちた瞬間、かすかな手応えがあった。

恐る恐る顔をあげ、グラブを見る。ミットを改造して作った大きなグラブの先に、ボールがひっかかっていた。半分以上グラブの外に露出していて、動かすのも恐ろしい。彼はアピールできず、顔だけあげて、線審の姿をさがした。

「アウト！」

右翼線審のコールで場内は大歓声に包まれた。宮女たちは感じ入るのあまり、欄干を叩く。

「あ、捕《ザ》っ《キャ》た《ッ》り《チ》！」

「真空捕球《ヴァキューム》！」

蒔羅《ジラ》に助け起こされ、香燻《カユク》は帰途に着く。華黎勒《ハリータキ》が血の気の失せた顔で立ち尽くしている。

桟敷に帰ったら姉に大目玉を食らうのだろう。スタートを切るふりだけでもしていれば、香燻《カユク》の反応は遅れたはずだ。

暁霞舎の桟敷には下臈所以外の宮女が大勢あがりこみ、人数が膨れあがっていた。にっくき旃葉殿から一イニング取ったというので大騒ぎである。ファインプレーの香燻《カユク》は無数の手に絡め取られ、キスの雨を浴びせられる。暁の君が出てきて彼の頭を抱え、その豊かな乳房に押しつける。蜜芍《ミシヤ》の言っていた熊の子供になったようだと香燻《カユク》は思った。

花刺《フワーリ》が彼の体に覆いかぶさり、前髪の生え際をしゃぶる。胸いっぱいに水煙管の煙を吸いこんだ早莎訶《ソワカ》が彼に口づけ、彼女の息で甘く濡れた煙を吹きこんだ。香燻《カユク》は息苦しさと照れ臭さで目がちかちかした。

「見て、那賀《ナホ》さま。この子、顔を真っ赤にしてる。かわいいー」

早莎訶《ソワカ》のことばに、香燻《カユク》の正体を知る光の君は、

「ああ……まあ、それくらいにしておいた方が……」

とこちらも顔を赤くする。はしゃぐ宮女たちを眺めながら幢幡《マニ・ハイ》が鼻から煙を吐いた。

三回表、暁霞舎下臈所の攻撃は八番の撥雅《フェルガ》から。

桟敷では花刺《フワーリ》が目をつぶり、その他の宮女は楽隊でさえ音を立てない。

マウンドの抜凛《ベリ》が捕手のサインにうなずく。

桟敷の花刺《フワーリ》もうなずいた。

「削る音はない。速球だ」

それを聞いて宮女たち、

「かっとばせー」

「がんばれー」

と一斉に声援を送りはじめる。

そのとおりの速球。帯の高さに来たところを撥雅《フェルガ》のバットが弾き返す。三塁線の際どいファウル。暁霞舎側からは「ああーん」と身もだえするようなため息。

新しいボールがバッテリーに与えられる。

「すこし削った」

花刺《フワーリ》が言う。

「撥雅《フェルガ》ー」

「行けー、撥雅《フェルガ》ー」

応援の文句が打者の名を呼ぶものに変わった。

二球目、撥雅《フェルガ》は打ち気を見せるが見送る。判定ボール。投げ終えた姿勢のまま抜凛《ペリ》が顔をしかめた。

1ボール1ストライクとなって三球目、花刺《フワーリ》は、

「削ってない」

宮女たちは「かっとばせ」の大合唱。

低めの速球を撥雅《フェルガ》が叩きつけるようにして打つと、打球は投手の足元を抜け、外野へ。花刺《フワーリ》以外では初の安打に、桟敷は総立ちとなる。

無死一塁となって、九番・室利《スパーリ》はバントの構え。

「削ってない」

花刺《フワーリ》のことばに「かっとばせ」のコール。

高めの速球に、室利《スハーリ》はバットを引き、見送る。

「ボール」

球審がコールして、桟敷は大拍手。

二球目、花刺《フワーリ》の耳はまたしても、

「削っていない」

室利《スハーリ》がバットを引いて見送った球は高めに外れてボール。ポップフライを打ちあげさせて走者を一塁に釘づけにしたいという意図が見える配球だ。捕手からの返球を受けながら抜凛《ペリ》は右手首を何度も回した。

「削った」

花刺《フワーリ》が言った。抜凛《ペリ》はグラブの中でボールを転がしている。

「室利《スハーリ》ー」

「室利《スハーリ》、しっかり」

2ボール0ストライクで室利《スハーリ》はまたもバントの構え。大きく曲がる変化球が来た。室利《スハーリ》はぎりぎりまで見極めてバットを引く。判定ボール。

3ボール0ストライク。

暁霞舎側は大興奮。桟敷の上で飛んだり跳ねたり。

「抜凛《ベリ》、バントやらせろ！」

回廊から投手を一喝したのは、香の君。一塁側回廊に打ち振られる黄緑の旗を払いのけ、欄干から身を乗り出す。

「相手に合わせてリズムを崩しちゃ駄目よ。自分のピッチングをしなさい」

抜凛《ベリ》は腕で額の汗を拭い、うなずく。三塁側からはオー、オーと呪詛の声。

四球目、花刺《フワーリ》の耳によれば、

「削った」

室利《スハーリ》は一球見る。変化球が真ん中に入って3ボール1ストライク。

「次は……また削った」

桟敷の下﨟が室利《スハーリ》の名を呼んだ。

速球に近い軌道のボールだった。室利《スハーリ》はバントした。ボールは投手正面に転がる。

捕ってすばやくふりかえるが、

「一塁！」

捕手は一塁送球を指示。抜凛《ベリ》はカバーに入った二塁手に送って一死を取った。

走者は二塁へ。

蒔羅《ジラ》はすでに準備万端。白い手袋を嵌めた手を合わせ、神に祈りを捧げてから打席に向かう。

下臈たちは肩を組んで桟敷の上で跳び、慎《つつし》み深い他の宮女はファウルグラウンドに散らばって立っていた。

「削った」

花刺《フワーリ》が桟敷の端に腰かけたまま煙を吐いた。

「蒔羅《ジラ》打て蒔羅《ジラ》打て」の大合唱が巻き起こる。

蒔羅《ジラ》は初球から打って出た。変化球を引きつけてセンターに弾き返す。中堅手の美黎勒《ヴィビータキ》は前進するが、打球がぐんと伸びた。頭を越す――暁霞舎の誰もが思ったそのとき、ボールは空中で静止した。

「ああっ」

「汚いぞ旃葉殿」

非難の声があがる中、美黎勒《ヴィビータキ》は飛びあがってボールをつかんだ。内野に返球し、鼻高々で金の花束《ブーケ》をいじる。

「馬鹿！　何だあの打球判断は！」

杏摩勒《アーマラキ》が怒鳴った。美黎勒《ヴィビータキ》は尾を股の間に巻きこんだ。

「あの髪飾り、三姉妹全員が着けてるわけではないのね」

打席に向かおうとする香燻《カユク》の隣で、幢幡《マニ・ハイ》がぽつりとつぶやいた。「でも打席に入るときには三人とも着けていたはずよねえ」

　それには香燻《カユク》も気づいていた。二回裏のあの場面、三塁走者の美黎勒《ヴィビータキ》から打者の華黎勒《ハリータキ》に花束《ブーケ》が渡った。華黎勒《ハリータキ》に打順が回ってくるまでは、美黎勒《ヴィビータキ》が着用していたのである。あの花束《ブーケ》と彼女たちの不思議な力に何か関係があるのだとすれば――いまは中堅手にその力がある。

　香燻《カユク》は打席に入り、長々と息を吐いた。

　先の打席では最後まで狙い球を絞れなかった。二死二塁――今度は迷わない。迷っている余裕はない。

　桟敷から「香燻《カユク》」「香燻《カユク》」の声。変化球が来る。

　セットポジションから第一球、揺れる変化球が近いところに来た。バットを出しかけて止める。

「ストライク」

　一塁側から歓声。

　三塁側からはふたたび「香燻《カユク》」の声。また変化球。香燻《カユク》はバッテリーに愚弄《ぐろう》されているように感じ、腹の底が熱くなった。

　二球目、今度は大きく曲がるボール。香燻《カユク》はコースの見極めがつかず、見送る。

「ストライク」

　外角いっぱいに決まった。思わず球審を見てしまう。これで0ボール2ストライク。

　香燻《カユク》は打席を外し、二塁走者の撥雅《フェルガ》を見据えた。彼女を本塁に迎え入れなくてはならない。

無得点では終われない。それが先攻の辛さだ。

打席にもどり、足元を踏み固める。マウンド上の抜凛《ペリ》をにらみつけ、バットを構えた。

「かっとばせー」

「行けー」

チームメイトからのサインは速球。見せ球か三球勝負か。この打席、ここまですべて変化球だ。タイミングを合わせられるかどうか。

マウンドの抜凛《ペリ》が二塁に顔を向け、不意にステップしてくる。

クイックモーションに反応が遅れながらも、香燻《カユク》は不遜なまでにおのれのタイミングを守る。足をあげきったあとのわずかな静止の瞬間に、香燻《カユク》の迷いは消えた。

打撃の神さまのようにボールは止まって見えなかった。むしろ香燻《カユク》に打たれるためにまっすぐ飛んでくる——彼はそう思った。

強く引っ張ると、打球は鋭いライナーとなって左翼へ飛んだ。芝生に突き刺さるところまで目で追い、そこから全力疾走に移った。

落下点に左翼手の華黎勒《ハリータキ》が駆け寄り、

「ボール壊れたァ」

と叫ぶ。

「バックホーム」

内野の誰かが声をからして怒鳴る。華黎勒(ハリータキ)が拾いあげて投げたボールは、表皮が裂けて中の糸が無残にはみ出していた。二塁走者の撥雅《フェルガ》が三塁を蹴る。たすきが解けて袖がひらめく。

返球は逸れた。ボールの裂け目でバウンドが変わった。捕手が横っ飛びで止める。その脇を撥雅《フェルガ》は駆け抜け、球審にホームインを認められると同時に足をもつれさせて転んだ。

その間に二塁に達した香燻《カユク》は、野球の中心にいた。

「我こそが神である」とする思いあがりにも似た感覚だった。ボールが裂けたのはなぜだかわからない。しかし彼の打棒によるものであることは明らかであり、なぜ数ある野球の試合の中でこの試合に限り球が壊れたのか、それもまた彼には明らかだった。彼が彼だから、彼が野球だからだ。

捕手のバックアップに行った抜凛《ペリ》が失点の失意を両肩に滲《にじ》ませもどってくる。一塁からマウンドに寄った杏摩勒《アーマラキ》が帰り際に香燻《カユク》を見た。その目には恐れの色が浮かんでいた。

三番の蜜芍《ミシャ》は初球空振り、二球目ファウル、いずれも速球である。三球目、桟敷からのサインは速球であったが、来たのは変化球。抜凛《ペリ》がボールを削らずに投げたのだ。曲がりは小さいが、速度の変化で蜜芍《ミシャ》はタイミングを狂わせた。結果、いつものプルヒッティングが崩れて打球が逆方向に飛ぶ。右翼手の前にボールは落ちた。香燻《カユク》は三塁を蹴って本塁突入。浅い位置からの返球が来て、あえなく憤死した。

攻守交替となった。香燻《カユク》は蒔羅《ジラ》からグラブを受け取り、桟敷にもどらずそのまま守備位置についた。マウンドをおりて桟敷に帰る抜凛《ペリ》とすれちがう。彼女は落ちる涙を拭いもあえずにいた。

「この一点、絶対に守るぞ！」

蜜芍《ミシャ》は言い、律儀に外野手に向かって同じことを繰り返した。香燻《カユク》も心の中でその声に和した。

迷伽《メイガー》は疲れを知らない。旃葉殿の先頭打者を速球で追いこみ、最後は変化球で空振り三振に切って取った。

続く打者は左翼への飛球。二回から守備に入っている弥生《メール》がほぼ定位置で捕り、これで二死。杏摩勒《アーマラキ》を迎えるに当たり、内野陣が集まった。敬遠の意図を再確認する。

捕手が立ちあがると、一塁側からはオー、オーと呪詛の声。

「逃げるな、卑怯者《ひきょうもの》」

と野次られるが、迷伽《メイガー》は意に介さず、ゆっくりと球を投じる。

打席の杏摩勒《アーマラキ》がバットを地面に置き、空手で構えて挑発するが、敬遠は完遂《かんすい》された。

一塁に向かう杏摩勒《アーマラキ》の頭には金の花束《ブーケ》がのったままだった。打席にのぼる二番・美黎勒《ヴィビータキ》にはそれがない。香燻《カユク》はタイムを要求し、マウンドに駆け寄った。

——打者と勝負。ボールを止める力があるのは走者だ。

桟敷からの伝令も、「勝負した方がいい」という幢幡《マニ・ハイ》の意見を運んでくる。

迷伽《メイガー》は先の回で打球を受けた箇所を掌の底で圧迫していたが、

「一応敬遠しよう」

決断をくだした。「何をやってくるかわからない。それに、三番はたいしたことないから」

蜜芍《ミシャ》が香燻《カユク》の肩に手を置いた。

「一塁走者には注意ね。動いてきたら、香燻《カユク》、あなたとわたしでカバーするわよ」

香燻《カユク》はうなずき、守備位置にもどった。杏摩勒《アーマラキ》が一塁上に立ち、彼の心を見透かすように不敵な笑みを浮かべる。

美黎勒《ヴィビータキ》が右打席に入った。

香燻《カユク》は彼女を指差して同僚たちの注意を喚起しようとした。最初の打席では左だったはずだ。

撥雅《フェルガ》が立った。迷伽《メイガー》は大きくストライクゾーンを外す。

美黎勒《ヴィビータキ》が球に飛びつき、強引に弾き返した。

勢いのないゴロが一・二塁間、香燻《カユク》の左に転がる。守備範囲内だ。娑芭寐《スヴァミナ》が一塁に入る。

一塁走者の杏摩勒《アーマラキ》が足を止め、香燻《カユク》と向かい合った。

見えない壁にぶち当たったかのように香燻《カユク》の動きは止まった。押しても押しても足が土を掘るばかりである。金の花束《ブーケ》が陽光を受けて輝き、彼の目を刺す。ボールは外野へ抜けていこうとしている。

全身の血が凍りつきそうになる。

彼は大きなグラブの余分な革をつかみ、左手から引き抜いた。それを、転がっていくボールに向かって投げつける。グラブは落ちて蓋のようにボールにかぶさった。

「任せろッ！」

蜜芍《ミシャ》が彼を追い越し、グラブを払いのけた。右手でボールをつかみ、倒れこみながら一塁に投げる。娑芭寐《スヴァミナ》が股を開き、両脚をべったり地面につけてキャッチした。美黎勒《ヴィビータキ》が塁上を駆け抜けるのとほぼ同時であった。

腰を屈めて注視していた塁審が勢いよく手をあげる。

「アウト！」

その宣告とともに、香燻《カユク》を縛していた力が消えた。彼はその場にくずおれた。ボールを持った娑芭寐《スヴァミナ》がひざまずき、天に向かって手を合わせる。蜜芍《ミシャ》は仰向けになり、グラブで顔を覆う。殿舎に囲まれた四角い空に歓声が吸いこまれていくのをそのままの姿勢で眺めた。

「やった！　やった！」

外野から蒔羅《ジラ》が駆けてきた。蜜芍《ミシャ》を助け起こして抱き締める。蜜芍《ミシャ》は香燻《カユク》に手を差し伸べ立たせようとするが、彼に起きる気がないのを見て取ると、彼の体に覆いかぶさる。

丸く柔らかい乳房が香燻《カユク》の胸の上でつぶれた。蜜芍《ミシャ》の指が彼の汗に濡れた前髪を撫《な》でつける。彼女の髪も汗で絡まり、肌に張りついている。土の香りに、甘く熱いにおいが混じった。

「大事な道具を投げちゃ駄目じゃない」

蜜芍《ミシャ》は香燻《カユク》の顔に彼の大きなグラブをかぶせ、笑い声をあげた。

彼は視界をふさがれたまま体を起こし、彼女の腰を抱いて体勢をひっくり返した。土の上に仰臥する彼女はすべてを許すような笑顔を浮かべていた。彼女の瞳をのぞきこみ、香燻《カユク》は空の下にまた空があると思った。彼はすべてを許されたかった——こんな姿で彼女に心惹《ひ》かれているることを。彼女に嘘を吐いていることを。

「おめでとう!」

襟首を引っ張られ、液体を浴びせられる。幢幡《マニ・ハイ》が、半分に切ったオレンジを握り潰し、搾り出した果汁を彼の頭の上からかけていた。

「香燻《カユク》、よくやった!」

「勝った! 勝った!」

娑芭寐《スヴァアミナ》と阿目蛾《アモガ》が香燻《カユク》の腕を取って引き倒し、オレンジの果汁を浴びせた。果汁が目に入り顔をしかめる彼を見て、彼女たちは笑った。

幢幡《マニ・ハイ》はオレンジの山盛りになった桶を手に提げていた。香燻《カユク》は果実を両手に取り、娑芭寐《スヴァアミナ》と阿目蛾《アモガ》の頭上で搾った。

「ねえ、もっと! もっとかけて!」

甘い雫を口で受け止め、娑芭寐《スヴァアミナ》は舌を突き出した。

「うわーっ、滲みる滲みる！」

阿目蛾《アモガ》は襟を大きく開けて乳房の間に果汁を浴びた。

迷伽《メイガー》は襟をめくり、打球を受けた痕《あと》を女房役の撥雅《フェルガ》に見せていた。乳の上、白い肌に青紫の円が浮く。

「痛くないの？」

触れてみようと手を伸ばす撥雅《フェルガ》に、迷伽《メイガー》は体を引きながらも、

「これくらい平気よ」

と口だけ強がる。

耳ざとく幢幡《マニ・ハイ》が聞きつけ、

「そうよ、それくらい唾《つば》つけときゃ治るわ」

と迷伽《メイガー》の衣を引き剝ぎ、舌で直接唾をつけようとする。

「やめてよー」

迷伽《メイガー》は笑いながら逃げる。

「いいじゃないのよ。皇帝陛下に見せてやりなさいよ、勝ち味覚えた女のカラダってやつをさぁ」

幢幡《マニ・ハイ》に同調した下﨟たちが迷伽《メイガー》をとらえる。彼女たちは花刺《フワーリ》をしゃがませ、主戦投手《エース》を肩車させた。

「恥ずかしい。おろしてよ」

諸肌脱がされ乳帯だけになった迷伽《メイガー》は顔を隠すが、花刺《フワーリ》は彼女を乗せたまま回廊沿いを走り出した。

「光の君さま、ここにいましたよ」

同僚たちの手で揉みくちゃにされていた香燻《カユク》を見つけ、早莎訶《ソワカ》が袖を引いた。オレンジの汁と皮が飛び交う下を袖被《かづ》いてくぐり抜けてきたのは光の君。

「香燻《カユク》、やっぱりわたしはあなたがほしいわ。霊螢殿にいらっしゃい」

下臈たちの目が香燻《カユク》に集まる。香燻《カユク》は聞こえないふりをした。いまはチームメイトと勝利の喜びを分かち合っているのだ。女御にだって邪魔はされたくない。

「あらあら、ずいぶん勝手なことを言ってくれるじゃないの」

香燻《カユク》の背後から腕が伸びてきて彼の首に巻きついた。頭のうしろに柔らかいものが押しつけられる。

「香燻《カユク》はこの棗椰《パルミラ》率いる旃葉殿が頂くわ」

香の君は人形でも扱うかのように彼を抱き締め、耳元で囁く。「私のところに来れば次のシーズンから女房として使ってあげる。あなたの美貌《びぼう》と実力なら、来年には先発メンバーに入れるわ。ねえ、わたしといっしょに頂点を目指しましょう」

香燻《カユク》がふりかえると、香の君の乳房が頰を突いた。彼女の目には力がこもっている。皇帝の寵《ちょう》を得ているという自信がそうさせているのだろうか。下﨟たちの間では見られない種類の美しさが彼女にはあった。

「ねえちょっと、わたしが先に声をかけたのだけれどねえ」

光の君は悠揚迫らぬ調子で言い、周囲を見渡して同意を求めた。香燻《カユク》・蒔羅《ジラ》・蜜芍《ミシャ》の三人はすばやく目を見交わし、笑みを含んだ。声をかけるのが早かったのは香の君だった。あの乱闘の夜に彼らは旃葉殿に誘われたのだ。

香燻《カユク》はあのときほど強く拒む気になれなかった。喧嘩ではなく野球で勝って評価をされた。時間の波にさらわれていくプレーの見返りにほしいものは、永遠に残り誰からも参照されうる記録ではなく、血の通った、懐かしい、見つめられての「評価」の声だった。香燻《カユク》は香の君の胸に顔を埋め、安堵のため息を吐いた。

「すっこんでなさい、未通女《おぼこ》ちゃん。一人前の口を利くならタマの扱い方覚えてからにすることね」

香の君の卑猥《ひわい》な冗談に、下﨟たちの幾人かは笑った。光の君はさっと顔を赤くして早莎訶《ソワカ》のうしろに隠れた。

「ちょっとちょっと、勝手に何の話をしているの」

暁の君が現れて香の君を突き飛ばし、香燻《カユク》を奪い取る。いっそう柔らかい乳房が彼の顔を包んだ。暁の君は乳帯をつけておらず、肌の感触が衣越しに親しく伝わってくる。

「この子は暁霞舎《うち》の下﨟よ。手を出さないで」

「あら、あなた死球を食らって泣きながら里に帰ったって聞いたけど、まだ後宮《ここ》にいたのね。いまは何してるの。料理番？」

香の君の挑発に、暁の君は鼻で笑う。

「あなたこそ何をしているの。よその殿舎《チーム》の子にまで声をかけて。好色もそこまでいけばご立派ね」

一度にっこりとほほえみを交したあと、ふたりは取っ組み合い、殴り合った。周囲の宮女が逃げようとして転び、それに蹴つまずいて別の者が倒れる大混乱。どさくさに紛れて光の君と早莎訶《ソワカ》は香の君にオレンジを投げつける。

逃げ惑う少女たちの中から香燻《カユク》に手を差し伸べる者がいた。

「こっちよ、早く」

蒔羅《ジラ》がグラブを嵌めたままの手で香燻《カユク》の袖をつかみ、揉み合いの中から引っ張り出した。

「コーヒー盗ってきたわよ」

蜜芍《ミシャ》は大きなポットを手にしていた。三人で外野へ避難して、芝生に腰を落ち着かせる。カップがひとつしかなかったので、三人でコーヒーを回し飲みした。

「もうすこし勝利の余韻《よいん》に浸《ひた》らせてくれてもよさそうなものよね」

そう言って蒔羅《ジラ》が顎をあげ、くいっとカップを傾ける。

「本当、下臈は辛いわ」

蜜芍《ミシャ》はカップの底に掌を当ててぐいっとあおり、長々と息を吐く。

彼女の様子が辛いどころかくつろいで見えたので香燻《カユク》はおかしかった。いぶかしげな顔をして蜜芍《ミシャ》は彼にカップを手渡した。

オレンジの汁で酸っぱくなっていた口に、コーヒーは甘くさわやかだった。勝利の味とはきっとこういうもののことをいうのだろう。

彼はいますぐ下臈から出世したいとは思わなかったが、蒔羅《ジラ》と蜜芍《ミシャ》が出世し、移籍してしまったあとで下臈所に残りたくはなかった。彼女たちがいなくなったら、香燻《カユク》も香燻《カユク》でなくなる。後宮《ハレム》を出て、伐功《バルク》たちがいなくなっていたら――そう考えると怖くなる。下臈であること、宮女であること、そして海功《カユク》というひとりの男であること――人とのつながりがあってはじめて成り立つことだ。たとえ法学者が真教《しんきょう》の教えにのっとって作った法律でも、それを覆すことはできない。自分が何者であるのか、決めるのは自分でも神さまでもない。同じ境遇にある仲間だ。

敵の桟敷では抜凛《ペリ》が泣き伏していて、それを旃葉殿の同僚たちが慰めている。彼女たちもまた仲間だと香燻《カユク》は思った。

獣人の三姉妹が揃って芝生の上をやってくる。一番上の姉が末の妹の背中を押す。

「ほら華黎勒《ハリータキ》、自分で言いなさい」

華黎勒《ハリータキ》は股の間に挟んだ尻尾を指で梳《くしけず》りながら香燻《カユク》たちの前に進み出た。

「あのー……その大きなグラブ、どこで買ったのか教えてほしい」

蒔羅《ジラ》と蜜芍《ミシャ》が香燻《カユク》の顔を見た。彼がグラブを差しあげ、示すと、華黎勒《ハリータキ》はせかせかとうなずいた。

「これ、売り物じゃないわよ」

「香燻《カユク》がミットを買って、自分で改造したの」

ふたりに言われて華黎勒《ハリータキ》はいまにも泣き出しそうな顔になり、離れて立つ姉二人の方を見た。姉たちは手を振って彼女の自発的な行動を促す。

「あのー……わたしにも作ってほしい」

香燻《カユク》は彼女の子供らしくういういしい様子をほほえましく思い、うなずいた。あの唯教徒《ゆいきょうと》の商人が来たら、もうひとつ買って彼女のために中身を抜いてやろう。いつかもし外に出ることができたら、グラブ屋をはじめるのもいい。後宮《ハレム》に海功印《カユク》の大型グラブを売りこめば、同僚たちはかつてのチームメイト・香燻《カユク》のことを懐かしく思い出すかもしれない。

「代わりにあれちょうだいよ」

蜜芍《ミシャ》が美黎勒《ヴィビータキ》の髪に飾られた金の花束《ブーケ》を指差す。「あれ着けてたらボールが止まるんでしょ?」

「でも……あなたたちのとはちがう、わたしたちの神さまを信じていなければ、止まらないわ。

旃葉殿の下臈所でもみんな、やってみたけど、わたしたちしかできなかった」

　華黎勒《ハリータキ》のたどたどしい説明を聞いて、蒔羅《ジラ》は顔をしかめた。

「何てことを言うの、この子は！　神は唯一よ！」

　美黎勒《ヴィビータキ》が髪飾りを外し、近づいてきた。

「試してみるか？」

「試す？　わたしの信仰を試すというの？　真教徒の信仰を試すことは神を試すことと同じよ！」

　蒔羅《ジラ》のことばがよく理解できなかったのか、美黎勒《ヴィビータキ》は無造作に金の花束《ブーケ》をつかみ、彼女に迫った。

「だから試しに――」

「やめて！」

　ふたりの追いかけっこがはじまった。華黎勒《ハリータキ》も尻尾の毛を逆立てて追いかける。

「例の力であの子を止めちゃえばいいのに」

　蜜芍《ミシャ》が言ったのを蒔羅《ジラ》は聞いていて、

「余計なことを言わないで！」

　と凄い剣幕で言う。

「逃げるものには効かない。向かってくるものでないと」

杏摩勒《アーマラキ》が蜜芍《ミシャ》と香爀《カユク》の間に腰をおろす。尻尾が背中でくるりと巻かれた。コーヒーのカップを渡すと、飲む。

「なら、末っ子を蒔羅《ジラ》の正面に回りこませればいいんじゃない？　挟殺プレーってわけよ」

「華黎勒《ハリータキ》、前に回れ」

長姉の命令で華黎勒《ハリータキ》は蒔羅《ジラ》の進路に先回りし、正面から体当たりした。体の小さな者どうし、勢いがついていて、絡まり合って派手に転んだ。それを見て蜜芍《ミシャ》も杏摩勒《アーマラキ》も美黎勒《ヴィビータキ》も香爀《カユク》も笑った。

終章　女装少年出世

蠅《はえ》は煙草の煙を嫌う――太刀魚屋《たちうおや》はそう信じている。

店先の肉に群がる蠅が自室に入ってこないよう、彼は香でも焚《た》くように煙を部屋に立ちこめさせる。喉は痺《しび》れ、目には涙が滲《にじ》む。人が嗜む楽しみをこうして苦行に変えるのが自分らしいと彼は思う。

「あの若者――伐功《バルク》といったか――都を去らせたそうだな」

ペレクは煙を避けるようにして部屋の隅に座っていた。持参のワインを瓶《びん》から盃《さかずき》に受け、ちびりちびりと飲む。酒を飲まない真教徒《しんきょうと》の太刀魚屋にはその瓶の中身が血のように見えて不気味であった。

「ああ。いまは役に立たんからな」

彼が言うと、ペレクは口に運びかけた盃を止めた。

「では、いつか役に立つと？」

「そうさ。あれも雷光将軍《らいこうしょうぐん》の孫だからな」

「白日人《セリカンじん》は好きだな、その何とか将軍が」

太った蝿がぶんぶんと飛び回るのを気にも留めずに酒を飲み続ける。この国では蝿も異教徒を見分けて避けるのか。太刀魚屋は仕事柄、義教徒《ぎきょうと》ともつき合いがあるが、このペレクという男にはただの義教徒ともちがう雰囲気がある。ひょっとしたら神そのものを信じていないのではないかとさえ感じる。妻にした唯教徒《ゆいきょうと》の未亡人とは居をともにしていないといううわさであった。

「雷光将軍の名前には力がある。あの人は俺たちの英雄だった。この都から義教徒を追い払ったんだから」

そう言って太刀魚屋は悪戯《いたずら》っぽく笑った。「義教徒のあんたにする話じゃなかったかな」

ペレクは苦笑しながら頭を振り、ワインをもう一杯干して髭《ひげ》を濡らした。

「海功《カユク》は後宮《ハレム》で大活躍だそうだ。彼のいる暁霞舎下臈所《ぎょうかしゃげろうどころ》が下臈リーグで優勝した。さすがおまえさんの見こんだ少年だ。わしには野球がわからんからな。後宮《ハレム》に入る朝、馬車に乗るのに手を貸してやったら震えていたっけ」

「奴は成功すると思っていたよ。奴より野球のうまい者はいたし、奴より女らしい容貌《ようぼう》の者もいた。だが海功《カユク》には品があった。勝ち方、負け方に人を惹《ひ》きつける何かがあった。成功とはそういうことなのだ。一目置かれるだけでは足りない。他と代えがたい価値があると認められなければ」

　そうやって地位を築き、いつか後宮《ハレム》の所有者——女たちと交わるが混ざり合わない、あの男を追い詰める。宮廷の内と外、両方から。彼は色ガラスでできた水煙管《みずぎせる》の膨《ふく》れた腹を指で打った。

「それで、海功《カユク》は下臈から昇格できたのか？」

「まだ決まっていないそうだ。移籍の話は来ていないという。新しい情報が入ったらまた報せるよ」

　太刀魚屋はふと、海功《カユク》への贈り物をペレクの妻に託して届けさせようかと思った。だがそんなものを持って衛兵の守る門を通過できるはずもない。そんなことができるなら、とうのむかしにやっていただろう。彼は海功《カユク》が妬《ねた》ましかった。あの少年は彼の行きたくても行けない場所にいる。それを成功と呼ばずして何と呼ぶだろう。

　いつか自分も成功してみせる、と太刀魚屋は心に誓った。

　そのとき、彼のために門を開けるのは、海功《カユク》だ。

◇

　暁霞舎下臈所は散り散りになってしまった。同じ殿舎《でんしゃ》の中臈所《ちゅうろうどころ》にそのまま昇格した者さえいなかった。

中堅手の室利《スハーリ》と左翼手の麻玻《マーバール》は桃花殿《とうかでん》下臈所に獲られた。

暁霞舎と旃葉殿《せんようでん》の下臈リーグ最終戦のすぐあと、霊螢殿《れいけいでん》女房の早莎訶《ソワカ》が皇帝《スルタン》の閨《ねや》に召され、新たに桃花殿更衣《こうい》を名のることになった。後宮《ハレム》のしきたりで、新しい女御《にょうご》・更衣が誕生した場合、他の殿舎は、一定数の門外不出者《プロテクト》を除いて、請われるままに宮女を差し出さなくてはならない。そのためにすべての殿舎で、女房はじめ上中下臈、顔ぶれが一新された。

暁霞舎下臈所と対戦した桃花殿下臈所のメンバーは全員お払い箱となった。愛嬌《あいきょう》を振りまいていた猿の狒々《フェイフェイ》も、迷伽《メイガー》とやり合っていた投手の稙光《イニャーナ》も、もういない。前桃花殿更衣は老いた内大臣の妾《めかけ》として転出し、女房たちもそれにつき従ったが、上中下臈までは引き取られなかった。彼女たちはふたたび奴隷商人の手にもどされ、後宮《ハレム》出身者としてそれなりの値で取引される。

各殿舎、人材不足に悩む中で、さすがだったのは香《こう》の君の旃葉殿、放出した戦力以上の補強を行い、秋季リーグの完全制覇を狙う。暁霞舎下臈所からは花刺《フワーリ》を代打の切り札として上臈《じょうろう》所《どころ》に、捕手の撥雅《フェルガ》を昇格した抜凛《ベリ》の女房役として中臈所に、同じく昇格した打撃の神さまに代わる中軸打者として娑芭寐《スヴァミナ》・阿目蛾《アモガ》を下臈所に迎え入れた。

花の命は短くて、常勝チームもついには滅びる——ただしそれはいまではない、と香の君は言うのだ。

香燻《カユク》・蒔羅《ジラ》・蜜芍《ミシャ》の所属チームはなかなか決まらなかった。当初、殿舎の生え抜きとして育てるため、暁霞舎の中藹所へ昇格させるということで話がまとまりかけたのだが、予想外に他の下藹たちが高く売れたために、暁《あかつき》の君は欲を出した。彼女の目標は打倒・香の君である。そのためには実力のある女房を集めなければならない。

彼女は上中下藹の有力な者をどしどし売りに出し、トップチームを重点的に補強した。下藹リーグ優勝の立役者である香燻《カユク》たちは目玉商品であった。

主力クラスの女房一人に成長株の中藹二人を合わせた計三人と交換で、香燻《カユク》・蒔羅《ジラ》・蜜芍《ミシャ》は浄鏡殿《じょうきょうでん》の上藹所に移籍することが決まった。

下藹所には十四五歳の奴隷が大勢買い入れられることになった。そこに夏季リーグの最終戦を間近で見て野球をはじめた元楽隊の宮女数人を併せたものが新しい暁霞舎下藹所のメンバーとなる。

香燻《カユク》たちはしばらく下藹所に留まった。仕事の人手が足りぬ上に、新人の教育をする者もいなかったからである。

ある昼さがり、大浴場は天窓からの日差しでオーブンの中のように灼《や》かれていた。

同僚たちがのぼせないよう、冷たい水をかけて回ろうと蜜芍《ミシャ》が提案したが、蒔羅《ジラ》は却下した。香燻《カユク》は黙々とタイルのすきまをブラシでこすっていた。

三人は孤立していた。

美貌《びぼう》を見こまれ連れてこられて右も左もわからず、ただ里を恋しがっている少女がいた。

蒔羅《ジラ》はそこにかつての蜜芍《ミシャ》の面影を見た。

長年奴隷として仕込まれたため、悲しいまでに下臈所に馴染《なじ》んでいる新入りがいた。蜜芍《ミシャ》はそれをむかしの蒔羅《ジラ》のようだと思った。

楽人あがりの同僚から野球の技術についてきかれても、香燻《カユク》はうまく答えられなかった。彼自身筆談で教わったわけではなかったからである。

三人とも下臈所に身を置いてはいるが、心はもうそこにない。周囲はそのことを彼女たち以上に意識しているようであった。積極的に話しかけてくる者はあまりいなかった。

「蒔羅《ジラ》、蜜芍《ミシャ》、香燻《カユク》」

迷伽《メイガー》の声が浴場中に響いた。「ちょっと来てちょうだい」

三人は顔を見合わせ、浴場の入り口へと跳ねる水の音も高らかに移動した。

一目で今参《いままい》りとわかる少女が六人、扉の前に整列していた。体がまだ成長しきっていないためか、あるいは単に後宮《ハレム》の流行を知らないだけなのか、湯帷子《ゆかたびら》の丈が長すぎる。

迷伽《メイガー》が彼女たちの前に立ち、頭巾の縁で顔の汗を拭っていた。

「みんな、この三人が暁霞舎下臈所から上臈へ昇格した子たちよ」

新入り宮女が息を呑む。自分たちとどこがちがうのかと、目を皿のようにして三人を見つめる。

香燻《カユク》たちは照れ隠しに笑った。

「蒔羅《ジラ》と蜜芍《ミシャ》は出仕から半年、この香爋《カユク》に至ってはたったの一月で上に行くことになったの。暁霞舎下臈所とはそういうところなのよ。あなたたちも一所懸命働けば、この三人に続くことができるわ」

迷伽《メイガー》は新入りひとりひとりに先輩宮女をつけてやり、掃除の仕事にかからせた。

「床が滑りやすいから走っちゃ駄目よ！」

迷伽《メイガー》のかけることばに蜜芍《ミシャ》が吹き出して笑った。

「何よ」

「いえ、わたしもはじめてここに来たときに同じことを言われたなあと思って」

迷伽《メイガー》はかすかにほほえんだが、すぐに表情を引き締めた。

「あなたたち、ここはもういいわ。浄鏡殿に行きなさい」

いつかは宣告されるべきことであった。それはわかっていたが、三人は黙りこくり、手の中のブラシをもてあそんだり、膝《ひざ》の内側をこすり合わせたりした。

「迷伽《メイガー》、あなたの実力なら上でも通用すると思うわ」

蜜芍《ミシャ》が憤慨したような口調で言う。「わたし、浄鏡殿に行ったらあなたのことを言いふらしておくから。そうしたらきっとほしがるチームが出てくるはずよ」

迷伽《メイガー》はため息を吐き、ほほえんだ。

「いいのよ、蜜芍《ミシャ》。この下臈所を強くすることがわたしの仕事なのだから。暁の君さまが直々にそう言ってくださったのよ」

「でもこれはあなたの人生よ。暁の君さまがおっしゃったからといって、ずっとここに留まるなんて……それでは宮女となった甲斐がないわ」

そう言った蒔羅《ジラ》を迷伽《メイガー》は諭すように見おろした。

「そう、わたしの人生。下臈暮らしを続けるのもわたしの人生よ。わたしはこの後宮《ハレム》が好きなの。もし上に挑戦して跳ね返され、馘《くび》になったら、行き場がなくなってしまう。奴隷市場に出てもいい買い手は現れないでしょうね。みんな若い子をほしがるもの」

蜜芍《ミシャ》が迷伽《メイガー》に抱きついた。迷伽《メイガー》はすこし足を滑らせ体勢を崩した。

「迷伽《メイガー》、いままで本当にありがとう。野球も掃除も除毛のやり方もみんなあなたが教えてくれた」

「まあ、除毛については伝えきれなかった部分もあるわね」

迷伽《メイガー》は蜜芍《ミシャ》の背中を撫《な》でた。

「わたし、いつかあなたを迎えに来るわ。立派な女君《おんなぎみ》になって、あなたを女房にしてあげる」

蒔羅《ジラ》が言うと、迷伽《メイガー》は手を伸ばし、頰《ほお》を優しく叩いた。

「あなたならきっとなれるわ。人一倍がんばり屋さんのあなたなら」

香燻《カユク》は掌《てのひら》に「ありがとう」と書いた。迷伽《メイガー》からもらった頭巾に触れて、もう一度書いた。

「シーズン通して出場すれば、あなたはもっとうまくなるわ。そのためにはよく食べてよく休

みなさい。宮女は体が資本よ」

迷伽《メイガー》はいつまでもすがりついていようとする蜜芍《ミシャ》を押し剝《は》がした。「さあ、もう行って。あっちでも達者でね」

脱衣所にあがるやいなや、蜜芍《ミシャ》は濡れた湯帷子を脱ぎ、顔に押しつけた。しばらくそうしていたが、やがて顔をあげ、真っ赤な目を蒔羅《ジラ》と香燻《カユク》に向けた。

「これで風呂掃除ともおさらばね。せいせいしたわ」

「向こうに行ったらせいぜい下﨟をこき使ってやりましょう」

蒔羅《ジラ》は湿って重たくなった下帯を解き、洗濯籠《かご》に放りこんだ。

香燻《カユク》は腰に衣を巻いて下帯を乾いたものに取り替えた。

殿舎を移る仕度といってもたいしたことはなかった。大部屋の下﨟所にある私物はわずかなもので、それを自分の絨毯《じゅうたん》で包むだけである。香燻《カユク》の持ち物はグラブ、沓《くつ》、筆と紙に、華黎勒《ハリータキ》からもらった赤いバット、それからすこしの着替えだけだ。飾り帯とゲートルは同僚にあげてしまった。

「さあ、行きましょう。浄鏡殿はどっち？」

「えーと、あっち……かな？」

広い後宮《ハレム》といえど歩いていればいつかは着くだろうと三人は絨毯を脇に抱えて歩き出した。

途中、若い宦官《かんがん》を幾人も引き連れた伽没路《カーマルー》に出くわした。彼は三人を認めると、足を止めて深々とお辞儀した。それを見て他の宦官たちも慌てて頭をさげる。

「あの……浄鏡殿へはどう行けばいいでしょうか」

蒔羅《ジラ》が尋ねると、伽没路《カーマルー》は、

「その角を曲がりまして、三本目の打橋《うちはし》を渡ったところでございます」

面《おもて》をあげずに説明する。貴人に対する際の作法であった。

彼らと別れてしばらくしてから、こらえきれぬというように蜜芍《ミシャ》が笑い出した。

「あいつの態度、見た？　ぺこぺこしちゃって」

「上臈というのはすごいものなのね。宦官長も頭があがらないなんて」

蒔羅《ジラ》が声をうわずらせる。

香燻《カユク》はひとり冷静であった。去り際に伽没路《カーマルー》はさめた目を彼に向けた。ボロを出すな──視線がそう語っていた。依然として彼はあの男に急所を握られている。

やるしかない。彼の心はかえって晴れ晴れとしていた。心がけるのは好球必打。チャンスは逃さない。一人ならシングルヒット一本でも、二人続けば一・三塁、三連打なら一人還って依然チャンスが続く。三人でかかれば何が相手だって勝てる。

いままで来たことのないところへ三人は入りこんでいた。

蜜芍《ミシャ》が落ち着かなげにあたりを見回す。

「上臈の一塁手ってどんなのかしらねえ。捕球はうまいのかしら」

彼女のことばに蒔羅《ジラ》は笑った。

「あなたの考えることはそればっかりね。他にないの？」

「他？　部屋のこととか？　上臈所って個室があるんだっけ？」

「局《つぼね》がもらえるのは女房からよ」

蜜芍《ミシャ》は絨毯の束の先で欄干《らんかん》を点々と叩く。

「個室なんて嫌だわ。みんなで身を寄せ合って寝ないと、わたし眠れない」

「それって変よ」

「わたしの故郷ではそれがふつうよ。第一、個室なんかもらって何をするというの」

「それは色々あるわよ。ねえ、香燻《カユク》」

香燻《カユク》は肩をすくめながら下帯の前に手を当て、まさぐった。

蜜芍《ミシャ》は大笑いした。

「香燻《カユク》、あなた下品よ」

蒔羅《ジラ》に叱られ、香燻《カユク》はもう一度肩をすくめた。

中庭に面した回廊に出た。芝は痛々しいほどに青く茂っている。夏の日が強すぎるのだろうか。水だけでは足りないといっているように香燻《カユク》の目には映る。自分たちを踏んで野球をしてくれないと、硬く青く葉が伸びすぎてやりきれないと訴えている。

野球のシーズンオフは誰だって辛い。

廊下の向こうからひとりの女君が女房を従えてやってくる。

「あら」

光《ひかり》の君が顔馴染みの三人を見つけてほほえみかける。「新上臈三人娘ね」

三人は上臈らしく上品に会釈してとおりすぎる。光の君のうしろに続く幢幡《マニ・ハイ》が小さく手を振った。

移籍が決まった際、霊螢殿には移籍しないのに浄鏡殿には移籍するのかと香燻《カユク》はいたく彼女たちになじられた。だが下臈ひとりを強奪することもできない光の君だって悪いのだ。香燻《カユク》には後宮《ハレム》に関する知恵がついた。なじられた程度で宮女が萎縮《いしゅく》してはいけない。それはこちらを必要としているということの遠回しな表現なのだ。ほしがるままにさせておけばいい。

「幢幡《マニ・ハイ》は移籍しなかったのね」

浄鏡殿の廊下に入ってから蜜芍《ミシャ》がふりかえった。

――あのふたりは決して離れない。

香燻《カユク》が書いたものを蒔羅《ジラ》が蜜芍《ミシャ》に読み聞かせる。

「仲がいいのね」

感心したように蜜芍《ミシャ》が言った。

「仲がいいというか――」

蒔羅《ジラ》が声をひそめる。「あのふたりは恋人どうしなんですって。うわさだけど」

「えーっ、そんなの変よ。女どうしなのに」

蜜芍《ミシャ》の声が大きいので、蒔羅《ジラ》は抑えるよう手で合図する。

「あくまでうわさよ」

実態を知っている香燻《カユク》は口を押さえて笑った。

「あなたたち、やっぱり変よ」

蜜芍《ミシャ》は両腕できつく絨毯の束を抱いた。「字を書いたり読んだりしているからそんな変なことを知るようになるんだわ」

蒔羅《ジラ》なら女御・更衣にもなれると迷伽《メイガー》は言った。蜜芍《ミシャ》はどうか。後宮《ハレム》に殿舎の数は十二。女君の数も十二。その座を狙う宮女の数は二千余。恐ろしく狭い門である。揃って上臈にあがる三人も、揃って女君になることはできないだろう。

誰かの夢は、きっと破れる。

そのときその場所に、香燻《カユク》はいないはずだ。競争するまでもない。彼の夢だけひとりちがっている。彼が原因で三人の仲が壊れることはない。彼はそのことをうれしくもすこし寂しく思っていた。

了

あとがき

アメリカにおいて野球は神話である。そのために野球協会はつねにユニヴァーサルでなければならず、また偉大な小説は偉大な野球について語ることを避けえぬのだが、一方、戦後日本の言説空間において、野球はつねに女性化・後宮化することを強《し》いられるのである。まあウソだけどな。

ボスポラス海峡《かいきょう》からの浜風に押しもどされる大飛球を夢見ながら
石川博品《いしかわひろし》

本作のイラストを描かせていただきました。wingheartです。
お買い上げいただきありがとうございます。

お気に入りのキャラは、実は宦官長。でもあとがきで描いたら
誰得という状態になりそうでしたので震える右手を御して、
蜜芍に出張ってもらいました。野球は小学校のときに地元の
草野球チームでやっていました。後宮は近所になかったので馴染みがないです。

それにしても一度にこれだけ多くのキャラデザをしたことはありません。
口絵の集合絵も、恐らく今まで描いた中で一番人口密度の高い一枚です。

石川先生、資料のご提供など、多々ご協力いただきありがとうござました。
原稿を読むのが楽しくて、気付いたら挿絵位置と関係ないところまで
読み進めていたり。担当さん、編集部の皆さま、迅速かつ細やかなフォロー、
本当にありがとうございます。それから困ったときに助けてくれる
友達のロリTさん、いつもヘルプありがとうございます。

「この作品の感想をお寄せください。」

あて先

〒101-8050
東京都千代田区一ツ橋 2-5-10
集英社 スーパーダッシュ文庫編集部 気付

石川博品先生

wingheart先生

後宮楽園球場

ハレムリーグ・ベースボール

石川博品

集英社スーパーダッシュ文庫

2013年12月30日　第1刷発行

★定価はカバーに表示してあります

発行者　鈴木晴彦
発行所　株式会社　集英社
〒101-8050　東京都千代田区一ツ橋 2-5-10
03(3239)5263(編集)
03(3230)6393(販売)・03(3230)6080(読者係)
印刷所　凸版印刷株式会社

ISBN978-4-08-630767-3 C0193

逆襲系バトル
エロコメディ、
堂々開幕！

オレのリベンジがヒロインを全員倒す!

八薙玉造

illustration 雛咲

復讐に燃える時、少年はエロスの鬼と化す・・・!!

物理法則を超える力”オリジン“の最強の使い手・迅《じん》は、仲間だと信じていた少女たちに力を奪われてしまった。裏切られた迅は「最もエロい方法」での復讐を開始する!!

"夢"と"希望"に迫られる、あまりに苛酷な"代償"——。

代償を支払うことで能力を発揮する巨大兵器ギルタオン。この出現によって世界情勢は悪化の一途をたどっていた。ライクたち兄妹はより安全な場所を求め首都へと旅立つが…!?

第12回スーパーダッシュ小説新人賞
優秀賞

神高槍矢《かみたかそうや》　illustration おぐち

代償のギルタオン
GUILTAON

お・も・て・な・し♥
第12回
スーパーダッシュ
小説新人賞
優秀賞
骨董品店生まれの惣一《そういち》のもとに、
骨董収集の旅に出ていた祖父から
古い茶釜が届けられた。
茶釜の正体は、幼女の姿を得た
つくも神で、お茶で人をもてなす
力を持っているらしいが…!?

オトメ③原則
Otome San Gensoku!
愛と科学のハートフルラブコメディ♥
既刊1～5巻 好評発売中!
高名なロボット工学者の父が本気《もとき》に送りつけたのは、人の心を持つロボットだった!? 超高性能(?)なロボット・ラブが、本気や幼なじみの遥《はるか》を巻き込んで毎日大騒ぎ!!
最新刊 6巻
Tomohiro Matsu 松智洋
Hana Nanaroba ななろば華 Illustration

ゴスロリファーザー☆
カノジョは家族を募集する
子安秀明
illustration
しゅがすく
部活動系、スイートホーム(?)ラブコメディ♥
ムスコ急募!!
美少女な『お父さん』と一緒に
学校で家庭を築きませんか!?
家庭化部について一切の
拒否と相談は受けつけません!